瑞喜爱小白

胡永红 著

SPM 南方出版传媒

全国优秀出版社　全国百佳图书出版单位　广东教育出版社

·广州·

图书在版编目（CIP）数据

瑞喜爱小白 / 胡永红著. —广州：广东教育出版社，2020.2
ISBN 978-7-5548-2968-4

Ⅰ. ①瑞… Ⅱ. ①胡… Ⅲ. ①长篇小说—中国—当代
Ⅳ. ①I247.5

中国版本图书馆CIP数据核字（2019）第174441号

策　　划：李敏怡
责任编辑：李敏怡　熊力闻
责任技编：黄　康
装帧设计：喻　芳
插　　画：温　晓
责任校对：田建利

瑞喜爱小白
RUIXI AI XIAOBAI

广东教育出版社出版发行
（广州市环市东路472号12-15楼）
邮政编码：510075
网址：http://www.gjs.cn

广州市岭美文化科技有限公司印刷
（广州市荔湾区花地大道南海南工商贸易区A幢）

889毫米×1194毫米　24开本　11印张　185 000字
2020年2月第1版　2020年2月第1次印刷
ISBN 978-7-5548-2968-4
定价：38.00元

质量监督电话：020-87613102　邮箱：gjs-quality@nfcb.com.cn
购书咨询电话：020-87615809

自序

爱，从来没有理由

这个故事蛰伏在我心里由来已久，可以说已经蛹化成蝶，一定要从心里飞出。

我跟自己说："把它拍成电影吧？"

于是我把它写成剧本。

导演拿到本子，打电话给我，说："等等，我得缓一缓，缓过一口气来再跟你说。"

他被故事打动了，因为故事太寻常了，自己、身边人好像无不经历过一样。

"这故事是有原型的吧？"他问。

有的。

与我们电影失之交臂的一位知名演员，谈到这个剧本，很多个夜里，讨论组的人都已睡觉，她一个人从十二点到凌晨三点多留言上百条信息，这个故事好像成为她和母亲的往事的打开方式。演员经纪人推荐演员给我并发微信说："这个故事怎么这么熟悉呵，它打动了我，我的眼泪一直流呵流……"

我把这些事、这些话发到相知的朋友群里，很快出现回复：

"+1""+1"……很多个"+1"。

我只想讲一个母女关系的故事，讲一个具有普遍意义的寻常故事。最初想到的题目是《从来爱》，母亲爱孩子，由来就是，没有理由。

我把故事梗概发给我儿时的密友。

在我们那个年代几乎听不到哪家的父母会离异，但是她经历了，几个兄弟姐妹，只有她自己选择了跟母亲。她应该对这个题材感受最深。

她很快在网上回应我："不想看。"

"为什么？"

"从来不爱！"她这样回复。

我便想起来，一直以来她经常跟我说到的与母亲的争吵、冷战，离家出走，母女俩剑拔弩张，像仇人相向。

五年前，她的母亲病危，她回乡陪伴母亲，直到母亲离世。回来后她在我家里歇脚，哭了一夜。

"我妈工作时月工资一百元不到，退休后陆续加到月工资四百多元，但是却攒了二十万元留给我。"

她哭，然后问："这是从哪里、怎么攒下来的钱？"

我回答不了。

她母亲还有一套破旧不堪的房子也留下来给了她。

"把它卖掉。"我说，"虽然不值几个钱，但反正你也不会回去。"

她摇头："那是家，怎么卖？"

曾经离家出走、发誓"永远不要回去"的她，却在"故人已逝，人去楼空"后守着那是"家"的执念。

两年前棚改，密友母亲留下的那套房子要拆迁，通知她回去签名办手

续，房子可以卖六十余万元。她不住那房子，却以执念成了"钉子户"。

电话里她号啕大哭："这一次真的要连根拔起了……"

她们曾经吵得那么凶、争得那么狠、背弃得那么决绝，其实说到底，骨肉相连，无不都是怨之切，爱之深。

我想起了我母亲的母亲。

念大学那年，外婆被拖拉机撞了。母亲拾掇了家里所有的钱赶回乡下。两个月后，母亲回来了。

外婆没有去住院，在家里养着。

母亲带回来她带过去的所有的钱，另外还带回来外婆给的八百元。在20世纪90年代，一个乡下老人竟然独自攒下八百元给她在城里的女儿。

那钱外婆硬要母亲拿着，因为外婆说她自己用不着钱，米是地里种的，菜是地里栽的，水是井里打的，吃什么喝什么都不要钱。而她的女儿在城里住，什么都要用钱去买，女儿还有三个孩子要念书。

好奇怪的母亲逻辑！这哪里有什么逻辑？

属于母亲范畴的没有逻辑的道理还有很多。再譬如下面这个。

一次开会结识一位近六十岁的女教授，女儿到了婚嫁的年龄，她很是不安。

旁边的会友说："女孩子总是会格外让人操心，到了这时候就怕她被人骗，要看紧了，别结婚证都不扯就把人都整个给了别人。"

女教授却道："我对我女儿却是说：要跟哪个人结婚，没有试着如夫妻一般在一起生活一两年不要去扯结婚证。"

众人哗然。

女教授后来解释："结婚是一辈子的事，合不合得来没有在一起哪里能知道呢。真要结了婚后发现合不来再离婚，男人是无所谓，可是女孩子二婚，怕就怕被后来的婆家看不起。"

众人哑然，但无不深以为然。

一直以来，女子贞操最是要紧，传统礼教中那是比生命还重要的东西。可是这位受过高等教育、从事高等教育的母亲却给我们上了"比贞操更重要的是女儿的幸福"的现代婚姻家庭课。

一次，一些文友相聚。一位年近六十岁的大才子说了一个他真实生活中的小段子。

十一国庆长假快到时，出嫁外省的女儿打电话来。

"爸，我要回家，我想吃我妈做的红烧肉。"

大才子看着在厨房里腌肉的老伴，悠悠地回应女儿。

"好，你回来，但是我不在。"

"你去哪？"

"我要回去找我妈。"大才子在电话里这样回应女儿，悠悠地，认真地。

听完，男士们都会心一笑，女士们却一个个眼红红、泪汪汪。

我一口气，对，真的是一口气写下这部《瑞喜爱小白》。

从第一行故事主人公秦小白感喟"没有人有完整的出生权，我妈生下我时，也没有问过我同意不同意"到最后"感谢把我们带到这个世界上的最亲爱的妈妈"，伴随着秦小白走过的年少青春，我也回望了一次我对于母亲的情感历程。

这个体验属于每一个人——

  母亲，

   子女。

我可以肯定，我们每一个人都可能是故事的原型。

这是一个有真实生活原型的关于爱的故事。

从母亲生下我们的那一刻起，爱

     落地生根。

2019.5.25 于广州

目录

昨天 今天 明天
喜欢 讨厌
57 42

有没有 18

错误 改变
72 65

完蛋 27

回去 13 冷冻 4

题记 2 七个

瑞喜爱·小白

我们 250

谁 175　神 153

认识 106　合适 91

鬼 132　愿意不愿意 118

等待 213　以为 196

真心 232

瑞喜愛小白

题记·七个

没有人有完整的出生权，我妈生下我时，也没有问过我同意不同意。现在回想起来，我的年少青春好像身体里住着**七个**小白。

是的，是**七个**小白。

——摘自《秦小白日记》

秦小白一直以为这个世界上从来不存在完整的人权，从一开始就没有。

秦小白其实是**七个**小白。

这真是有点奇怪，为什么是**七个**，不是一个或者别的、其他的数字。因为他们都是**七个**，秦小白的逻辑并非完全没有道理。

《白雪公主》中有万事通、害羞鬼、瞌睡虫、喷嚏精、开心果、糊涂蛋、爱生气，这七个小矮人一起救助了美丽的白雪公主。

《西游记》里也讲述了传说中的七位仙女，她们是穿着红衣、素衣、青衣、皂衣、紫衣、黄衣、绿衣的仙女，为王母娘娘的蟠桃会摘取仙桃。

《虹猫蓝兔七侠传》中讲述七把神剑的传人拯救中原的故事。七把剑分别是长虹剑、冰魄剑、紫云剑、雨花剑、奔雷剑、青光剑、旋风剑。

怎么，你也开始觉得奇怪了吧？对哦，对哦，好像都是"**七**"呢。

《葫芦娃》是秦小白的最爱，其人物形象几乎贯穿了秦小白从童年到青春的全部岁月。葫芦娃就是红、橙、黄、绿、青、蓝、紫七个葫芦，之后相继成熟，落地变成了七个葫芦娃。他们个个本领高强，每人都有自己的独特技能。

秦小白也因此以为自己的身体里住着**七个**小白，各不相同却又彼此关联的**七个**。

那是她成长的脉络。

她给她们取名为顽、戚、影、莽、尕、敏、云。

冷冻

🎬 **顽小白和戚小白**

我从来就是何瑞喜的女儿使我获得了与生俱来的耐受力和适应性。假如我是长到多少岁后再突然面对何瑞喜,那样的话,我一定会立刻、马上、转眼、瞬时石化,或者说我会被**冷冻**掉。

——摘自《秦小白日记》

秦小白从出生起就没有见过爸爸。如果不是奶奶比画着跟她讲了隼和雕的故事,初生的小白可能会以为虽然很多人家里有爸爸妈妈,但有的家里从来就只有妈妈。

奶奶天生可以画童话绘本。

这是第一页——

那天,天下暴雨,电闪雷鸣,山崩地裂。天上的神灵们都应接不暇,有一只隼瞄到了一群恶贯满盈的硕鼠,他冲将下去杀死他们,却在归途中殒命。

隼的妻子——雕很伤心,很伤心,很伤心……

那个时候，还在牙牙学语的秦小白叫顽。顽小白听到奶奶绘声绘色地讲这个童话故事的时候，并不知道这有什么含义。

长到七八岁的时候，秦小白叫戚，忧愁和难过，她是戚小白。

戚小白不敢看何瑞喜。

何瑞喜的眼睛**冷**冰冰的，被她的眼睛看过的东西都会被**冻**住。

哪怕是时间。

那天，何瑞喜用这样的目光逡巡在戚小白的身上，令戚小白不寒而栗，不能动弹，只除了戚小白的舌头。

何瑞喜是秦小白的妈妈，秦小白还是牙牙学语的顽小白时就被要求这样叫她。

"妈—妈。"

"叫我何、瑞、喜。"何瑞喜指着自己的鼻子一遍遍这样教顽小白。

为什么？

"这样，你要是走失的时候，就可以脱口说出你妈妈的名字——"

"何瑞喜！"顽小白很快回应。

"对啦！"何瑞喜很高兴，这条何瑞喜的奇怪逻辑，顽小白完全可以适应。

顽，是无知懵懂而顽劣不羁。

"何瑞喜"是顽小白自主叫"妈妈"之后学会说的第二个词。

学会之后，"何瑞喜"就僭越了"妈妈"的位置。

顽小白不再叫妈妈，大多时候，顽小白直接叫妈妈何瑞喜。

顽小白从学会走路起，出门手腕上就会系一条狗绳，它牵在何瑞喜手上，顽小白其实根本没有被弄丢的机会。

直到顽小白六岁，顽小白要去上学了，何瑞喜才解开了顽小白出门都会系在她手腕上的那条狗绳。

她把顽小白拎到校园里。

顽小白竟然"哇"地~~o(>_<)o ~~大哭起来，瑟瑟发抖。

顽小白竟然，(ˇ_ˇ)想~要狗绳。

没有狗绳的顽小白，从顽长大，成为戚。

顽小白变得忧郁，忐忑不安。从这时候起，有人开始把顽小白叫作戚小白，譬如何瑞喜，还有奶奶。

戚小白长什么样子？

描绘一个八岁的戚小白吧。

好的。

有一天，戚小白春游回到家。

"这个好像短了一点点？"何瑞喜的手指在戚小白额前划拉了一下。

在何瑞喜**冰冷**的问询里，戚小白额前的刘海**冻**住了。

"春游出发前的早上我自己对着镜子剪的，它刺到我的眼睛了。"

"这里多了一个发卡，还是蜻蜓的？"何瑞喜又发现了新问题。

在何瑞喜**冰冷**的审视下，戚小白头发上的发卡**冻**住了。

"在农家乐的集上买的，用喝汽水的钱。"戚小白感觉很惶惶然。

何瑞喜属雕，十二生肖以外的属相。

那是鸟类中最(^▽^)厉害的一个。

但是雕很小的脑袋，应该装不了太多的东西，智力会有障碍。

那是魔界的属相吗？

可能。感觉跟人差一点点的样子。

这不是戚小白，也不是顽小白说的。小白从很小的时候，小白的奶奶就这样说小白的妈妈何瑞喜。

小白奶奶指着何瑞喜的鼻子说："何瑞喜，你这么刁，你这人真是属雕的！"

那么，小白，你呢？你属什么？

戚小白希望可以有一个人的属相。

可是，何瑞喜是小白妈妈，小白也只能是魔界的属相。

小白会属什么呢？

"你不要怪你妈妈，你其实很像她。"

小白在很小、还是顽小白时，奶奶就一遍遍地告诉她。

当她长到戚小白，有一天~~o(>_<)o ~~哭着跟奶奶喊，她被何瑞喜折磨得快要"死"掉的时候，奶奶却并不着急安慰她，而是(´-∀-`)不屑地撇嘴。

"好了啦！你死不掉的，你是属猫的，猫有九条命。"

秦小白，属猫。

这也是魔界的属相。

可能就是因为自己属猫，有九条命，才可以存活到现在。

顽小白、戚小白、以至之后的影小白、莽小白、尕小白、敏小白、云小白——所有的每个阶段的小白，都属猫。

奶奶可以讲童话，那么，这是童话绘本的第二页——

好多天好多天过去，雕还是好伤心好伤心，隼再也不能回到她的身边，她好像伤心得快要死了。

智慧神灵就派了喵喵天使去雕的家里。

"你去做雕的孩子吧。"智慧神灵对喵喵说。

"可是我不会∧(￣～￣)∧飞呵。"喵喵回应说。

"你以后会飞的。"

"我恐怕到死也不会飞∧(￣～￣)∧。"

"你可以死九次，你有九条命，你会飞∧(￣～￣)∧的。"智慧神灵很肯定地说。

"所以呢——"口齿还不清的顽小白囫囵问奶奶。

"所以，喵喵就做了雕的女儿呵！"奶奶捏着顽小白通红的小脸蛋说，"有一天喵喵会变成雕的。"

"才不会！"顽小白长到戚小白时，开始反驳奶奶。

奶奶的童话绘本好长时间就停止在这里，没有继续翻页。

这一天。

何瑞喜抓住了跟同学们春游回来的戚小白的手，这时候它们是爪子，何瑞喜的也是。

何瑞喜用她的大手爪子抓着戚小白的小手爪子，一只一只检查。

"这里破了。"

戚小白的手**冻**住了，感觉到疼。

"起了一个泡，俞文老师给挑破的。"戚小白的心瑟瑟发抖。

"起了一个泡？"

何瑞喜这样拖腔拉调地让她的疑问绕梁，那个疑问就在房顶上跑了半个圈。

小·白的舌头**冻**得打了一个结
将疑问接住
不接住疑问它会摔死吗
会
疑问会跑呵跑
越跑越重
摔下来　会
砸死小·白

戚小白不是存心在这个时候写"诗"。

但是，当你的舌头**冻**得打了结，思绪就会受到阻滞，成为一段一段的，好像诗一样。

"嗯，锄草时起了一个泡。"

何瑞喜将戚小白拖到了电子秤上。

"轻了两斤。"她的眼睛瞳孔放大了。

这个时候她的神情也呈现**冷**凝的状态。

这是很危险的。

那一刻，整个空气都**冻**住了。戚小白整个人在**冻**住板结的空气里**冷**凝了，血液凝固。

那个疑问没有停止，它好像又在绕梁奔跑了。

"这个我 ☉▽☉ 不知道，我发誓我吃饱了饭。"

然后，何瑞喜捏住了戚小白的**冻**得僵硬的脸。

"怎么黑了？"

"是太阳晒的。我在劳动中没有偷懒。"

何瑞喜的眼睛终于迟疑地活动了一下。过了一小会儿，她的眼睫毛突然快速地一开一合，好像照相机快门翕张那样，"咔嚓""咔嚓"地——她按下了戚小白的形象定格照。

素净的脸，清汤寡水似的，很平整很平凡没有一点点特色的五官，两条松软的小辫，一排刘海遮住了眉毛，神情戚戚然。

这就是八岁时戚小白的自画像。

何瑞喜捧住了戚小白的脸，使劲挤捏，好使得戚小白**冻**得生痛的脸没那么僵硬。

"看，没什么可怕的，你活着回来了嘛！"

何瑞喜这样说着，"咯咯"地笑起来。

戚小白曾经拒绝参加春游，戚小白，有点怕，不，是很怕。一想到跟那么多平时一句话也不讲的同学疯跑，戚小白心里惶惶不安。

意识到必须要去的时候，戚小白脸上的血液**冷**凝了，成了骇人的绯红色。

戚小白不能思想。

那时候的戚小白进入了冬眠的状态。

戚小白曾想把自己**冷**藏在家里。

但是，何瑞喜强行把戚小白解**冻**了。

"不去就再也不要去上学了。"何瑞喜这样威胁戚小白。

那天，她把戚小白的书包和戚小白一起扔出了门外。

现在，终于……

何瑞喜在"定格照"中确认了春游回来的戚小白就是货真价实的戚小白后，眼睛开始放光，而戚小白终于**冻**到皲裂，体无完肤。

顽小白就是在戚小白皲裂的那一刻从戚小白的体内冲出，猝不及防，释放了压抑已久的能量。

"我是秦小白，我发誓——我绝对是！"

这其实是顽小白疯喊的。

戚小白的耳朵也要被顽小白震(@_@)晕了，何瑞喜捂住了耳朵。

顽小白尖厉的声音穿透了房子，直刺云霄。

整个宇宙都回荡着顽小白喊叫的尖声。

在顽小白 66 分贝、1100 赫兹的声明下，何瑞喜露出了释然的表情。

那是对的，她核实了戚小白的每一寸肌肤，连头发梢也没放过，现在她可以放心、大胆、没有任何怀疑地确认。

"没错，是秦小白。"她说。

长大到七八岁的顽小白便成了戚小白。

顽小白不甘心，为什么现在要变成戚小白。这时候顽小白冒失地冲出来，尤其冲动地(ˇ_ˇ)想~要把戚小白解救回去。

郁闷	▫(～﹏～)▫
怄气	(〃`ヨ´)
委屈	T＿T
难过	‿‿
讨厌	\(°口\)(/口°)/
恼火	-_-#
可恶	(〃>目<)
生气	(`ヘ´)
坏蛋	~(T口T)σ

这不像是诗，这就像牙牙学语似的童谣。

对，这就是顽小白啦，最最小时候的顽小白一岁也没有，她还不会说一句一句的话，但是蹦出来的一个一个词语已经可以完整地表达她的情绪。

顽小白就这样突然从戚小白体内挣脱出来ε=怒(ｏ`ω′)ﾉ，用喊叫表示戚小白的愤怒和对抗。

但是这并没有什么用。

因为何瑞喜看也不要看戚小白，就到墙边去练倒立了。

戚小白此刻拥抱着顽小白，她能够感觉到来自顽小白血液里奔涌的热量。

现在的戚小白和小小的顽小白交汇的思想，像一条河在戚小白的血液里奔涌，它们要生长出什么来了。

戚小白预感到，

原来戚小白还是怀念顽小白的呵。

戚小白从来没有离开过顽小白呢。

回去

顽小白和戚小白

假如，可以的话，你会（ˇ_ˇ）想～要逆生长，长**回去**，甚至**回**到出生、**回**到娘胎里，**回**到最初始的那一刻——越长大我越发现：越初始，越自由。但是又有谁可以长**回去**呢？

——摘自《秦小白日记》

骤然间，戚小白眼看着顽小白从自己身体里跑了出来，那是团透明的溶胶，别人看不见的顽小白，但是戚小白全看得见。

戚小白一下子竟（*ΦᄴΦ*）吓得怔住了，捂住了自己的嘴巴。

"你——**回去**！"戚小白在心里这样发出指令。

但是顽小白根本不要听，好不容易冲了出来，才不要这样灰溜溜地**回去**。

这不是耍赖吗？

"现在已经是八岁，我才是代表秦小白的戚小白。"

顽小白向戚小白吐舌头，顽小白很小，但是她会踢、咬、撒泼。在她那个年龄，她就是可以෴(Ⅰ∪Ⅰ෴)撒娇耍赖。

"你跟我**回去**一下，就一下下，我叫你看，怎么样才（ˆ▽ˆ）厉害？"

顽小白这样请求戚小白，她的小手指勾勾地表示着。

看着就让人动摇了。戚小白还是有点怀念从前的自己，戚小白犹豫了。

"**回去**一下下，就一下下而已。"顽小白开始拉拽戚小白了。

"好吧。"戚小白同意了。

瑞喜爱小白

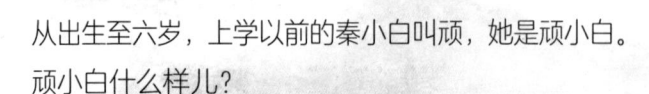

从出生至六岁，上学以前的秦小白叫顽，她是顽小白。

顽小白什么样儿？

那时候的顽小白哪，无知懵懂，任性固执，没有道理可循。

那时候的顽小白还非常顽皮。

即使系着狗绳，顽小白也会疯跑。

那么，还不会跑的时候呢？

会乱爬。

连爬也不会的时候呢？

那还可以(ノ`Д)ノ滚嘛。

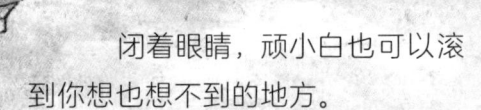

闭着眼睛，顽小白也可以滚到你想也想不到的地方。

当何瑞喜睡醒找不到顽小白的时候，她就会吓得(T ^ T)哭起来。

在房间里都找不到的时候，何瑞喜会把脑袋伸到床底下，然后找到顽小白，将小小的顽小白抱**回去**，重新睡到床上。

下面这幅是顽小白的一帧画像。

顽小白含着奶嘴躺在床上,她的身体周围是比着她的身形用彩笔画的睡姿,在顽小白的旁边是一个描画的大人的睡姿,空的,图案里没有人。

何瑞喜还在描画顽小白的睡姿的最后一笔,但是顽小白不意想动了一下,小脚出了画线,何瑞喜捉住了顽小白的小脚,把它放**回去**。

现在,顽小白的小脚、整个人都在线内。

这样就不乱滚(ノ`д)ノ、不(~o ̄▽ ̄)~o…滚来滚去(~o ̄▽ ̄)~o…了吗?

当然还是要乱滚、(~o ̄▽ ̄)~o…滚来滚去(~o ̄▽ ̄)~o…的。

但是何瑞喜后来也躺到了床上,睡在描画的原来是空的成人睡姿的线框里,然后噙着顽小白的手指,顽小白咬住了何瑞喜的耳朵。

"弄成这样的姿势,我就(ノ`д)ノ滚不掉了。"顽小白这样说,很懊恼的神情。

戚小白的鼻子吮吸了两下。

"好糗哪,那是个什么鬼样子!"

顽小白很后悔这一段,怎么**回去**就会先走到这一段上来了。但是被戚小白捉住了短,戚小白此时刻并不打算放过她。

"连爬也不会只会吮手指、咬耳朵的小屁孩不也是怕死了何瑞喜吗?"戚小白这样挤兑顽小白。

戚小白也有些后悔,竟然会相信六岁以前的小屁孩有什么办法应对何瑞喜?

"我很快就学会爬了好吧?小狗狗都追不上我。"

顽小白这样辩白,但是戚小白却莞尔。

"哪里用得了小狗狗,蜥蜴就好了。"

下面这帧画像还是顽小白,有点滑稽。

一张餐桌和一个茶几奇怪地并列放置。

何瑞喜趴在桌底下，顽小白趴在茶几底下，在她们的前面是一只正在爬的玩具蜥蜴，何瑞喜匍匐在地上，弓着背爬过去了。

顽小白怎么也不愿意，她不得已被何瑞喜拽着才爬了最初的一点点，何瑞喜爬过去后，顽小白竟然（Т∧Т）哭着，屁股扭过来，想改变方向，**回去**，她想要ヽ(°∀°*)ﾉ━━ゅ♪逃跑。

呵呵，才八个月的小屁孩，就计算出来往**回**爬路径短，要比往前爬容易很多。

但是爬**回去**往后，后面是一只U•ェ•U小狗，威风凛凛地蹲在那里。

顽小白只好转回头来，一边（Т∧Т）哭一边乖乖地跟在何瑞喜后面，往前爬。

后来呢，后来顽小白被逼着不仅学会了爬，还会踉跄行走，还会——还会滑滑梯呢！"哧溜"滑下去，风从耳边呼啸而过。

顽小白最(*@o@*)喜欢那种感觉了。

而且她不是一个人滑，她旁边还有一个如影随形的，何瑞喜。

何瑞喜也(*@o@*)喜欢滑滑梯，即使其他小朋友的妈妈和奶奶反复跟她讲、劝导、质疑她个头太大了，不可以在那上面滑，但那也没有用。

何瑞喜还是会和顽小白并排滑下去。

何瑞喜好像没长大，或者在有时候她可以"哧溜"逆生长地长**回去**，变成跟顽小白一样。

"你要不要也跟我**回去**？"现在顽小白这样拉拽戚小白，"你就可以自在些。"

戚小白忧心忡忡，她都念小学三年级了，她还可能再**回去**成为顽小白？

可不可以？可不可以？可不可以？可不可以？这样的疑问在心里反复着，最后好像成了一句咒语——

戚小白念小学四年级了，戚小白仍然没有**回去**变成顽小白。

戚小白念小学五年级了，戚小白还是没有**回去**变成顽小白。

戚小白念小学六年级了，戚小白怎么也不能**回去**变成顽小白。

后来，戚小白升了初中。

可是无论怎样，仍然还是不能再**回去**变成顽小白。

绝不可以！

"那我以后不跟你玩、不管你了，你再受气的时候，我也不帮你了！"终于，顽小白这样威胁戚小白。

戚小白长到十四岁，念初三，终于清楚地知道自己不可能**回去**，属相是魔界的也不行。

"好。"戚小白回答，却没有底气，声音好像含在喉咙里，快要听不见。

戚小白说这话的时候，喉咙有些哽咽，心里酸酸的，她知道顽小白是真的要离开了，越走越远。顽小白这一次是真的要**回去**，**回**到她的世界里，以后她可能再也看不见顽小白了。

如果戚小白真有神力，那她宁愿像团空气，不只是听不见，是隐匿不见才好。

隐吗？不对，她不叫隐，她叫影。

这时候的她脱掉了婴儿肥，变得单薄起来。

戚小白千遍万遍地期盼可以隐匿不见，呼唤而出的是影小白。

影小白像纸片人那样贴近了戚小白，以后她要代替戚小白的位置，以后秦小白的代表人会是影小白。

但是，戚小白好像不放心影小白，现在她贴紧了影小白的身体，好像当年顽小白藏在她的身体里那样，忍不住就(ˇ_ˇ)想~要从纸片人影小白的身体上穿过去。

有没有

🎬 **戚小白和影小白**

好像一棵树的生长，蘖生，发枝，再蘖生，再发枝，就像树权会打架一样，成长的年龄总是爱打架。

你**有没有**？

————摘自《秦小白日记》

戚小白和影小白的交接好像也很纠结，跟当初她与顽小白交接时，顽小白的挣扎一样。

顽小白曾经好(ˇ_ˇ)想~要戚小白跟她回去，但是戚小白根本回不去。

"你其实一直(ˇ_ˇ)想~我的，你**有没有**？"

顽小白曾经这样说，现在戚小白真的到了也要离开的一刻，也好想问就要接替自己的影小白：之后，你会不会(ˇ_ˇ)想~念我？

"为什么？"

戚小白知道影小白会这样问。

怎么告诉影小白呢，她最终长成了想要随时ヽ(°∀°*)ﾉ———ｩ♪逃跑的样子，可能、也许、分明就是戚小白时时刻刻心心念念出来的。

她想要ヽ(°∀°*)ﾉ———ｩ♪逃跑、隐身，成为影。

在所有的功课中，戚小白最怕背诵了。

她得了背诵恐惧症。

孩子如果已经长大，
就得告别妈妈，四海为家。
牛马有脚，鸟有翅膀，
植物旅行又用什么办法？
蒲公英妈妈准备了降落伞，
把它送给自己的娃娃。
只要有风轻轻吹过，
孩子们就乘着风纷纷出发。
……

小学二年级，就这一篇《植物妈妈有办法》，戚小白怎么也背不出来，那一天顽小白还缠着她捣乱。

"你**有没有**脚呵，四只？"顽小白问。

"没有。"

"**有没有**翅膀呵？"

"没有。"

"你**有没有**想过要变成植物？"

"没有。"

戚小白着急地（T╭T）哭起来，因为班上百分之九十的同学都可以背诵，但是戚小白却成了需要在放学后留堂背诵的个别同学。

戚小白**没有**四只脚，也**没有**翅膀，但是她是在老师同意放过她的那一刻，就如百米冲刺般地拼尽气力往家跑了。

即使这样，她还是超过了何瑞喜预计她回家的时间半小时以上。

所以，邻居刘阿姨牵着她的泰迪犬、蓝叔叔系着围裙、尹伯伯的耳朵上夹着半根烟、琴婶趿着拖鞋，还有阿华哥、墨鱼奶奶都凑到阳台上，眼睁睁地看着戚小白跑上楼，跑回家，才各自长吁一口气。

超过半个小时，何瑞喜就开始到处寻人，她打遍了她能知道的所有电话。

你**有没有**变成众目睽睽下的"怪物"的经历，你能体会那样凄凄惨惨可怜兮兮的感觉？

戚小白真想在那一刻变成一团空气，凭空消失。

但是戚小白变不成空气，不会凭空消失。

戚小白绝不要再成为众目睽睽下的"怪物"，绝不能被留堂，因此绝不可以背不了书。

影小白于是就这样不经意地出现了。

影小白在戚小白的肩头探身，她柔软而灵活，只是一个暗影，但是她异常地沉静。

在戚小白还没有平静下来的时候，影小白就帮助她背下了整篇课文。此后很多次都是这样。

戚小白感觉自己越来越离不开影小白了，她依赖影小白，越来越明显，而这个时候，就是戚小白要离开的时候了。

快要升高中的这一年，戚小白去何瑞喜的街道居委会照了一张身份证的标准相。

街道居委会与派出所毗邻，照相这件事由街道居委会协助办理。

戚小白比照着户口簿，忐忑地在表格上填写自己的名字、性别、出生日期、住址。

姓名	秦小白	性别	女	出生日期	1994年7月21日
住址	滨海市石峰区东南台金南湾6栋306房				

戚小白站在相机前，木滞地看着前面的镜头，镜头旁是何瑞喜，何瑞喜的眼睛上下打量着她，眼睛一眨一眨的，仿佛是一次一次曝光定格成像。

每个人可能都有职业习性。

何瑞喜**有没有**？

当然。何瑞喜是街道办人员，协助民警拍照、核对身份是何瑞喜的工作，何瑞喜还(*@o@*)喜欢在家里捯饬没有警徽的警察制服，熨烫、晾晒，好像自己就是警察一样。

何瑞喜(*@o@*)喜欢拿眼睛拍照，是她的职业病。她用这个方法一遍遍对秦小白验明正身。

当倒转的14岁的秦小白的标准头像压制在满是地图网线的身份证上，成了一张硬纸片时，影小白就蠢蠢欲动、要从戚小白的身体里生长出来了。

戚小白看着身份证上自己的相片，好像看不清楚的样子。

身份证上有一行很长的数字，44020319940721……

戚小白还没有完全把数字读完，影小白就急不可耐地伏在她的耳朵边，她的声音细若蚕丝，飘飘悠悠地在房梁上绕了一圈，再落下来，却变得硬气刚强，掷地有声。

"那是我，从此开始，往后的秦小白就是这个数字。"

何瑞喜过来，拿过这张刚刚制成的身份证，颠来倒去地看了半天，还不时偏过头来打量戚小白两眼。

戚小白心里忐忑不安。

影小白似乎也颤了两颤。

她做什么？检查吗？验明正身？

"你知道吗？只有最后这第18位数字是随机产生的，最后这个6是你的验证码。"

听何瑞喜叨叨，一张身份证可以把一个人描摹成一个数字。

"你**有没有**想到，其实，不用等电脑输出来，我早晓得你的身份证数字，只除了这第18位数字，这个6。"

"你早晓得？"

"当然。"何瑞喜有些=_=ˆ得意，这是她的标志性表情，"你肯定**没有**料到吧。"

这表情让戚小白时常疑惑，看金庸的武侠小说《神雕侠侣》，雕其实是功力最(。ˆ▽ˆ)厉害的那个，躲在洞里，靠┳━┳ _•)偷看就学会了独孤求败的全部武功，还把它教给了杨过，让一只手的杨过成了武林第一高手。

武林第一高手的师傅是一只雕，一只神雕。

现在何瑞喜这只神雕也开始展示她未卜先知的超级神力了。她根本(/▽＼)不看身份证，但是她却准确地说出了秦小白的身份证号码：44020319940721……

"她的记忆力好好，看一遍就记住了。"影小白贴着戚小白说。

雕呵，当然。

"这么好记性又不去背书？！"戚小白小声地嘟嘟囔囔道。

这句几乎含在嘴里的嘟嘟囔囔却还是让何瑞喜听到了。

何瑞喜的表情更加夸张到一副"你哪里懂，我全都知道"的神气样儿。

"我告诉你吧，这身份证里**有**秘密。每个人身上都**有**秘密，你**有没有**，你知道吗？"

"废话。"影小白说。

戚小白不敢再嘟嘟囔囔了，她在心里附和。

"废话。"

何瑞喜大大咧咧的大嗓门招惹了好些不相干的人围上来。

影小白（ˇ_ˇ）想~溜跑，但是戚小白却定身在这里，因此影小白也没法溜跑。

何瑞喜显摆她的发现。后来的莽小白、敏小白、云小白知道那不是发现，那是何瑞喜的职业素质。

身份证上的数字，第1、第2位是省、自治区、直辖市代码；第3、第4位是地级市、盟、自治州代码；第5、第6位是县、县级市、区代码；第7至第14是位出生年月日，比如19670401代表1967年4月1日；第15至第17位为顺序号，其中第17位（倒数第二位）男为单数，女为双数；第18位为校验码，0~9和X。

"戚小白，你的校验码是6，真好哎！"

"怎么好？"

影小白**没有**再说话，戚小白也**没有**。但是围拢上来的不相干的人却继续燃烧着何瑞喜的兴致。

"6是吉祥数呵，代表圆满，六六大顺。"

那是迷信。戚小白在心里说，影小白更加紧地贴近戚小白，以此附和戚小白。

显然这话也**没有**引起围观者们的兴趣，现在他们知道何瑞喜是故弄玄虚，他们兴致索然，各自转身，准备散去。

"6这个数，看起来就像是一个孕妇挺着大肚子一样呵。"

何瑞喜这是要讲冷笑话了吗？但是她还讲得一本正经，这留住了两三个围观的人。

"所以数字6代表孕育，是最有妈妈缘的数字；六一是儿童节，它又是最有孩子缘的数字，因此它是亲情数字。"

好冷的笑话。

"**有没有**带毛衣来，现在可以穿上了。"影小白在戚小白的心里说，戚小白的心跳随声附和。

"6 是自然数头三个数字 1，2，3 之和，又是 1，2，3 的最小公倍数。两个等边三角形反向叠成的六角星，就是大卫之盾。"

"那又怎么样？"一个胖女人问。现在注意到了，她的小肚微凸，是个孕妇。

"6是和谐数字吧，是保卫、保障、庇佑——**有没有**看出来？"

孕妇笑了，她笑得很动人，嘴角轻轻牵引，像一朵花那样颤动。

真是牵强。戚小白忍不住"哼"地冷笑了一声。

"无聊当有趣！"影小白如果能现身，她就会拉着戚小白一起溜跑。

"6是物质世界的宇宙数字，因此埃及人选择这个数字来代表时间和空间。"

"这是什么意思？"影小白完全**没有**了溜跑的想法。

何瑞喜这句话很玄，把一个警察也吸引来了。

"那是于所长。"

戚小白告诉影小白。在影小白正式取代戚小白前，她还没梳理完戚小白拥有的全部记忆。

现在影小白知道，所谓"吸引了一个警察"的这个人，是跟他们家一直紧密相关的于所长，曾经爸爸为他挡了一颗匪徒的子弹因此牺牲的那个特别的人。

铭感五内——于所长每每说起爸爸的名字，面对何瑞喜和秦小白，他的话里就会嵌入这四个字。

如果是于所长，就是何瑞喜瞎掰饬一堆垃圾、一泡屎，于所长也会陪着的。

"6是物质世界的宇宙数字，因此埃及人选择这个数字来代表时间和空间。"

听起来有些高级玄妙。何瑞喜这只雕看来要把大家都引入她的魔法世界了。

"现在，科学家们同意空间与时间之间有非常紧密的关系，时间与空间紧密到完全贴合一体，就像是一个硬币的两面。"

当孕妇乃至另两个围观者也表现出（@_@;)晕乎乎的云里雾里、不知所云的惶惑表情时，于所长却一直很释然和平静，他应该听了何瑞喜说这个很多遍了，受到过反复教育。

现在，是于所长代替何瑞喜继续说，无缝衔接。

"任何与计时有关的事物都是以6或6的倍数为基准的。黄道分为12个方位，对应十二星座，是6乘2；一年有12个月，是6乘2；一个月有30天，是6乘5；一天……"

于所长的话被围观者们打断了，他们恍然大悟，竟然接下来也能发挥，一起附和，无缝对接下去。

"一天24小时，是6乘4；一小时有60分钟，一分钟有60秒，是6乘10……"

"对吧，对吧？！"何瑞喜开心死了，咯咯笑得好像顽小白那样。

戚小白好担心何瑞喜会像顽小白那样，冷不丁地就翻一个跟头。

当大家发现数字原来有这么多奇妙的含义时，真的就把何瑞喜当作"神雕"般地看待了。至少那个孕妇已经开始拿着补办的身份证跟何瑞喜咨询起来。

关于何瑞喜**有没有**真的念过大学，戚小白曾经疑惑过，现在戚小白（ˇ_ˇ）想~何瑞喜是大学生这个事可能是确实的。

有没有想过，一个人，一生，其实可以活成一个数字，戚小白很惶惑，但是更加忧伤。在这刻之前，戚小白并不知道这世界上**有**这个数字，这个数字与她息息相关。在这刻之前，她连数字也不是，当这样的一个神奇的数字诞生的一刻，她——戚小白——却要离开了。

现在回想起来，走远了的顽小白，还有准备离开了的她自己，是多么虚无呵。

那么，她，还有顽小白，到底**有没有**出现过？

戚小白这时候好想紧紧地拉住影小白的手，想要继续停留下来。

身份证上的相片开始有了颜色，戚小白看见平面的相片成了立体的真人，但是那个已经是——影小白——了。

什么时候纸片人的影小白化身人形，而戚小白却好像身体被抽空了的纸片人——连纸片人也不是，戚小白成了透明人。

"你**有没有**害怕？"

戚小白拉住了影小白的手，她想再多留下一会儿时间，这样影小白不会那么孤独。戚小白尝尽了孤独的悸怕的滋味，她希望影小白不会。

影小白看着戚小白，有些不耐烦地摇头。

"好烦哪，小屁孩。我怎么会害怕，我又不是小屁孩？！"影小白心里想，看看我个头都跟何瑞喜一般高了啦。

"那是你还没有经历过！"戚小白不服气地说，她警告影小白，"你会碰到无所遁形的时候，你就是叫'隐'也没有用！"

影小白白了戚小白一眼，她不太想搭理戚小白。

"你快走吧。"影小白说。

"我走了，你很快会鬼叫鬼叫，你会像鬼叫应我，你信不信？"

影小白吐了个舌头做回应。

"鬼才要叫应你！"

完蛋

戚小白、影小白和顽小白

无所遁形的时候,那个时候就是**完蛋**的时候。

仿佛从我记事起,我的真人秀肥皂剧就开始了,这一个叫《失踪记》,经久不衰地一遍遍上演。

——摘自《秦小白日记》

影小白很快就领略到了戚小白所说的无所遁形的时候。

那个时候就是**完蛋**的时候。

那一天,上课到接近放学的时候,气压变得好低,好像就压到嗓子眼这里,好难喘气。

然后影小白就捉到了戚小白。戚小白就像个鬼似的不知什么时候从影小白的领口里钻出来了,这让影小白如坐针毡。

"要死啦,你压得我不能喘气!"

"ㄟ(¯、¯)ㄏ不是我ㄟ(¯、¯)ㄏ不是我。"

戚小白摆着手说,现在戚小白的手也成透明的了,她要很用力才能让影小白看得见自己:"快点,收拾书包,溜出去,跑,逃之夭夭。"

"ヽ(°∀°)ノ——♪逃之夭夭,为什么?"

影小白不解地问一句,很快便意识到戚小白还在对她穷操心,凭什么戚小白该离开了却还在这里发号施令,影小白没好气地要伸手薅住领口的戚小白。

"你快点走开了，你怎么还耗在这里？"

"快点收拾东西溜走呵。天这个样子，等一会儿下起大雨来你就走不掉了，那时候你就会**完蛋**了。"

"**完蛋**就**完蛋**，要你管！"

影小白怄气地这样说，任凭戚小白着急得跳脚。怎么可能听任一个小屁孩摆布，才不要。

再挨三分钟，就可以听到放学的铃声。

但是天在两分钟后骤降大雨，雨即刻变成瓢泼之势，仿佛天突然炸开了一个缺口，暴雨从天而降，排山倒海一般。

影小白开始收拾书包，屏住呼吸，做百米冲刺起跑状。

放学铃一响她就要不管不顾往外冲了。

铃声和"哧"的什么东西被划开的声音几乎是同时响起来的。

这一次影小白真切地听到戚小白从她脖子领口缩回去前惊叫出的那一句："**完蛋**了！"

影小白出了座位，急急要往外走，跟从后面过来的班委李严在过道上撞了个正着。

影小白注意到书包上的挂件挂住了李严的裤口袋，李严的口袋划开了。影小白头好疼，她揉着自己的额头，怎么李严也是一样地揉着自己的额头，但是他的另一只手已经将挂件拿开。

"**完蛋**了！"戚小白惴惴不安地又缩在影小白的胸口里碎碎念，念得影小白心里发毛。

影小白懊恼地揪着自己胸前的衣服，这一刻她(ˇ_ˇ)想~要掐住戚小白的喉咙了。

"我明天会带钱来赔你的裤子。"影小白这样囫囵地对李严说，就准

备再往外跑。

影小白只想赶紧快快跑掉。她不想与教室里的任何人有任何的交集。从影小白诞生的那一刻起，她就想做一个隐身人。

因为，因为——她不要任何人注意到她。

但是，此时——李严拽住了影小白。

"你会碰到无所遁形的时候，你就是叫'隐'也没有用！"戚小白的警告开始显灵了。

李严摇头，郑重其事地跟她说："这点破看不出来，不用赔。但是现在不能走。"

李严说着话已经把影小白拽了回来，按到了座位上。然后他到了讲台上，用黑板擦敲击讲台。

教室顿时安静下来。

"校长说为了安全，今天校车延迟四十分钟发车，所有同学包括不需搭乘校车的同学全部推迟一小时放学，在教室里自习。"

李严梗着脖子说的话硬邦邦地砸在地上，像外面的雨柱砸在地上溅起水花，李严的话也溅了影小白一胸口的"烂泥"。

现在影小白的心黏糊得抹不开了。

这个叫李严的男生，他是属什么的，他好像是个危险的家伙，是他绊住了影小白。

刚升小学，还没进校门的时候，戚小白就认识他了，是顽小白拽着她的衣角指给她看的。

那时候的李严也是梗着脖子，念着骆宾王的那首诗。

"鹅，鹅，鹅，曲项向天歌。白毛浮绿水，红掌拨清波。"

顽小白听他念诗，就走不动了，戚小白使劲拉拽着顽小白才可以挪动一小步。

"他会管你的，这只鹅。"顽小白说，"这只鹅很死板，被他赖上很难丶(°∀°*)ﾉ——ゥ♪逃掉。"顽小白叨叨着说。

"你知道什么？"戚小白怼道。

"鹅，鹅，鹅，是三只鹅哎！"顽小白提醒戚小白。

现在影小白看着戚小白，她看到了戚小白(ˇ_ˇ) 想～起来的顽小白。被想起来的顽小白就屁颠颠地跑来，继续讲奶奶讲的童话了。

这是童话绘本的第三页——

有一天下大雨，放学的喵喵要回家。

喵喵不会飞〜⌒〜ヽ。

可是不快点回家，雕就会很着急很着急。

喵喵撞到了鹅，沾了黑泥巴的小爪子弄脏了鹅的翅膀，鹅"哦哦哦"叫着不给喵喵走。

喵喵好生气，好着急。

喵喵差一点想要拔了鹅翅膀上的一根羽毛。

但是鹅有翅膀也不会飞〜⌒〜呵——

那样，又有什么用？

"**完蛋**了啦!"影小白在心里叫。

"现在晓得**完蛋**了,怎么办?"戚小白终于再从领口爬出来。

现在轮到影小白羡慕戚小白可以从领口缩进去,转瞬不见影子。

有同学抱怨申诉,这让影小白看见了一线生机。

"学校网络屏蔽,我们先出去打个电话总可以吧。"

李严回应说:"可以。"

影小白从座位上腾地起身,再次以百米起跑之势。

但是李严后面烂泥巴的话又把她按回到座位上去了。

"老规矩,统一写给班委,由班委出去群发通知。"

已经出了座位的影小白不得不踅转回来,坐下来,将书包重新塞到课桌里,从里面拿出书本来,头伏在桌上翻书。

透明状的戚小白贴着影小白的头,她不再埋怨影小白,她担心影小白了。影小白现在这个情况还能撑多久?

这时候的影小白的脸是世界末日的**完蛋**的脸,没有光,混沌不堪。

在混沌中,影小白看见翻开的一页一页书,仿佛打开的一扇一扇门。就在此时此刻,影小白仿佛还听见了高跟鞋踩踏楼梯的声音。

笃笃,笃笃,笃笃。

那是在放恐怖片?

对于此时此刻的影小白来说,那笃笃的脚步声真正踏在她窝在身体里的心脏上,震颤回响得厉害Σ(っ°Д°;)っ,几乎挤破了心房,对,眼看着就吓破了影小白的胆。

被一直战战兢兢的戚小白呼唤生长出来的影小白,这时候感到好无力——怎么办,她要**完蛋**了耶。

"你就是叫'隐'也没有用！"戚小白难过地说，"我说过的话你有没有记性，现在你真的是无所遁形。"

猫不是有九条命吗？那要记性干什么。

"这就要上演《失踪记》了，哪怕十九遍后也要一遍遍上演！"戚小白的这句话等在这里怼影小白。

影小白知道，延迟放学是场灾难。超过半小时何瑞喜就会席卷小区的左邻右舍，实实在在地制造一场扰民。

此时，何瑞喜化身为雕，风驰电掣般地在金南湾小区的各个街巷、楼栋、单元、宅户∧(￣︶￣)∧飞旋而过。

"**完蛋**了，**完蛋**了，真的**完蛋**了！"

何瑞喜到处"喳喳""嗡嗡"地叫着，四处散布小白"失踪了"的惊天信息。

一扇打开的门前。

系着围裙的刘阿姨的脸嘟起来，一个正常人要消化何瑞喜这只雕的鸟语真的没那么容易。

"小白妈妈，哦，不是，瑞喜，小白没来。失踪？多久的事？"

何瑞喜拉长了声音，憋足了气力，比画着。

"都已经超过半小时，马上就快一小时了！"

刘姨的眼珠子从嘟嘟脸上跳出来，她哈了口气，学会了重复一句简单的鸟语。

"半小时？"

何瑞喜鸡琢米似的点头。

"都半小时了——半小时够我从单位来回三次了。"

刘阿姨咯咯地笑起来，笑声比外面的雨点还密。

"你单位就在院里，这能算哪。这么大的雨，耐心等等吧，说不定一

会儿小白就打电话过来了。"

"一会儿，那要多久？你怎么知道？"

何瑞喜较起真来会把人问疯的，刘阿姨没词了。

何瑞喜摇头，一副标志性的苦哈哈的**完蛋**了、世界末日来了的样子。她看出来，刘阿姨没有确信、重视她的话，何瑞喜不明白刘阿姨怎么听不懂她说的话，难道他们不是同一个国度的人吗？

"不行，不行，这时候，她的电话都打不通呢。"何瑞喜郑重其事地伸出了一根手指，"就要一个小时呀，哎呀，这是真的要**完蛋**了啦！"

何瑞喜好像要急(T∧T)哭了，刘阿姨显然重视起来。不是小白"失踪"这件事，而是，必须要将何瑞喜从雕的世界里拉回到人的世界里来。

鸟的脑袋太小了，就是号称最大的鸟的雕也不能像人这样善于思考。如果不能将何瑞喜拉回到人间，由着人被鸟搅和，那才会**完蛋**不是吗？

"也许是还在上课呢，现在补课很经常的。"刘阿姨说，"上一次你不也是，还有再上一次，你记得吧，那次课间操比赛练习；还有上一次的上一次，上一次的上一次的上一次，小剧场演出；上一次的上一次的上一次的上一次……"

刘阿姨本来想通过一连串无可辩驳的事实，逻辑推理出不必担心的结论，但是她突然听到了什么。

"啊，我煲的汤都快溢出来了！"

等到刘阿姨再急急转身，何瑞喜已经不知什么时候早已∧(￣～￣)∧飞转到另一扇门那儿去了。

终于，影小白再一次听到久违了的下课铃声——推迟四十分钟到点了。但是雨并没有停，甚至没有减小，教室外的雨帘俨然如瀑布之势。这一次同学们都麻木不动了。他们好像在等——

哪个班干部再跑上讲台宣布新的通知或者规定。

不可以再等了！绝不可以，绝不可以再**完蛋**一次，就是猫有九条命，也不可以去赌命，无谓地牺牲。

影小白已经猫腰出了座位，像一支离弦的箭，闪电般过去了。

拉开教室后门，"哗哗"的雨声扑面袭来，还有"哧拉"的声音。

哧>°)))>彡

啦>°)))>彡

(=^_^=)喵喵，听到这个，影小白真的猫叫了。

李严不知什么时候从外面进来，用下巴颏抵着高高一叠作业本，与影小白再一次撞个正着，本子落了一地。还是那个挂件惹的祸。这一次影小白将李严的裤口袋划开了好大的口子。

李严的眼睛与影小白的眼睛对视了半响，眼神就这么纠缠不清地交织在一起。

"(。·__·。)/对不起，我——"

李严的"跟尾犬"阿杰就是这时候凑近来的，翻故事画本那样地打量着两人，袖着两只手。

影小白几乎没有留意到阿杰，但是戚小白已经熟悉阿杰这个样子，戚小白(ˇ_ˇ) 想~如果影小白也好像她一样可以读得懂阿杰和李严眼睛里的火星文，那越发会了解自己**完蛋**了的绝境。

阿杰
> (·_·?)
> 什么事啊?

> (:-X)
> 我不会说出去!

> ○̂ →_→
> 鬼脸 怀疑喔～～

> --<--<-<@
> 玫瑰花? 要啊?

> @(-_-)
> 秘密……嘘

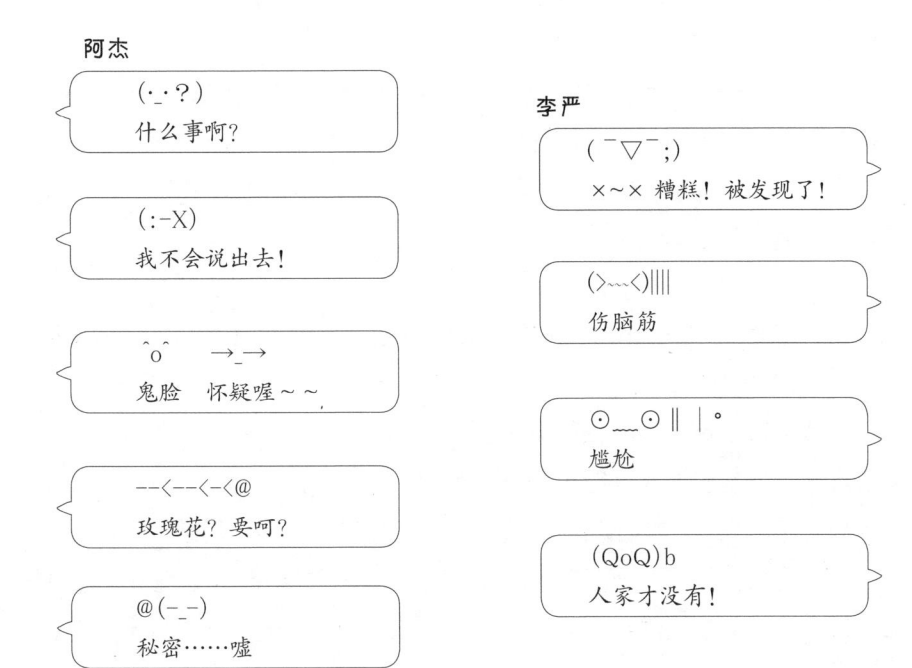

李严
> (￣▽￣;)
> ×~× 糟糕! 被发现了!

> (>﹏<)||||
> 伤脑筋

> ⊙﹏⊙||。
> 尴尬

> (QoQ)b
> 人家才没有!

戚小白在阿杰一次次吹动额前的刘海、眼睛一眨一眨地戏谑李严的表情里,读到了"暧昧"两个字。

那意思是说:"明明我就看出来了,你这小子,心思动了耶!"

李严的脸有一点点泛红,戚小白也看出来了。

这是很危险的。

这种早恋的苗头蹿出来,可是最要命的,猫有九条命,也躲不过火烧,会彻底**完蛋**的。

戚小白无法传递她现在才意识到、却不是记忆中的信息或思想给影小白。但是戚小白却明确地意识到,这个时候,在影小白还什么也没有意识到的时候,就得马上(*￣▽￣)(￣▽:;,…….::::;,…; 闪人逃掉。

必须在**完蛋**前拯救影小白,必须敦促、怂恿、推搡影小白迅速离开这里。

影小白现在正在手忙脚乱地埋头捡拾地上散落的作业本。戚小白急切地跳到影小白的跟前，对着她呵斥。

"(っ*´Д`)っ傻瓜，这个时候还不赶紧ヽ(ﾟ∀ﾟ*)ﾉ──ｳ♪逃跑，再耽搁在这里，难道留着过年吗？"

影小白就惊了一跳。

"才不要啦！"影小白在李严也蹲下来低头捡拾书本的一刻，腾地起身，仓促地对李严鞠了一躬。

"我会记得带钱来赔你的裤子的。"

没等李严反应过来，影小白已经跑掉了。

只要跑起来，影小白就可以成为隐者，你转眼就看不见她。

李严站直了身子，抱着书本，错愕地望着教学楼外，影小白已经从楼梯上风一般跑下去，隐约穿过教学楼的走廊、露天楼梯、学校广场，出了校门，消失不见了。

影小白的 800 米跑成绩是 2 分 10 秒；3000 米跑的成绩是 10 分 3 秒，这在学校里是理所当然的第一。她总是疯跑，疯跑，跑得比兔子还快，她可以像俞文老师说的那样"疾如闪电"，这全部拜何瑞喜所赐。

此时此刻，影小白不能耽搁，她必须马上回家。

阿杰的手袖在裤口袋里，走到李严的跟前，老友地拍了拍李严的肩，比了个火星文手势。

乌鸦乌鸦〜⌒〕〕飞过去了——

这是冷场的手势。

现在，离影小白应该到家的时间超过一个半小时了，何瑞喜这时候，肯定正在拨通全世界她可以了解的所有电话。

在这一刻，在金南湾小区、东南台街道、南湾镇、石峰区、滨海市的各个角落和上空，电话铃声响成一片。

"**完蛋**了！小白失踪了！"何瑞喜这只雕发出的鸟语，飘浮在雨雾中，充盈着整个宇宙。

影小白在风雨里狂奔如电掣。

    雨柱
    打在花伞上
    似踮脚跳舞的珠子
    串串滴落
    听到风铃　如
    欢歌
    水花
    溅在脚边边
    如玉碎拼好的棱镜
    面面掠过
    看见旋舞　若
    水莲

戚小白栖伏在影小白肩头，絮叨着念念有词，成了个诗人。如果不这样絮叨写诗，她就会沉浸在担心悸怕里。

因为，眼看着何瑞喜所说的小白"失踪"将近两小时，那么现在应该真的是彻底**完蛋**、天下大乱的时候，局面不可收拾。

影小白跑上小区的阶梯，就看见了这个情境。

一辆警车停在居民楼底下，有几个警察打着伞在车旁逡巡。

各单元的阳台上站满了人，他们都在打探着发生的事情，看见了跑过

完蛋

来的影小白，窃窃私语。

影小白√「~」╲飞快地跑过来，绕过警察上楼。

楼梯间经过的几个单元的门敞开着，戚小白缩进影小白的领口里去了。接下来的情境她不想再复习哪怕一次。

刘阿姨的胖脸庞对影小白眨巴了一下眼。

"啊，小白，回来了！"

蓝叔叔搓巴着两只手跟着说："谢天谢地，小白你总算回来了。"

尹伯伯的声音尤其急切，笃笃笃地，像他手上代用作拐杖的伞。

"怎么才回来——不能再晚了，小白你再不露面，我们整幢楼都要被连根拔起来了！"

趿着人字拖鞋的琴婶，跑得急，人字丁都踩得松断了，走路变得好滑稽，但是却没有忘记重点。

"哎呀，小白，你这是要了命了，你再不回来，我们全部都**完蛋**了啦！"

阿华哥搀着墨鱼奶奶靠在门边，真看到影小白跑上楼，进了家门，才吁一口气勉强肯离开。

奶奶看到影小白的一刻是如蒙大赦，她拉住了还在不停地按电话键的何瑞喜的手。

"不要再打电话了，ゞ(^▽^*)))小白回来了！"

何瑞喜好像听不见奶奶的话，她趴在沙发一头，继续翻着比字典还厚的一本电话簿，仍然拨电话。

奶奶过去揽住了影小白，将她硬拉过来。

"看到了，看到了！"奶奶不迭地道，"小白一个大活人，完完好好地站在你跟前了。"

派出所的于所长，还有东南台街道办居委会的辛主任却面面相觑地互相望了一眼，一副哭笑不得的表情。

这样子感觉他们是早就料到结果似的，这种表情在影小白看来有些蹊跷，古怪。

"两个小时就可以引发出警吗？"

影小白心里疑惑着。

这疑惑戚小白看到了。

"这不是出警。"戚小白纠正。

"底下有警车和警察，家里有所长，这还不是出警？**完蛋**！这出警还好大的阵仗！"

"爸爸是牺牲的警察，我们家住警察家属小区。"戚小白再一次纠正。

看着影小白，戚小白虽然可以理解影小白的(≧0≦)抓狂感受，那种感受她也曾一次次经历过的，但是不能扭曲事实。

她还是要纠正影小白。

何瑞喜抬起头，那样子像如梦初醒一般，╰(*°▽°*)╯惊喜的神情只是像风刮了她的脸一下，然后她就好像没事一样打了个哈欠，再然后，她竟然轻描淡写地对影小白叨叨。

"你还晓得回来呵。"

影小白喘不过气来，戚小白感觉到了。

戚小白跳出来，在影小白的耳根叫醒她。

"你ヽ(°▽°*)ノ━━♪逃不掉是吧，无所遁形的感觉是什么知道了吗？你想鬼叫就鬼叫吧，不然你就要憋死，你会**完蛋**的！"

憋屈死了的影小白揪着自己的头发，她想鬼叫，但竟然喉咙哽着一时叫不出来。

"如果现在可以让我**完蛋**，变成空气，我一百个、一千个、一万个愿

胡永红的作品让我惊艳。它的艺术性,它对我们习惯用词的重新定义,它对我们习焉不察的日常的陌生书写,它所伸入的沉默的幽暗区域——这是时下我们的文学所匮乏的。我们的文学多数只进入到平庸的安全区域,也不敢做丰点儿艺术的冒险尝试。

著名作家、鲁迅文学奖获得者、评论家 李浩

《上海嗳敏小白》同名电影
二〇二〇年
母亲节上映

意！"影小白~~o(>_<)o ~~哭起来。

　　这哭声戚小白好熟悉，这是戚小白在（T△T）哭。影小白竟然哭都哭不出来，戚小白好难过，她抽抽搭搭地替影小白（T△T）哭起来，而影小白却助力成了~~o(>_<)o ~~号啕大哭之势。

　　突然，影小白按住了自己的头，暴发似的歇斯底里地"啊——" 鬼叫出来了。听到这样的鬼叫，你就晓得那真是到了**完蛋**的绝境才能发出的嘶吼。

　　辽远的天空。

　　影小白"啊"的嘶喊声穿刺云霄。

　　这世界都要被影小白撕开了，这个世界都要**完蛋**了。

　　才不会。

　　这算什么嘛？！以后影小白就了解了——

　　这什么也不算。

　　这个世界连丁点皮毛都没落下，地球照样自转和公转。

昨天　今天　明天

戚小白、影小白和顽小白

我爸是警察，何瑞喜不是。但是何瑞喜有时候如果要记住什么，即便是警察也会大吃一惊。

今天何瑞喜的样子会深深地烙印在我的脑子里，**明天**，此后多久我想起来，也还是会不禁唏嘘。

——摘自《秦小白日记》

"你**今天**觉得懊丧死了，但是**明天**你就没有这么懊丧了。**明天**再往后你会慢慢淡忘。"

戚小白这样劝慰影小白。

影小白就在房间里，但是你看不见她。她整个包在被子里，枕头压住了自己的头。

戚小白用自己的经历和感受对影小白现身说法。

"即使**今天**难过到死的事情，到了**明天**或者**明天**之后也会过去，甚至不留下什么痕迹。"

"走开！"影小白在枕头里这样瓮声瓮气地说。

戚小白预感到自己必须要走开了，她现在越来越感觉自己是过去式，她的身形越来越迷幻，声音越来越缥缈。也许**明天**她就无法再在影小白跟前现身。

但是看到影小白**今天**难过成这样，她还是不忍心就这样丢下影小白。

昨天 今天 明天

急促敲门的声音又骤然响起来。

戚小白计算，这是何瑞喜的第七轮敲门声了。这一次敲门比第六轮那一次敲门相隔了五个小时，比第一次到第五次相隔的时间加起来还要长。

何瑞喜敲到第五次门时，影小白狠狠地甩下一句话警告她。

"你走开啦，我**今天**o(￣ヘ￣o#)不要理你！"

何瑞喜，这一次还真是沉住气、耐着性子隐忍了好久呢。

何瑞喜不能再忍了。

因为天已经大亮，现在是要去上学的新的一天了。

"小白，你快出来，你说的'**今天**'已经过去了。现在已经是'**明天**'了。"

果然，何瑞喜是计算着影小白说的"**今天**"过去了才敲门的，对于何瑞喜来说这就是"**明天**"了。

雕是这样计算时间和较真的吗？

影小白完全没有理睬，她在床上动也没有动。

戚小白小心翼翼地提醒影小白："是真的到了上学的时间。"

影小白将枕头拿下来，翻转身下床，狠狠地扫了戚小白一眼。

"(ノ`Д)ノ滚，你怎么还不滚，要你管！"

戚小白没有滚，戚小白还是紧紧跟着影小白，她可以跟着影小白的时间不多了。

影小白进到卫生间里洗漱，收拾书包。

何瑞喜还在门外叨叨个没完，像念绕口令一样。

"小白，你可以了吧！你**昨天**说的'**今天**'o(￣ヘ￣o#)不要理我，那个'**今天**'都过去了，这都已经算是'**明天**'了，你怎么还不出来？"

镜子里的影小白肃然地看着自己，清秀的脸但是面色铁青。

天大的怨恨也终究是要过去的，再不开心的事情也要靠自己想办法ヽ(°∀°*)ﾉ━━━━♪逃离。戚小白也不懂何瑞喜雕的思维逻辑，但是到这时候要懂得猫和雕嬉闹嘛，就像那首绕口令。

树上有只雕
地上有只猫
地上的猫想叼走树上的雕
树上的雕啄猫身上的毛
雕吓走了猫
猫赶飞了雕

影小白拉开了门，何瑞喜竟然就在门边靠坐着，她衣衫不整、头发有些凌乱，显然，她像这样的状态已经好久。

何瑞喜猝不及防，一下子如惊弓之鸟，弹跳到后面，险些(┬_┬)↘跌倒，但是她很快敏捷地站了起来，佯装无事地走到一边。

何瑞喜拿起熨斗，好像正在熨烫挂在熨衣架子上的警服。

影小白背着书包从她身边擦过去了。

何瑞喜巴巴地跟过来，结结巴巴地叨叨着鸟语。

"呵，呵，小白，你**今天**终于肯出来了，就是吧，那些都成了**昨天**的事情，过去了对吧，你不(｀ヘ´)生气了吧？"

影小白好像在何瑞喜的平行世界里，看不见她，竟然挺直着身子，神气地踩着猫步，径直穿过了客厅，到了门边。

她这就要拧开门把出去了。

何瑞喜急急拉住了影小白。

"小白，你得吃东西，你还没吃东西呢！"

昨天 今天 明天

这一句叮嘱倒不是**今天**独有，戚小白可以做证，这是何瑞喜每天一定会监督着然后说出来的话。

影小白嫌恶地甩开了何瑞喜的手，返身到了餐台边，抓起餐桌上的一块面包，径直往前拉开家门。

门再一次被突然拉开，何瑞喜猝不及防向后退了两步。

影小白推搡了一下何瑞喜，o_o_o_o 盯着熨烫架上的警服。

"这个，是用我爸的衣服改的？"

何瑞喜嗫嚅着，半天没回应。

"你不要沾他的光，**昨天**也是，**今天**、**明天**也是。整天这样比画来比画去，这——很无聊。"

何瑞喜还没反应过来，影小白已经甩开何瑞喜的手，从何瑞喜身边擦过去，径直往前拉开家门冲出去了。

何瑞喜跑到阳台上，眼巴巴地看着楼下。影小白好像只小猫，蹿出去，转眼就不见了。

影小白说得不对，因为戚小白听到何瑞喜在阳台上很不服气地嘀咕鸟语："谁要沾光了？本来就是我自己的嘛！自己**昨天**说的'**今天**'已经过去，现在是'**明天**'了，还不理人。自己说的话自己又不记得，不算数。"

戚小白也是才听到、了解到这个秘密。她(ˇ_ˇ)想～要告诉影小白，在影小白放学的一刻，戚小白(ˇ_ˇ)想～说给影小白听。

何瑞喜，她可能、也许、其实就是一个警察。

但是怎么会有看不见女儿一个小时就搅到世界大乱的警察？还有，会有哪个警察整天絮叨着说鸟语？

想到这些，戚小白也不确定了。

放学的时候，影小白发现自己竟然没带钥匙。

"只顾着（`ヘ´）生气，所以丢三落四的。现在还可以那么硬气，不理何瑞喜吗？"戚小白这样撺掇影小白，不是幸灾乐祸，而是一次警告。

今天的别扭劲儿还没过去，但是却必须去街道居委会找何瑞喜的这个事实，的确让影小白心里极其不爽。

树上有只雕，地上有只猫

戚小白才起了个头，影小白就喝住了她。

戚小白看到影小白进了小区的大门，已经右拐，颠颠地上了阶梯，是往街道居委会去了。

东南街道居委会与派出所毗邻。这里戚小白很熟悉，但是竟然没有真正意义上地进去过，只是在门口转悠过而已。

从外面的拱形大院门进去，敞亮的庭院分开两片，一片是居委会，另一片是派出所。

今天，就现在，戚小白跟着影小白真正进了大院，有些兴奋，因为她一直在回想、在联想。

"爸爸当年应该就是在那边的派出所工作吧。"戚小白这样猜测，头就从影小白的领口冒出来。

"你见过？"影小白问。

"没有。"戚小白无奈地摇头，"就是顽小白也没有见过。"

这个回应让戚小白和影小白都很难过。

她们难过了一刻钟没有再说话，空气变得潮乎乎的，好像就要郁结了，直到戚小白又想到了这个新的疑问。

"爸爸和妈妈是怎么认识的？"

"怎么认识的？"影小白重复道。

戚小白没有答案，影小白就更不会有答案，她比戚小白的想象力还要差。据说，想象力是随着年龄的增长呈倒退趋势的，即使属相是魔界的猫类也是如此。

"两个人都在一起工作，不就认识了。何瑞喜那么（*@o@*）喜欢说话，要是爸爸不理他，她就会从**昨天**说到**今天**，从**今天**说到**明天**，一直说一直说，直到爸爸理她为止。"

这是什么人，这么奶声奶气地插话进来，把影小白吓了一跳哎。

戚小白认出来，这是顽小白。现在她栖息在她的暗影里，戚小白可以感受到她，影小白一时间无法看见她。

"顽小白。"戚小白老老实实地告诉影小白说，"我刚才不小心说到她，她就跳出来了。"

"我爸是警察，何瑞喜不是。他们不在一个单位，不会在一起工作的。"影小白没好气地说。

"嗯。"戚小白也附和，这倒是真的。

一个小屁孩的猜测哪有一点点逻辑。

"那何瑞喜就是串门去的嘛，何瑞喜**今天**去，**明天**也去串门，然后去到爸爸那里，**今天**说，**明天**也说，一直说一直说，直到爸爸理她为止。"顽小白的想象力真不是盖的。其实小孩子的想象力都是天才。

戚小白咬着嘴唇看着影小白，影小白咬着指甲盖不说话了。

"那叫串岗好不好？！"戚小白终于找到了顽小白说话的破绽，灭了顽小白的威风。

影小白已经顾不得听这些臆想，她的注意力到了居委会办公室的门前，到了居委会办公室的窗户里。

办公室里，几名职员正在对着桌面上的一大沓一大摞的纸，操纵电脑鼠标和键盘，办理资料输入工作。他们很投入，很严肃，很机械。

何瑞喜在打杂，一会儿收拾文件，一会儿倒水，一会儿收拾垃圾桶。她**今天**看起来心情很不错，全然没有受到跟影小白置了气的影响，她好像很享受这种状态，一边工作还一边摇头晃脑地哼着小曲。

"可能何瑞喜当时不只是对着爸爸说话，她还唱歌。"顽小白继续发挥她的想象。

"难听到死，谁会（*@o@*）喜欢？"影小白这一次没好气地呛了一句，然后再对戚小白凶道，"你什么时候走，带上这个多嘴的东东。"

戚小白敷衍地"哦"了一声。

几个拿着公文夹的年轻警察跟在派出所于所长后面，走过来，推开了办公室的门。

坐在格子间最里面大班台后的辛主任立刻站了起来。

于所长向辛主任介绍，两名年轻的男刑警是广西南宁四塘镇派来配合当地派出所的刘警官和祁警官。

看这样的阵仗，案子比较棘手。

何瑞喜好像有意无意地扫了他们一眼。

"**今天**这里会出大事情。"戚小白不无担心地小声跟影小白嘀咕。

刘警官接着介绍说，确定嫌犯曾经在此附近居住逗留，但是一直更换和使用假身份证，因此警方目前掌握的信息有限。

"是个凶恶的犯罪团伙，晚一天收网，社会就多一天危险。"

那意思是：**今天**不解决，**明天**就有大麻烦。影小白也在犹豫自己要不要这时候进去。

于所长继续对辛主任说明："我们了解到的一个线索是其中一名重要嫌犯的绰号叫手雷，我们需要街道居委会配合查找筛选资料和信息。"

"没有正式的名字？"辛主任的眉头皱起来。

刘警官摇头："没有。"

辛主任再问:"嫌犯姓什么?什么年龄?"

刘警官回应:"都不确定。"

"性别,婚姻状况?"

两名刑警摇头。

何瑞喜什么时候不再哼哼着歌了,她再抬头打量了几名刑警一眼,然后继续清理桌上的杂物。

两名刑警很无奈地摇头。

"没有。所以派出所的案底资料无法查找,想问问你们帮忙看看,能有什么线索。"

辛主任很为难地搓着手,一脸苦笑。

"像绰号一类的信息资料我们也不一定输入了电脑。"

几名刑警与于所长面面相觑,有些失望,寒暄着"那这样,有什么线索,随时联系",便要悻悻地退出。

今天何瑞喜的样子会深深地印在影小白的脑子里,**明天**、此后她都不会忘记。

就在几名外地刑警跟于所长要鱼贯而出的一刻,何瑞喜的碎碎念鸟语拖住了他们的脚。

何瑞喜很有节奏地一边擦拭桌子,一边絮絮地念叨。

"张春田,又名张小三,绰号手雷。"

刘警官和祁警官才到门口,即时转头,文职女刑警心领神会,坐下来打开了随身携带的笔记本电脑,输入。

不多会儿,女刑警对于所长和刘警官等会意地瞄了一眼,几名警官围拢过来。

女刑警一边往电脑输入信息一边念:"张春田,男,1979年3月4日出生于显县淮南镇后厂村,并住该村,汉族,小学文化,农民,1997年因

犯盗窃罪被泊头市人民法院判处有期徒刑三年,缓刑四年,现押于水浦县看守所!"

何瑞喜继续碎碎念:"黎南光,又名黎小龙,绰号手雷一号。"

辛主任和于所长对视了一眼,眼睛里是诧异和关注的表情。

影小白的惊叹"啊"差点就要从嘴里蹦出来,好在戚小白的头磕到了她的脖颈上,一瞬间封喉。

女刑警继续一边往电脑输入信息一边念:"男,1982年6月20日出生于黑龙江省铁力市朗乡镇,汉族,初中文化,农民,住阜兴市江北小区。2001年6月17日因涉嫌犯抢劫罪、盗窃罪被献县公安局刑事拘留,同年7月11日被逮捕。现押于梅县看守所。"

几名刑警不再o_o o_o盯着电脑，而是o_o o_o盯着何瑞喜，眼睛里放着光。

　　影小白捂住了自己的嘴。

　　何瑞喜碎碎念像报菜名似的："精神病李富贵，绰号黑手雷。"

　　女刑警很快查到了。

　　"因精神病曾免于起诉的杀人犯李富贵，男，今年51岁，早些年从江苏省南京市江宁区到广西、广东打工，现住米氏县凤凰乡秦涌村，……"

　　影小白将自己的眼睛也捂上了。

　　看他们的神情，**今天**的收获分明是大大的ヽ(*ﾟ▽*)ﾉ惊喜。戚小白也没料到何瑞喜**今天**会这么帅，真的十分辣眼睛。

　　戚小白怂恿着顽小白，跳到影小白的眼睛里，这样就可以看清楚影小白眼睛里的火星文：

ˆOˆ	(✿ﾟ▽ﾟ)ﾉ	ヾ(≧◇≦)ゝ
吼吼（欢呼）	好耶	太棒了
O⌒┐	*@_@*	(((o(*ﾟ▽ﾟ*)o)))
ORZ（五体投地）	崇拜	赞

顽小白把在影小白眼睛里看到的火星文小声地翻译给戚小白。

"她很惊讶。"戚小白竖起了大拇指。

顽小白很惊讶:"咦,你也看到了。"

戚小白点头,她还处于与影小白交割的状态,还能感知到影小白。

戚小白:"这一次她服了何瑞喜。"

顽小白很肯定地点头:"是*@_@*崇拜。"

影影白揉了揉眼睛,顽小白就跳出来了。

"崇拜——小屁孩也懂吗?"戚小白（´-∀-`）很不屑。

顽小白就跳到戚小白的眼睛里写下她看到的火星文:

(*@o@*)　　　　O_o　　　(⊙o⊙)　　 `(*>__<*)′
　哇　　　　　呵呀　　　目瞪口呆　　 好刺激

没等戚小白反应过来,顽小白已经夸张地在那里怪叫了。

"哇——"

"呵呀——"

戚小白硬生生地白了顽小白一眼:"是目瞪口呆。"

顽小白讨好地:"刺激哪,是吧?"

戚小白"嗯"了一声,心里好生奇怪,6岁不足的顽小白不识几个汉字,却认识这么多火星文,她竟然不知道。

"你还真是有点神力,**今天**才领教了。"戚小白对顽小白说。

"嘿嘿。"顽小白憨笑了一笑,从戚小白的眼睛里滚到她的肩膀上,再吊着她的手臂和腕子,打了两个秋千。

"我的(。ˆ∀ˆ)厉害你哪里晓得,都说我能克住何瑞喜啦。"

"吹牛!"戚小白怼道。

戚小白心里想:"顽小白凭什么克住何瑞喜,(~o ̄∇ ̄)~o…滚地还是尿床?!"

昨天 今天 明天

影小白没好气地："可不可以不要这么吵，（ノ`Д）ノ滚一边去！"

但是影小白也觉得**今天**的事情何止`(*>﹏<*)'刺激，分明不可思议。

办公室里其他几名正在工作的职员都停止了手里的工作，定格在那里了。

辛主任醒悟过来，拍了两下脑门。

"看看，我**今天**怎么把瑞喜忘了，她以前不就是跟你们同事，脑子里的资料比我们的电脑齐全。"

还没等站在窗前的影小白反应过来，办公室的门就被拉开了。于所长、辛主任和刘警官、祁警官等裹挟着何瑞喜出来。

于所长满面红光，热情迸发。

"我们一起到所里档案室去吧，我找几个同志配合瑞喜，由她提示，其他同志调电脑资料，**今天**一定干个漂亮的，你们看——"

刘警官握紧了于所长的手，他的信心也膨胀起来。

"只要**今天**能把线索理出来，我们**明天**就可以顺藤摸瓜，早日收网。"

一行人从办公室里出来，都兴奋异常，匆匆往前走，上楼。何瑞喜被裹挟着出来，竟然没有看见小白。

影小白想要叫住何瑞喜，但是戚小白又将头枕到她的脖颈上，她的喉咙再次哽住了没有叫出声，踌躇着，远远地跟在后面，但是到了楼梯口还是站住了。

影小白好像莫名看见了什么，退回来，驻足在宣传栏前。

在贴得满满的相片墙上，影小白的眼睛停在了父亲秦刚和何瑞喜与战友们一起的合影前。

相片上的何瑞喜竟然穿着警服哎，真的，一点不错，那是何瑞喜。

"咦，何瑞喜穿上警服的样子真像个警察。"

顽小白趴到相片上了，她很兴奋，像个透明的雨点儿水晶，她从那相片上滑下来。

除了戚小白没有人看得见她，除了戚小白和影小白没有人听得见顽小白说话。

"（つ*´Д`）つ傻瓜，何瑞喜穿上警服，就是警察。"戚小白说，(ˇ_ˇ)想~要将顽小白抓回来，但是顽小白现在粘在相片上，不肯离开。

"怀念——**昨天**——的战友秦刚。"顽小白念出来，"那这个是爸爸，他**今天**不在了，是这样吗？"

"是，那是爸爸。"戚小白回应。

影小白的手伸到了秦刚的脸上，摩挲。顽小白从相片上下来，回到戚小白的肩膀上。

"站在爸爸身后的是他的战友。"戚小白说。

"于所长。"顽小白认识他。

很多时候，把顽小白从幼儿园接回来的是于所长，生病的时候于所长也会在医院陪着。

戚小白也认出了于所长。她"失踪"的时候，于所长就会赶过来处理她的"失踪"事件。

眼睛好疼，心里好酸，眼泪就这样蒙上了眼眶。

要洗洗眼睛才可以，现在影小白、戚小白还有顽小白，三个人的眼睛都是混沌的，看不清东西了。

影小白在庭院的长椅上坐等。(￣o￣).zZ好困呵！不知道等了多久，影小白在长椅上ZZzz…(。-ω-)睡着了。

"谢谢你，瑞喜同志，你太了不起了。"声如洪钟。

影小白被惊醒了，她从庭院里的长椅上坐起来，这就看见何瑞喜的手被刘警官握得很紧。

何瑞喜（❀‿‿）腼腆地笑。

什么时候，于所长和辛主任也从派出所的门洞里出来了，都很兴奋，好像捡了宝的样子。

"瑞喜**今天**帮了大忙了，到**明天**我们再把线索理一理，肯定能有重大突破。"于所长慷慨陈词，好像在做总结报告一样。

就在这一刻，何瑞喜看见了躺在长椅上的影小白。她冲动地莽撞地冲到影小白面前，揪扯她起身。

"小白，起来，你**今天**怎么搞的，跑到这里倒头睡，你真是不怕着了风？着了风就会冻着了，冻着了**明天**就会生病，生了病以后就上不了学，上不了学就会耽误功课，功课耽误了考试就过不了关，过不了关就要留级的呀！"

影小白的嘴嘟起来，背转身。

"这哪里是雕，这是乌鸦啦！"戚小白真为影小白难过。

"什么意思呵？"顽小白问。

"猫有九条命也能给她说死！"戚小白又说。

已经走出几米远的刘警官和祁警官回过头来，(-@y@)瞪眼呆了半晌才回过神来扫了何瑞喜一眼。

"怎么那两个警官好像突然不认识何瑞喜一样。"顽小白说，她看到刘警官和祁警官看何瑞喜的眼神有些古怪。

"一下子就像换了一个人。"戚小白也说，"但是**今天**的何瑞喜还是**今天**的何瑞喜。"

"那又是什么意思呵？"顽小白问。

影小白也惶然起来。

那么神勇、记忆超常的何瑞喜莫非只是幻觉？

影小白揉着眼睛坐起来。

"我忘了带钥匙，过来找你的。"

何瑞喜扯着大嗓门，不管不顾地道："你**昨天**关着门不是耍横说——"

何瑞喜顿住了一下，拿腔拿调地学影小白的语气。

"我**今天**才o(￣ヘ￣o#)不要理你。你忘记了？"

影小白拉拽了何瑞喜一下，把手竖在嘴唇边，做了一个说话小声些的手势。何瑞喜再这么大呼小叫的，影小白是真的希望自己可以是隐小白，瞬时能隐身。

"什么啦——"何瑞喜才不管影小白给的提示，现在捉住了影小白的短，当然恣肆报复。

"你是不是自己说过的话忘记了？"

影小白拉长了声调，反怼道："**昨天**说的那个'**今天**'已经过去，现在是'**明天**'了——你**今天**早上不是这样说的吗？"

何瑞喜旁若无人地*´∀)´∀)*´∀)*´∀)大笑起来："那也是，那好吧，我们走，**今天**先不回家，我们出去吃东西好不好？"

影小白还没反应过来，已经被何瑞喜拉起来，挽着胳膊，往外走。

地上的猫想叼走树上的雕，树上的雕啄猫身上的毛。

顽小白(˘_˘)想~起这个绕口令，琢磨不明白。

"这是什么意思呵？"顽小白问。

"这是讨厌还是(*@o@*)喜欢的意思？"戚小白也不明白。

"(ノ`Д)ノ滚！"影小白对着戚小白和顽小白道。

喜欢　讨厌

影小白和莽小白

喜欢，**讨厌**不是简单的字面意义。我们经常以为的**讨厌**，哪里是**讨厌**某人、某件事，其实是**讨厌**无法改变某人、某件事的无奈、无力感；而我们不曾轻易表达的**喜欢**才是真的**喜欢**，假装不出来。

——摘自《秦小白日记》

公交车上没有几个人。

何瑞喜和影小白坐在车后排，影小白犹豫着要不要说。

"何瑞喜，你当过警察？！"

影小白吓了一跳，这个话原本在她嗓子眼里卡住了，但还是蹦了出来，真真切切。

车窗上有一个影子，是个女孩，样子很像她，但却分明不是她。那个女孩对她吐了一下舌头，扮了个（ ^o^ ）鬼脸。

何瑞喜曾经是个警察的事实，让影小白吃了一惊。她的心里漾起一轮微漾的波纹，对于这个情况，影小白竟然无法找到应对的情绪，她不晓得自己是**讨厌**还是**喜欢**。

影小白还没来得及搞清楚时，那个莽小白却替她把心里话莽撞地说出来了。

何瑞喜憨憨地笑，突然挺起胸，坐得很挺的样子。

"（。^▽^）厉害吧？！"

影小白"哧"了一声，别过头去。

讨厌！影小白心里很抵触何瑞喜这种只要有一线光亮就以为到了舞台中心、(~ ￣▽￣)~飘起来的样子。

但是何瑞喜就是(*@o@*)**喜欢**自以为是，就是(*@o@*)**喜欢**有一点点小自豪便急不可耐地要显摆。

"警徽没了还拽什么拽？！"

这话再一次把影小白吓到了，这是她放在心里的话，但是现在这句话又跳出来了，不是她说的呵！

讨厌！怎么这么没有礼数，可以随便去窥探人家的内心，而且还这么不知羞耻地往外宣扬？

这一次，影小白看清了那个女孩，她从车窗上滑下来，坐到她前面一排的位置，并且还晃动了她的头示意她，完全、根本不以为然。

"那也是当过的啦！"何瑞喜的嘴撇了一下，不服气地说。

影小白的嘴角滑过一丝戏谑的笑。

讨厌，影小白很快意识到，她的不以为然这个反应是copy了那个女孩。

毕业于中国人民公安大学的何瑞喜，工作十五六年却只是一个街道办小职员，说到底是一件\(ˊ-ˋ)/好没劲的事。影小白心里这样想。

"那现在怎么不是了？"

坐到前面的女孩转过身来了，影小白(ˇ_ˇ)想要隐身，这样像凭空照镜子，实在太诡异了。

讨厌！非常**讨厌**！

但是何瑞喜却全然没有发觉，她有些窘困，半天没有找到应对的话来。

"说呵，你还神气什么？"这句话甩出来，影小白的脸就要压到何瑞喜脸上了。

但是这不是影小白要这么做的，这个话也不是她说的。

是那个女孩从前面的座位上跳过来，挤到影小白的位置上，推搡怂恿影小白的。

何瑞喜搓着手，一时间无以应答。

"我如果是……"何瑞喜突然"呵呵"怪异地笑，竟然(´◔◞◔)嘚瑟起来，"我如果还是警察，那——那怕没有什么坏人~(T□T)σ了！"

"(￣▽￣~)切~~！"影小白才一撇嘴，那个女孩已经抢先把何瑞喜怼回去："又吹牛！"

车停靠站台，何瑞喜生气地走到了前面，先下了车。

影小白在车门口将那个女孩堵住了。

"你为什么要跟着我们？！"

"我(*@o@*)**喜欢**！"女孩挑衅地说。

"但是我**讨厌**！"影小白说。

那个女孩并不理会影小白的质问，她仍然跟着影小白，跳下车，跟她走成并排。

~⊙o⊙哇呀~~影小白惊奇地发现地上只有一个影子，那么这个在阳光底下没有影子的女孩会是谁。

"你是谁？"影小白问。

女孩端详着地上的影子好一会儿，转过脸来。

"那是——"影小白指着地上的影子，"我的——"

"是我的影子。"女孩说。

这个回应让影小白(≥0≤)抓狂。

"我是莽。"女孩说，"莽小白。"

影小白心里"扑腾"狠狠跳了一下。

"无所遁形，即使你叫'隐'也没有什么用。"影小白(ˇ_ˇ)想起戚小白的话，不禁唏嘘。

讨厌，**讨厌**死了！

现在连影子也没有了，终于可以准备遁形，可是，为什么却有些不舍。

"**讨厌**我，**讨厌**你自己吗？"莽小白刻薄地问，影小白心里的话她全听得见。

"至少我不**喜欢**——"

"从来、一直就是何瑞喜的女儿，这样的身份，即使怎么藏起来也根本不会有任何改变。由不得你**喜欢**不**喜欢**、**讨厌**不**讨厌**！"莽小白抢断了影小白的话，郑重其事地说，"隐身？更绝无可能。"

影小白沮丧地点头，因为她已经多次尝试过，那根本行不通。现在面

喜欢　讨厌

前的这个叫作莽的女孩显然比自己勇敢。

其实才不是真的**讨厌**哪个人、哪件事，而是**讨厌**对于那个人、那件事无奈而无力的感觉。

那么(*@o@*)**喜欢**呢？**喜欢**都是真(*@o@*)**喜欢**，这个是假装不来的。

这天放学，走到楼道间的时候，影小白注意到了车牌尾号是0583的车，那是于所长的车。

回到家里，影小白就感觉到很怪异的气氛。

何瑞喜一直就呆坐在阳台上，像被抽空了精气神似的，她的眼睛(/▽＼)不看不动，眼神黯然无光。

"于所长来过了？"影小白问。

奶奶点头。

"发生什么事了？"

奶奶摇头。

影小白无奈，准备回房间。

"才不会呢，没有事，于所长怎么会来？"

这是莽小白在她的背后说的话，吓了影小白一跳，她不得不踅回来。

奶奶很意外地瞄了影小白一眼，显然，奶奶也看出来影小白今天与往日很不一样。

但是奶奶仍然什么也没有说。

这个夜晚与其他每个夜晚没有什么不同，但这是个要记录下来的夜晚。

因为就是这一天，奶奶也被吓到了。

奶奶在安置何瑞喜在床上躺下来之后，就在这里留宿，没有回她自己的家。

影小白这晚一直蹲在沙发上，现在是深夜，再有半小时就会是第二天。她将会要跟莽小白替换，冥冥中影小白感觉体能在自己身体里逐渐消失，她开始变得轻盈起来。

她要走了，从此开始真的隐身。但是在那之前，她（ˇ_ˇ）想要搞清楚一些事。

除了她给莽小白复制的记忆部分，她还想知道这个——在这之前发生了什么。

于是影小白就在自己翩翩欲仙的时候，迷迷茫茫地任自己的眼睛像飞鸟那样飘到了半空中，穿越到4个小时之前。她看见了今天下午在这个房间发生的事。

奶奶是快到晚饭的时间过来的，她买了鱼，兴冲冲地将塑料袋里的鱼倒到洗菜池里，打开水龙头清洗。

何瑞喜当时就在厨房里忙活着给影小白做饭，奶奶大包大揽地把她推搡出去。

"今天运气好好，买到了黄油鲚，小白像爸爸，最(*@o@*)**喜欢**吃这个了。黄油鲚肉嫩，除了一根脊骨，就没什么小刺。"

"小白像爸爸。"何瑞喜应着，"就(*@o@*)**喜欢**吃黄油鲚。"

奶奶熟练地开始剖鱼。

何瑞喜怔怔了良久，突然转身，疾走到厅里，拿起了沙发边矮脚柜上的电话，开始拨号。

"秦刚！"何瑞喜对着电话道。

奶奶感觉到了什么，停下了手头的活计。

何瑞喜坐在沙发上打电话，不管不顾地自言自语。

"一个小时回来？那好呵，秦刚，我买了你最(*@o@*)**喜欢**的黄油鲚。"

喜欢　讨厌

奶奶的手抖了一下，转过身来，到了厨房门边。

何瑞喜还在绘声绘色地说："是你最(*@o@*)**喜欢**吃的黄油鲚呢，就在池子里，等你回来，我们就煮。"

奶奶刚要迈出厨房，脚已经抬起来却又心里一紧收回去了。奶奶退回厨房去，转过身继续剖鱼。但是手不如从前利索了，一阵阵发颤，猛然再一抖，鱼刺到了手指里。

奶奶顾自拔着手上的刺，背深深地佝偻着，越来越弯曲，最后成了弓的样子。

眼泪漫过了奶奶的眼眶。

影小白的眼睛坠落了。她附着在莽小白的身上，两个息息相通的人呼吸越来越一致。

彼此都感觉到了对方的心思。

一串流星在莽小白的脸上划过，那是真实的泪珠，是影小白交换的一刻最后流下的眼泪。

现在莽小白替代了影小白。

"你(T^T)哭了？"莽小白问。

影小白用手背习惯地揩自己的脸，但是她的手却从自己的脸上穿了过去。影小白现在已经成了纸片人，不只是，是透明人了。

"好**讨厌**！"影小白说。

"**讨厌**其实是无奈的意思。**讨厌**的是无法改变某个人、某件事的无力感。"莽小白说。

影小白嘤嘤地(T^T)哭起来，哭得好伤心好伤心。

对，就是**讨厌**自己怎么也无法改变某个人、某件事的无力感——只是一个小时，就差一个小时呵。如果可以将十五年前的那一个小时拿走、隐略、让它消失，那么爸爸就可以回来，何瑞喜就不会变成这个样子吗？

讨厌，真的**讨厌**死了！

"那是什么？"莽小白问。

影小白好想告诉莽小白她看到的那个，但是那是她⌒(￣～￣)⌒穿越时空看到的东西，她没有办法将记忆以外的东西复制给莽小白。

讨厌，就是没有办法啊。

"你对何瑞喜要好点！"影小白说。

可惜这样的一句话在空气中撞了墙似的，传递不出去。

"你能懂何瑞喜吗？"

这话也还是犯了规，被截断掉后半部分。

"你懂吗？"莽小白听到的是这个。

"懂什么？"莽小白觉得好古怪，"你怎么说话有一搭没一搭的。"

影小白的心狂跳了一下，像被人窥破了心思。

莽小白到底比她更加聪明，她竟然揣测到了影小白说话有隐情，这让影小白宽慰了好多。

莽小白会比她更加懂得何瑞喜吧，影小白(ˇ_ˇ)想~，她是真心开始(*@o@*)**喜欢**这个代替了她的勇敢的聪明的莽小白。

改变

影小白和莽小白

过去的事像一座山，立在那里不动，你怎么努力也不会有结果，但是不努力尝试就什么**改变**也没有。

——摘自《秦小白日记》

奶奶不止在这里留宿了一晚，此后还一连住了八天。

奶奶这个**改变**往日的反常之举，是希望看见何瑞喜的X~X糟糕状况得到**改变**。

奶奶住在这里的时候，每天都给何瑞喜和莽小白做饭。这些天何瑞喜经常坐在阳台上（´·．·）发呆，奶奶就在阳台上陪着何瑞喜。

奶奶不用回去看她的小店吗？莽小白感觉很奇怪。

"你怎么每天这样子丢了七魂少了六魄的样子。你这是赖上奶奶了，活该奶奶欠你的呵？"

才过了两天，莽小白就看不下去了，她冲到阳台上去给奶奶打抱不平。一个大人，怎么会比顽小白还不如，这样子ઝ（|‿ഩ）撒娇耍赖。

莽小白撸起一边袖子，她今天倒是要理论理论、掰褴掰褴。今天，莽小白要试试让何瑞喜**改变**这种死相，这太折磨人了不是吗？

影小白（ˇ_ˇ）想~要拉住莽小白，但是莽小白冲动决绝的样子力气好大，她拉不住莽小白。

"回去做作业去，又碍你什么事了。什么也不懂还嚷嚷！"

影小白（ˇ_ˇ）想~要这样呵斥莽小白，她还没有说，奶奶已经这样呵斥了。

这种状况一直持续了八天,终于有了**改变**。

这天,何瑞喜自己跑到厨房里做饭了,奶奶要过去帮忙也不要。

何瑞喜没有再在吃过饭后坐在阳台上(´•.•`)发呆,到了晚上,她往门外推搡着奶奶。

"不要管我,你回去,回店里去。"

奶奶犹豫着,看着何瑞喜,心事重重。

"我再陪你两天,没事的。"奶奶说。

"我也没有事,你回去!"何瑞喜这样坚持。

奶奶就应允了。但是想到了什么,她推开了莽小白的房间,走近了在梳妆台前写作业的莽小白,站在她身后却顿住了。

奶奶反复搓着手,欲言又止的样子。

"不行,这种情况一定要**改变**,必须**改变**。"奶奶在心里说。

奶奶的心里话影小白通过奶奶忧心忡忡的眼睛全看见了,她隐约猜得到奶奶(ˇ_ˇ)想~要的**改变**是什么,奶奶是想把时而恍惚错误地停留在十五年前的何瑞喜拉回来,并且守护她。

影小白好想告诉莽小白。但是交接时乱说话犯了规的影小白被封闭了说话传输口,现在她无法**改变**自己被处罚的处境,她暂时,也可能直到真的完全离开时,连半句话都不可以传递给莽小白了。

影小白在梳妆台的镜子里干着急地看着莽小白,想对莽小白示意。她的意念传递到了台灯,台灯突然闪了一下,照到镜子上的光反射回去刺到了莽小白的眼睛,莽小白抬起头来。

莽小白与镜子里的影小白对视了。

那么莽小白应该也看到了就站在她身后的局促不安的奶奶。

可是并没有。

奶奶最终还是选择了什么也不说,就转身走开。

即使是长成了莽小白，奶奶也还是以为她只是个小孩，并没有**改变**未成年的事实。奶奶从来以为：未成年的孩子始终不可以参与大人的计划，因此奶奶现在要做什么并不打算借助或者联合莽小白。

何瑞喜是大人，但很多时候不像。

从记事起，奶奶也跟何瑞喜一样，坚持让小白一定要叫何瑞喜的名字而不是"妈妈"，从无**改变**——无论是顽小白、戚小白、影小白，还是现在的莽小白。

可以让未成年的孩子叫名字的妈妈算不算大人，莽小白也很疑惑。

奶奶要求小白叫何瑞喜的名字的理由与何瑞喜不尽相同，奶奶渴望要**改变**现状将何瑞喜再嫁掉，但是从顽小白、戚小白、影小白到莽小白，小白越长大越知道那恐怕需要的不是一般的奇迹。

奶奶（ˇ_ˇ）想~要**改变**，影小白（ˇ_ˇ）想~要莽小白协助奶奶，但是莽小白根本不明就里，她好像一直很不情愿奶奶编排给她这样的"工作"，这好像并不

容易。

没有等奶奶示意，没有等影小白(ˇ_ˇ)想~怎么传达给莽小白，莽小白已经到了何瑞喜的房门前，不管不顾地拍门了。

"何瑞喜，你出来，奶奶要给你气走了！"

这样鲁莽地、催命一样地拍门，这样子怎么把奶奶的好意表达清楚。影小白挤过门缝，到里面去┭┮﹏┭┮)偷窥何瑞喜在做什么。

何瑞喜穿着轻便运动衫，她靠着门倒立。门的猛烈震动让她感觉十分不适，她贴紧在门上的两条长长的腿收回来了，但是这种对峙的状态并没有**改变**。

显然，何瑞喜并不打算**改变**。

何瑞喜现在到了床上，她劈开两条腿成一字，双臂伸展开，她真的成了一只鸟，不对，她是雕，她的眼睛红光闪射，她再辗转，脖颈转动，这是90度，不止，比那个多很多。

影小白忽然想到雕能将头部转动270度——也就是四分之三个圆，何瑞喜真**改变**成为一只雕，她也可以吗？

应该可以。

如果何瑞喜成为一只雕发现了她，何瑞喜会施展法力吗？

应该不会。

白娘子也不愿意在许仙面前施展法力。何瑞喜不会在她的孩子面前施展法力的，影小白这样猜测却不敢这样肯定。

影小白的心怦怦跳起来，何瑞喜可能会发现她的，虽然影小白现在轻薄如翼，透明无影，但何瑞喜是雕。

据说，鸟的色觉是所有动物中最好的，而雕的视觉的清晰度，或者叫明晰度，超乎寻常，甚至比它的色觉还要好。雕的视觉要比人类清楚三倍。我们常常形容目光敏锐的人是"锐利如鹰"，那终究还是打比方，比

起真正的雕和鹰来，还是差了老大一截。

影小白趁何瑞喜发现她之前再从门缝里挤了出来，附着在莽小白耳边。

"你要懂得……"影小白(ˇ_ˇ)想~说，"你要懂得何瑞喜，你要安静一点，不要吵。不可以好好说话吗？"

但这些话，影小白都不能说出来给莽小白听，影小白就隐约看到了戚小白的样子，忧郁地，哀伤地，当你怎么也使不上力气，什么也**改变**不了，那种无力感，就会好想好想要(T^T)哭。

奶奶坐在客厅里，搓着手，很无措，很焦虑。

莽小白拿着几张票券，还在用力地拍门，大声地吵吵嚷嚷。

"你一定要去，奶奶票都买好了。你要是不去，我今天都o(￣ヘ￣o#)不要理你了！"

房间里没有动静。

"我明天也o(￣ヘ￣o#)不会理你。"

莽小白掷地有声地抛下这一句话，跺了脚。

莽小白下狠心了！如果**改变**不了，她才不会像戚小白、影小白那样发愁、(T^T)哭泣，她会彻底甩开，不要再面对这个状况。

房间里传出很响的"咚"的一声。

门开了，何瑞喜抵着门站着。

"明天是几天？"何瑞喜追问，她的雕的脑袋转不过来，她需要明确，搞清楚。

显然，这话对何瑞喜分量很重，她不得不重视这个问题。

莽小白灰头黑脸地扫了何瑞喜一眼，转背就走，走得很有气势。

"明天就是以后的意思。"莽小白怄气地说。

何瑞喜的眼睛瞪得很大。

"以后再不理我？"

影小白听到何瑞喜的声音发颤，有些冷，而且也不想让何瑞喜那么犀利的眼睛看见，影小白缩到莽小白的领口里去。

"对。"莽小白斩钉截铁。

就不能**改变**一下说话的语气和方式吗？影小白看着莽小白着急，却说不出话来，她只能发狠力掐了一下莽小白的脖子。

"你是大人，这些事你会想不（о˚ｖ˚）ノ明白？"

影小白这样做有些效果，莽小白的声音和音量**改变**了，她的喉咙变窄了，不再像刚才那样大呼大叫，声音低了许多。

"你为什么要帮着奶奶管我的事？"何瑞喜又像顽小白那样耍赖了。

奶奶回了一下头，无奈地叹了一口气。

莽小白又要起高腔了，影小白再一次掐住莽小白的脖子。

"何瑞喜——你——"莽小白才呼喝出一句，浑厚暴怒的声调就**改变**成柔和绵软的，"奶奶是为了你好。"

何瑞喜摇头，眼眉竖起来，鼻子蠕动，很生气的样子。她的喉咙"咔咔"地响了半天终于暴发起来。

"我不要去，我＼（°口＼）（／口°）／讨厌！"

奶奶和莽小白没有谁会因为何瑞喜的抗拒、跳脚就**改变**初衷，她们必须让何瑞喜去，这是她们一致的决定。

何瑞喜的眼睛眨巴了两下，然后就成了顽小白的死乞白赖的表情，她拉住了莽小白的手，像小孩子一样讨好莽小白。

"小白，我跟你好，你不要逼我。"何瑞喜说得可怜巴巴的。

影小白的心立刻扑腾了一下，心软下来。但是莽小白很坚定，心意没有一丁点儿**改变**。

奶奶过来了，拉过了何瑞喜的手，抚摸着，她的眼神里是隐忍的恻悯，眼睛湿润了。

改变

　　"瑞喜呵!"奶奶才这样叫了一句,眼睛就红起来,声音有些沙哑,奶奶说,"你不要闹了。你要去呵,你一定要找到一个好人。你要找到一个好人,有一个好人照顾你,我就可以放心了。"
　　奶奶的话语重心长,说着说着,不觉已是テ_デ泪流满面。
　　"你一定要找到一个好人"这样的话奶奶说过好多次,但是从来就没有奏效,何瑞喜的状况也从来没有**改变**过。
　　这一次奶奶一口气说了三次"一个好人",可见"一个好人"在奶奶心里的焦虑已郁结成石,沉甸甸地重重压住了奶奶的心思。
　　奶奶的背比前些日子弯了一点,影小白看出来了。这种微小的改变,日积月累地,奶奶的背哪天就会驼下来了。
　　何瑞喜的头勾下来,不再吱声了。
　　"要去就是要去啦!"
　　莽小白捅了何瑞喜一下,赶紧将几张票券塞到何瑞喜的手里,何瑞喜可怜巴巴地看着奶奶,再转向莽小白,还在挣扎着告饶抗拒。
　　莽小白瞪大了眼睛,狠狠地o_o o_o盯着何瑞喜,一点儿也没有**改变**主意的意思。
　　何瑞喜于是乖乖起身,进了房间去换跟人见面相亲的衣服。
　　"穿得鲜亮一点。"奶奶跟到门边,对着房间里叮嘱了一句,转头小声地自语式地慨叹,"简直就像个孩子,好像读幼儿园的小白一样,听不懂道理。"

错误

🎬 **莽小白、顽小白、戚小白和影小白**

在错误的时间遇到好的人也只会是错误。

好的那个人如果不是对的、合适的那个人,那就不会有好的结果。

——摘自《秦小白日记》

顽小白就是这时候过来了。

已经走得很远很远、消逝了的顽小白,应该只有在六一、春节、小白生日这样隆重的特别日子才会聚拢了精气,返回来凑热闹打趣儿。可是现在,却因为奶奶嘴里的"好像读幼儿园的小白一样,听不懂道理"的一声叹气,顽小白就屁颠屁颠地跑来了。

顽小白跑过来,在穿透过戚小白的时空的一瞬间,还把戚小白也一并拉拽着过来。

这不是顽小白应该、可以过来的时机,但是顽小白就是会钻空子。

顽小白才不会认**错**。

戚小白总是认**错**。

"好在小白现在不是念小学的小白那样,战战兢兢的了。"奶奶转身看着虎虎有生气的莽小白说,"现在的小白有的是自己的主意了。"

奶奶这一句话把(ˇ_ˇ)想~要纠正**错误**打道回去的戚小白定格留下来。念小学的小白就是戚小白呵,奶奶真的要召唤戚小白呢。顽小白(*^ ^*)嘻嘻地笑。

影小白对着顽小白，瞪着铜锣大的眼睛，呵斥了她一句："（ノ`Д）ノ滚一边去！"

　　影小白很吃惊，她在离开了的小白们的虚空世界里竟然发声如雷鸣。顽小白如一朵团云，翻滚起来，(~o￣▽￣)~o...滚来滚去(~o￣▽￣)~o....

　　莽小白没有见过这种阵仗，这让她一时间无所适从，突然面对这些莫名的自己，她感觉困顿不安——她们太碍手碍脚了。

　　"我们能做什么？"戚小白小声说。

　　"不要做徒劳的努力！"

　　影小白很ヽ(*°▽°*)ノ惊喜，因为顽小白和戚小白的到来，她好像被解除了噤声的处罚戒令，重新注入了活力，恢复了发声。

　　"做正确的决定，不要再重蹈**错误**。"影小白继续冷静地建议道。

　　"没试过，谁又能知道这一次会不会还是一个**错误**？"莽小白不以为然。

　　无论是顽小白、戚小白、影小白——哪一个、什么年龄段的小白都了解相亲、找"一个好人"在何瑞喜这里行不通，那只会是一个**错误**。

　　何瑞喜最早见"一个好人"是什么时候？

　　顽小白咬着脚趾头"咯咯"地(*≧▽≦)o大笑起来。

　　"不是一个是两个。"顽小白伸出了两个胖嘟嘟的手指头。

　　戚小白、影小白、莽小白面面相觑，然后都咬起手指头，相视一笑。现在复习那个情境，她们都会忍俊不禁。

　　"一个是健身教练，另一个是保险专员。"戚小白补充说。

　　"嗯。"影小白也跟着接茬，"我听奶奶也讲过。"

　　顽小白找到了窗帘上的一条穗子，在她手里就好像画笔，她在空中描画着，然后那一刻的真实情境就重映在眼前了。

　　没**错**，那个健身教练和那个保险专员几乎是同时被介绍跟何瑞喜认识的，他们俩都一样健康、高个、帅气。

他们都一样以为：如果要让何瑞喜认可，那么就要被顽小白（*@o@*）喜欢，要做对顽小白利益大大的事。

但是，这竟然会是个**错误**。

顽小白不懂什么是**错误**，她只记得很（*@o@*）喜欢跟这两个"好人"一起玩耍。

顽小白像个球一样团起来，从半空中落下，被健身教练接住，然后健身教练再把她抛到半空中，重新跌落到他的手臂里，如此反复。顽小白"咯咯"的笑声回荡在空气里，这太好玩了。

还有比这更好玩的东西，那就是荡秋千——顽小白荡得越来越高，笑声也仿佛可以到云彩里翻跟头。

荡秋千的游戏后来被中间切断了，是被何瑞喜很蛮横地切断的。

顽小白不满地~~o（>_<）o~~大哭起来，当她被何瑞喜抱到怀里时，

错误

她用脚踢何瑞喜的肚子,伸着她的小手爪子(ˇ_ˇ)想~要向健身教练求救。

"你这个疯子!"何瑞喜狠狠地对健身教练发难,"你竟然想要把我家小白扔到天上去!"

无论健身教练怎么解释他有很好的体魄和身手,他可以保证顽小白万无一失的安全,何瑞喜也还是不能原谅健身教练犯下的致命**错误**,而且她

也不接受健身教练的认**错**。

"认**错**是没有用的。"何瑞喜决绝地转身，把错愕的健身教练扔到脑后，离开。

"万无一失也不能成为试**错**的理由！"何瑞喜在心里说。

保险专员了解到何瑞喜对于顽小白的紧张程度，他做了一份详尽的保险计划，从一岁直到二十八岁——如果接受这份计划，顽小白、戚小白、影小白、莽小白，以及以后的尕小白、敏小白、云小白都将被保护得十分周全。

"一旦——"保险专员讲到这里吞咽困难了，他喝了两次水，终于可以表达完全，"假如小白出现万一的情况，就会得到保险公司的赔偿。"

保险专员用笔圈住了一串长长的数字。

顽小白勾起头，看着那长长的好像一串葡萄的若干的"零"，直流口水。

"好像有上千万了。"戚小白皱着眉头，想起来。但是那个确切的数字，她怎么也想不起来。

"是这么多吗？"影小白自语似的发问。

这声音穿透了十多年岁月，到达了那一天。

然后就听到了何瑞喜爆炸式的声音。

"见鬼去吧！"

保险专员的笔吓得掉到地上。

"是真的，没有**错误**，小白如果出现万一的状况是真有这么多——这么多的赔偿。"保险专员拿着保险纸，嗫嚅地说。

那几张画了好多颜色的纸被何瑞喜抓过来，撕烂了。

何瑞喜把保险专员赶出门去，然后揽紧了顽小白，嘤嘤（T^T）哭起来，哭得满脸花斑斑的。

何瑞喜在一周不到的时间里，跟两个人闹掰，吵架，推搡，自己却（T﹏T）哭了，这还真是不讲理。

不会有人（*@o@*）喜欢跟何瑞喜在一起玩的，那只会是个**错误**。顽小白（ˇ_ˇ）想~到。才不会有这样的（つ*´Д`）つ傻瓜，要跟何瑞喜玩。

但是，戚小白就看见又有"好人"来接近何瑞喜，那个人是街区的团委书记，他不像是（つ*´Д`）つ傻瓜。

"很快就会变成（つ*´Д`）つ傻瓜的，"影小白戏谑地调侃道，"因为这仍然还是一个**错误**。"

团委书记在到街道居委会来协办了几次事情后，就跟何瑞喜熟络起来。他由此接触到戚小白，有两次期中考试前，他还自告奋勇地辅导戚小白做功课。

戚小白回忆起来那两次卓有成效的辅导，以为团委书记是个思路敏捷、条理清晰的人。

"这种人到何瑞喜这里，也一样会找不到北变成（つ*´Д`）つ傻瓜，然后犯下致命**错误**。"影小白冷冷地说。

"他其实是一个蛮不错的好人。"戚小白现在评价他仍然心有戚戚焉。

影小白"哼"了一声别过头去。

顽小白贴紧到戚小白的左肩胛里，挠了挠影小白的痒痒穴，想叫她忍不住笑一下。

但是戚小白不笑，因为正如影小白说的，后来的情境非常X~X糟糕，**错误**得离谱，甚至完全失控。

"你说呵！"顽小白催促戚小白。

发生了什么，戚小白才刚要回忆，两眼已经噙满泪水。她哽咽着，好像无法说话了。

莽小白有些窝火，这种等待令她好厌烦。

"说！"莽小白生硬地道，"不说就(ノ`д)ノ滚远点。"

戚小白望向影小白，影小白长吁了一口气，就真的施展了猫的魔法，她席卷了所有的人，来到了短信世界。

团委书记辅导了戚小白两次后，戚小白对团委书记产生了依赖感，当她紧张得不知所措的时候，当她担心到惶惶不可终日的时候，她就会想到去"找"团委书记。

"你经常溜跑出去找人家吗？"顽小白天真地问，她想起一直牵着自己的狗绳了。

"怎么可能？！"影小白呛白回来，"犯这种**错误**的机会一丁点儿都没有！"

"我只是在短信里找他帮助。"戚小白老老实实地回答。

她们在记忆的天空里找到了那些飘呵飘的云一般的短信，虽然在旁人看来是不知所云，但是她们在那云一样纷乱的短信中可以辨认出属于戚小白和团委叔叔的那几条短信。

小白

> 叔叔，我的作文零分。你可以给我签字吗？我不能拿回家里去。我好怕。

团委叔叔

> 好的，我来签字。

> 你不要告诉……

> 好的，我不告诉何瑞喜。

顽小白的小手爪子蒙住了自己的小嘴巴，她像第一次认识那样看着戚小白。

"呀,看起来总是可怜的、没有主意的戚小白,竟然还犯过这么大的**错误**,并且隐瞒了犯下的**错误**。"顽小白(ˇ_ˇ)想~,想得脑壳疼,这跟她印象中的戚小白一点都不一样。

"你们在一起干过这个?!"

影小白也很吃惊。戚小白交接给她的时候,并没有copy这一段关于"**错误**"的记忆。

"不要吵,耽误事情!"莽小白催促,"赶紧打开,那还有成篇的啦,把那几条全部打开。"

小白
> 叔叔,怎么办?我根本不会写作文。

> 我的作文零分。

团委叔叔
> 其实,你写得很好。

> 不要理那个分数,那是个**错误**。

"很明显,他在哄小孩。"莽小白(´-∀-`)不屑地一撇嘴道。

"嗯。"影小白认同这一点,转向戚小白,"因为他不讲实话,**错误**引导你ヽ(°∀°*)ノ━━━ゥ♪逃避现实,你就愿意相信他?"

"所以何瑞喜讨厌他,因为他哄骗小孩。"顽小白咬着脚趾头,没头没脑地插进来,"那是个坏叔叔哎。"

"才没有!"戚小白的眼睛红起来。

事实上是团委叔叔教会她搞(o°v°)ノ明白什么是浮力的不是吗?

"他辅导我,讲了三个晚上。"戚小白说,"然后,我终于弄懂了什么是浮力。"

"这是真的。"

影小白证明,这个关于浮力的知识她掌握得很牢固,也很全面。

"团委叔叔不仅介绍了对浮力的理解,他的介绍还超出了小学四年级的范畴,他讲解的浮力公式应该是我念到初中才要讲到的。"

莽小白找到了印证这个的证据。

小白

> 小白,你要好好理解浮力的公式 $F_{浮}=\rho_{液}gV_{排}=G_{排液}$

团委叔叔

> 好的,叔叔。我会记得阿基米德发现的浮力原理。

> 以后碰到浮沉的事物就会运用它来验证。

> 嗯。好的。

但是这个被小学一开始称为"常识"后来正式被称为"物理"的功课与零分作文有什么关系?总不能了解浮力就不可一世地蔑视语文吧,那是另一个范畴的学问。莽小白还是以为仅凭浮力不能证明他是一个"好人"。

"不管怎么说,团委叔叔这么胡乱评价零分作文写得很好就是混淆视听、是非不分,这是个明显的**错误**。戚小白你不要狡辩,也不要转移话题。"影小白更加义正词严地警告戚小白,不改变立场。

"其实,关于那篇作文,何瑞喜后来也赞成团委叔叔的评判。"戚小白辩白。

"φ(-ω-*)去你的——"莽小白吹了吹头上的一绺刘海,表示不敢苟同。

"(°Д*)/我反对。"影小白更加直截了当地表明态度。

"~(TロT)σ坏人!"顽小白含混不清地附和。

何瑞喜跟团委叔叔闹掰可是比健身教练和保险专员更加凶险,这个是戚小白、影小白和莽小白都很清楚的。

不容置疑。

"真的跟这篇作文没有太大关系。"戚小白说,"你们如果想那是个**错误**,你们全都想偏了。"

"零分哦,"顽小白咯咯地笑起来,"念给我听听。"

"不要!"竟然要被比自己小得多的小屁孩取笑,戚小白(*￣︿￣)生气了。

"念吧。"影小白怂恿说。

"家丑不可以外扬。"戚小白拒绝。

"这里又没有哪个是外人!"影小白抢白道,"你以为委屈,你以为冤枉了团委叔叔,那要念出来才好评判。"

"是关于鸟〳(￣︶￣)〵飞越太平洋的读后感。"戚小白只好乖乖地回应,"关于毅力的主题。"

"这是材料作文。"影小白和莽小白同时回答。

她们都记起来了。语文课经历过的很典型的课例。

"那个材料是个故事吗?"顽小白着急了,她很好奇,而且这材料竟然关于鸟,那不就是何瑞喜那类的吗?

很容易就能找到那篇材料作文,因为它在每年每月每天成千上万个教室的黑板上出现过。

不论什么时候,你都可以在某一个地方的某一间教室里听到某一个老师正在念这篇预备要同学们续写的作文。

有一种鸟，它能够飞行几万公里，飞越太平洋。
而它需要的只是一小截树枝。
在飞行中，它把树枝衔在嘴里，累了就把那截树枝扔到水面上，然后飞落到树枝上休息一会儿，饿了就站在树枝上捕鱼，困了就站在树枝上睡觉。
谁能想到：
小鸟成功地飞越了太平洋，靠的却仅是一小截树枝。

顽小白又开始咬脚趾了，她望着戚小白、影小白和莽小白，她在等待着，显然这个故事还没有结束，所有的童话故事都不是这样匆匆就可以收尾的，一定要有或者有趣的或者可怕的或者荒唐的事情发生才可以。
否则，如果竟然没有故事发生，那就会是个**错误**。
"后来呢？"顽小白没有及时等到下文，便去挠戚小白的腋窝了。她希望戚小白可以笑一笑，这样故事就会变得好笑而不是(╯^╰)苦瓜脸。
"你把它续写成什么样子了？"影小白也问。
戚小白的眼睛里蒙上了湿润的雾气。
"（T＾T）哭什么？！"莽小白恼怒地推搡戚小白道，"说呵！"
"我什么也没有写。"戚小白回答，"几乎。"
顽小白的嘴巴张成"O"形，定格在那里了。
影小白的眼睛不停地忽闪忽闪地，停不下来了。
莽小白的牙齿咬住了手指甲，那一瞬间是分明——Σ(￣□￣*|||——石化了。

错误

这是个明显的**错误**，这**错误**是戚小白造成的。

不写=零分。

顽小白、影小白、莽小白都定定地看着可怜兮兮、一脸无辜的戚小白，不动、不应、不能思想。

这个时候空气也被冻得凝结起来。良久，戚小白瑟瑟缩缩地首先从这样的状态中挣脱出来。

"我只是说明这是个**错误**。"

这句话是点金手指？顽小白、影小白、莽小白都同时"啊"了一声活过来，期待地看着戚小白。

"你知道要让一只鸟浮在水面上，"戚小白提问说，"究竟多大的一根树枝才可以？"

顽小白（ˇ_ˇ）想~了一下，小胳膊比画着。

"铁丝一样粗的？"

很快顽小白否定了前面的答案。

"筷子那样粗的。"顽小白说。这么粗应该差不多了，她想。

"$F_{浮}=\rho_{液}gV_{排}=G_{排液}$。"影小白很快在脑子里搜索出根据阿基米德的浮力原理推出的公式。

顽小白的头摇得像电风扇。

"按照浮力公式，木头受到的浮力必须大于等于木头本身的重力加上鸟的重力。"

戚小白说着，在顽小白的手上划拉出用汉字表达的公式。

木头受到的浮力≥木头本身的重力+鸟的重力

"为什么它要～(￣~￣)～飞过太平洋？那边更好玩吗？"顽小白问，

"那边会有几个葫芦娃?"

影小白对顽小白翻了个白眼。

"不要打岔。"影小白说。

她记得在物理课时她想到了这个问题,她曾经计算过:即使是让木头达到最大浮力的条件下,那么根据

水的密度×木头的体积×重力加速度
=木头的密度×木头的体积×重力加速度+鸟的质量×重力加速度

"会是一只聪明的鸟吗?"顽小白又问,"好像精卫,精卫填海呢?"

戚小白噎了一句:"那是神话。"

顽小白(ˇ_ˇ)想~说:怎么知道这个故事不是讲的神话?但是她看到戚小白、影小白还有莽小白都瞪着她,她只好把想说的意见吞回去了。

其实很多真理在最小的孩子那里,婴儿才没有**错误**一说,不会得到批判——这是个秘密,顽小白不想告诉她们。

翻开物理书,可以找到以下常识:

水的密度约为　1000 kg/m³

木头的密度为　400～750 kg/m³

"好吧,它是一只聪明的鸟,"影小白说,"它找到了比较轻——好轻——特别轻的木头。"

"结果还是证明这是一个荒谬的**错误**。"莽小白诡异地笑,直截了当地下了结论。

"为什么？"顽小白不干了，她不同意跳过那么多的步骤，就这么粗暴地结束这个题目。

影小白将顽小白的嘴捂上了。

"(⊙x⊙;)闭嘴！"影小白说，"你见过一只小鸟叼着两块砖头大的木头ᕕ(￣-￣)ᕗ飞过太平洋吗？"

顽小白的嘴巴张得更大了，根本就捂不住。

这真的是个**错误**。如果这件事成立，通过计算，一只质量为1千克的小鸟必须叼着接近2000立方厘米的木头，那还真的是两块砖头！

何瑞喜被老师叫到学校去谈话时则更加杀伐果断。

何瑞喜看了老师半天，冷笑，犀利地笑，笑到老师的汗毛都倒竖起来。

"这不可能！"何瑞喜说，"这简直就是愚蠢。不管是什么鸟，都不会选择叼着树枝ᕕ(￣-￣)ᕗ飞越太平洋。如果一定要这么干，那肯定是一只(つ˚Д˚)つ笨蛋到家的鸟——活该**错误**地淹死在太平洋里喂鱼的傻鸟。"

老师顿时(-'‑-)蒙圈了，因为她是看到了零分作文上的家长签名才(ˇ_ˇ)想~要跟何瑞喜沟通的，她以为与何瑞喜是统一战线上的，他们需要一起教育顽劣不开化的孩子。

但是，老师的这个认识显然是个更大的**错误**。

那个名是团委叔叔签的。他不仅签字，还做了很多尝试和分析，最后得出了"这是个**错误**命题"的结论。

"世界上最小的鸟是蜂鸟，蜂鸟可以借着快速拍打翅膀而悬停在空中，而且蜂鸟是唯一可以向后ᕕ(￣-￣)ᕗ飞的鸟。它的喙是一根细针，舌头是一根纤细的线；它的眼睛像两个闪光的黑点；它翅上的羽毛非常轻薄，好像是透明的；它的双足又短又小，不易为人察觉；它极少用足，停下来只是为了过夜；它ヘ(￣～￣)ヘ飞翔起来持续不断，而且速度很快，发出嗡嗡的响声。"

　　戚小白回忆团委叔叔那天跟她的讲述，他娓娓道来的声音好有磁性，听得她十分沉醉着迷。

　　"真有这么(。^∇^)厉害的鸟！"

　　顽小白很兴奋，最小的鸟却是最(。^∇^)厉害的鸟，这个想法让她激动得手舞足蹈起来。

　　"蜂鸟双翅的拍击非常迅捷，所以它在空中停留时不仅形状不变，而且看上去毫无动作，像直升机一样悬停。蜂鸟ヘ(￣～￣)ヘ飞行的速度是50千米/小时，如果是俯冲的话，时速可以达到100千米/小时。"

　　"那么，蜂鸟可不可能叼着轻木飞越太平洋呢？"

　　在那个时间记忆的片段里，戚小白真是痴呆呆地看着团委叔叔，饥渴地这样问。

　　"理论上，好像可以。"团委叔叔悠悠地说。

　　"什么叫理论上可以？"影小白问。

　　模棱两可的答案不叫答案，那只会叫**错误**。

　　"我们了解到还有一种迁徙距离最长的鸟。"团委叔叔继续说，脸上掠过一道红霞，鼻翼吸吮隐隐发亮，眼睛成了墨绿色，这个样子好像魔力附身了。

　　戚小白崇拜地望着团委叔叔，他懂得的东西真是好多。

　　"环球在线消息报道过：科学家日前记录到了迄今为止最长的动物迁徙距离，完成这项飞行纪录的是一群弱小的海鸟，它们在200天的时间内ヘ(￣～￣)ヘ飞越了6.4万千米，最多一天ヘ(￣～￣)ヘ飞行——"

　　"1000千米。"影小白不想让戚小白再继续这一段回忆了。

　　因为这对戚小白来说是难以接受的一段伤感的记忆。

没有了团委叔叔，还是有人可以完整地讲述这些关于鸟的知识，一字不差，甚至更加详尽、准确、趣味盎然。

"这种海鸟名叫灰水薙鸟，它们在新西兰和智利繁殖，每年需要飞到北半球寻觅食物。为此，它们要飞越整个太平洋，两次穿越赤道。

"科学家曾经给33只灰水薙鸟装上了电子追踪设备，对它们的位置、所处地温度等数据进行监测。一年后他们从19只灰水薙鸟身上找到了它们迁徙线路的全部记录。

"这些数据显示，灰水薙鸟的迁徙路线比之前记录的任何动物种类都要漫长，在200天的时间里，它们飞越了6.4万千米的距离，最多时一天可以飞行大约1000千米。"

可以完整地、不会有任何疏漏和**错误**地准确讲述这些的不是别人，她是何瑞喜。

鸟类是何瑞喜的领域，她当然了如指掌。直到后来有一天在派出所里，何瑞喜一口气报出了她比电脑还翔实的关于"手雷"的记录，顽小白、戚小白、影小白和莽小白都领教过何瑞喜在记忆力上的天赋异禀。

"其实，"戚小白不无心酸地道，"何瑞喜和团委叔叔可能是一类人的。"

影小白心里扑腾了一下，她觉得戚小白说的话可能是真的。

"可能，唯一能和灰水薙鸟匹敌的鸟类只有北极燕鸥，它在北极繁殖，随季节变化迁徙到南极。但是由于我们没有对它进行跟踪，因此我们无法知道整个过程是否在一个迁徙季节内完成。它们通常只选择到其中一个地方。灰水薙鸟的食物主要包括鱼类、鱿鱼和磷虾。研究数据显示，为了寻找食物，它们潜入海水的平均深度为14米，但最深时可以达到69米。"

"69米？"莽小白也打了一个寒噤，"这是一个太不可思议的数据。"这是莽小白刚刚温习准备中考的地理常识卡片。

> 鄱阳湖最大水深69米；
> 洞庭湖最大水深5.5米；
> 太湖平均水深1.89米，最深处也只有2.6米；
> 洪泽湖一般水深4米以内，最大水深5.5米；
> 呼伦湖水深在4米左右。

"这真的是神鸟。"顽小白吹口哨表示敬佩。

"穿越赤道的时候，灰水薙鸟的∧(￣〜￣)∧飞行速度很快，几乎不停下来进食。"何瑞喜的话证实这的确是一种神鸟，千真万确，毫不含糊。

但是，这仍然还是一个**错误**。

"可不可能就是灰水薙鸟？"戚小白仍然回到了记忆中的那个作文零分的悲惨时刻。

"你是说让灰水薙鸟叼根棍子吗？"团委叔叔这样问道。

"胡扯了，灰水薙鸟叼根棍子估计1000米都∧(￣〜￣)∧飞不了。"这声音从天空传送下来，像个惊雷乍响，劈头盖脸地砸了下来。

戚小白和团委叔叔从半空中掉了下来——确切地说，是从摩天轮的半空掉了下来。

本来团委叔叔是带戚小白到游乐场来放松的，要她忘记那个零分，忘记那个不可以饶恕的**错误**。

但是，还没等戚小白和团委叔叔从舱内出来，戚小白的发辫就被哪个揪住，连根儿拔起来了。

那个人在比戚小白和团委叔叔更高上空的舱内，她俯冲下来，直逼到他们眼前。

那个姿势就是雕看见了猎物发起突击的阵势，千真万确，毫不含糊。老鹰抓小鸡般地，何瑞喜将戚小白薅了过去。

戚小白（T︿T）哭了。

除了疼，戚小白还感觉这实在是出糗。她已经不是顽小白似的小屁孩了，这样在光天化日之下被人捉贼一般，让她无地自容。

"换了是我，"顽小白=_=^得意地道，"哧溜一下子，我就会爬到摩天轮的舱底下去了，何瑞喜才抓不到我。"

何瑞喜要抓到我，就是求我。顽小白（ˇ_ˇ）想~道，最小的那个却有最大的神力，不止鸟是这样，好像她也是的。

团委叔叔（ˇ_ˇ）想~要去解救戚小白。

"怎么可以这样对孩子？"团委叔叔说，"这样会吓着她的，这样做家长是**错误**的！"

"谁是家长？谁在明明白白犯**错误**？！"何瑞喜推搡开团委叔叔，插着腰，劈头盖脸地好一顿臭训，"谁给你的资格，你凭什么在小白的作文本上以家长的身份签字？你凭什么把她带到这里来？"

团委叔叔看着戚小白，嗫嚅了半晌，没有说出话来，一个字也没有说。能够接得住何瑞喜的话的不仅需要记忆，还要——

"勇气！"

莽小白看到了这一点。这个时候必须迎难而上，全力以赴，打它个片甲不留。

"那得有底气才可以。"

影小白说。她看到了问题的实质，团委叔叔没有这个底气，这个底气必须也只可以由何瑞喜来给他，但是何瑞喜从来就没有将这个底气给过任何别的人。

从来没有。

只除了爸爸。

因此,团委叔叔与何瑞喜的相识也只能是个**错误**,从此便擦肩而过。在**错误**的时间遇到了好的人也只会是**错误**。好的那个人如果不是对的、合适的那个人,就不会有好的结果。

合适

🎬 **莽小白、影小白和尕小白**

奶奶期望何瑞喜再遇见**合适**的人。汉语里的**合适**,也谓"适合",是指符合主观或客观的要求,无可挑剔的意思。

越长大我越知道那恐怕需要不是一般的奇迹。

——摘自《秦小白日记》

合适这个词,有着普适的意义。在英文中最容易对应的翻译是"*fit*",是及物或不及物动词,可以是大小、形状**合适**,但由大小、形状**合适**,又引申为吻合、协调。

两个**合适**的人在一起很吻合、协调,毫无疑问,那的确是件**合适**的美事。

尽管屡屡失败,但是奶奶从没有放弃寻找**合适**的人,在**合适**的机会介绍给何瑞喜,奶奶期待着两个**合适**的人在一起的美事。

这一次,奶奶淘了两张戏剧票,她(ˇ_ˇ)想~要以此达成那个**合适**的契机。

这样做是否**合适**,莽小白不知道,但她知道必须这样做,何瑞喜应该有一个重要的适合她关心她的人,这样的话何瑞喜就不会把这么多的关心全放在莽小白身上,让莽小白不堪重负。

因此,莽小白对于为何瑞喜寻找**合适**的人,是积极的。然而,却好像并不容易。

"小白,你要跟我去!"

何瑞喜尖锐的声音从房间里迸出来，仿佛一颗子弹击中了莽小白，她的心扑腾了一下，胃也开始痉挛起来。

"怎么又是我呵！"莽小白蹭的一声站起身，本能地反抗。

但是奶奶也从沙发上起身了，竟然无视莽小白明显受伤的表情。奶奶淡定地走到莽小白身边，在她的肩膀上按了两下。

"我去不**合适**吧？"莽小白挣扎着。

奶奶抓住了莽小白的双肩，再一次用力按了两下。

莽小白沮丧而绝望地看着奶奶，她的眼睛里念着咒语。

"不要！不要！不要！"

但是奶奶根本无动于衷。

在英语中对应**合适**的"*fit*"，它还有"安装""试穿"之意。这种词意延伸，非常古怪不是吗？

可是何瑞喜却可以演绎这种古怪。

莽小白用手将两只眼睛蒙上了，奶奶的眼睛里满是星星，她一定以为自己看花眼了吧，她的脸上写满了（°一°〃）惊诧。

何瑞喜从头至脚安装、穿戴了个彻彻底底。发卡、饰片、项坠、挂件、手镯、脚链……她全身五颜六色，叮当作响。

"她好像来自卡通世界？"影小白说。

当顽小白、戚小白都辙离之后，影小白还是待着不走，她是真心希望何瑞喜这一次是**合适**的时间遇见**合适**的人，她忐忑不安，有些担心莽小白就这么鲁莽地把一件**合适**的美事搞砸了。

何瑞喜什么时候又变成了顽小白一样，竟然还喜不自禁地转着圈子，=_=^得意扬扬地炫耀？

"好看吧，这是我前两天在好购网上刚淘的裙子呢。这个镯子是我反复退订了几次才要的。"

"地摊升级转网购了？"莽小白（´-∀-`）不屑地"哼"了一声。

何瑞喜把手举起来，手镯明晃晃地闪眼睛。

（oㅍ‿ㅍ）臭美！哪里美？！莽小白的眼睛被"亮瞎了"。

"颜色是不是很漂亮呵？"何瑞喜的脸就快挤到莽小白脸上来了。莽小白不得不向后退了两步。

"*Fit*，试穿——这哪里适合？"莽小白感觉自己简直(@_@;)晕了头，快要疯了。

"何瑞喜，拜托，你可不可以哪一次不要弄得这样不同凡响！"

说这一句话，虎虎有生气的莽小白像打了霜的茄子，蔫巴得很。

何瑞喜过去揽住了莽小白，摆了一个姿势给奶奶。

"我是不是跟小白一样好像个学生。"

奶奶无奈地苦笑着点头。

"像！像！"

"像你个大头鬼！"莽小白嫌恶地跳到了一边。

何瑞喜转过头，突然反手拽住了莽小白。

"小白，这一次你要、必须跟我一起去！"

莽小白条件反射似的很快地回应："不要！"

何瑞喜一屁股坐到奶奶坐的沙发旁，接下来的神情和举措都是顽小白式的。

"那我不去。"何瑞喜怄气说。

莽小白很不忿地呛道："少来了，我本来就从不跟你出去逛街。"

那样子实在是从主观到客观，都看着别扭，不**合适**。那是滑稽可笑的，不是吗？莽小白才不要成为这样的笑柄。

何瑞喜很不以为然地扫了莽小白一眼，赖皮地回呛道："但这一次我要你一起去！"

莽小白又不是戚小白和影小白，她既不要甘于受委屈做受气包，也不要回避想、(°∀°*)ﾉ―――ゥ♪逃跑。才不要这样就给何瑞喜讹上了，才不要理这么无理、无赖、无颜的一套，以恶制恶，以讹制讹，莽小白也是会发莽的。

"我不要去，你去不去我不理，我绝对不去！"

何瑞喜像没有听见一样，她"哼"了一声，背转身去。

影小白对莽小白用力点头，但是莽小白根本不能领会影小白的用心，而影小白却因为无法完整表述而无能为力。

"又不是轮到你！"莽小白没好气地指斥影小白，"你起什么劲！"

莽小白求救地看着奶奶，希望奶奶可以宽宥她，但是奶奶没有表示，不对，奶奶的表情是坚持莽小白跟着过去。

怎么样也不能违拗奶奶，如果何瑞喜真的耍横不去，耽误了**合适**的时机、**合适**的人，那样的话，可就是大事了。

莽小白着急得手足无措。她站起来，在房间里转了两圈，横下心来跟何瑞喜谈条件。

"何瑞喜，我可以天天洗碗……我拖地……我可以洗衣服……"

何瑞喜的脑袋像上了发条一样，她一个劲地摇头、摇头，始终还是摇头——难怪奶奶说何瑞喜属雕，简直不是一般的刁钻耍滑。

莽小白领教到何瑞喜的(｡ˇ▽ˇ)厉害了。

影小白(ˇ_ˇ)想~起那首绕口令来。

　　　　　树上有只雕
　　　　　地上有只猫
　　　　　地上的猫想叼走树上的雕
　　　　　树上的雕啄猫身上的毛

合适

雕吓走了猫

猫赶飞了雕

莽小白才不会就这么服输。她快气疯了，杀急了眼，底下的话就这么脱口而出。

"我可以至少叫一个同学到家里来！"

这话一出口，莽小白就后悔了。影小白也吓了一跳，这个——是很大的一个赌注。

反口来不及了，何瑞喜这只雕已经看到猎物，一旦被她捕猎得手，她是一定紧紧咬住不放，不会松口的。

何瑞喜从沙发上好像顽小白那样滚跳下来，才不理这个形象对于像她这个年龄和身份的女人**合适**不**合适**。

何瑞喜逮着了大便宜，她=_=^得意扬扬地凑到莽小白跟前，笑得好像一朵花似的贴紧到莽小白脸上。

"小白，我没有听错——你说至少叫一个同学到家里来？！"

莽小白好想去撞一下墙，但那仍然没有鸟用。

何瑞喜又花蝴蝶一样喜不自禁地凑到奶奶跟前大呼小叫地宣传开了："妈，妈，你听到了吗？每一次评语都写着'寡言、孤僻、内向、不合群'的我们家小白，她说至少带一个同学到家里来。"

莽小白也只能横下心来了。

她囫囵地嘟哝："只要——你不要我跟你一起去。"

奶奶过来了，拉住了莽小白的手，奶奶慈祥的眼睛看着莽小白，莽小白看懂了。

"不要！"莽小白在心里说。

影小白跟莽小白说："你去吧。"

但是影小白的话对莽小白来说就是耳边风，莽小白才不要理影小白。事实上影小白早就是个过气的人物，哪里**合适**还待在这里不走，这么死乞白赖地让人烦。

被讽刺是死乞白赖也没有关系——

影小白现在着急死了，自从那晚上她看到了那个情境，了解到何瑞喜异常发癔症一样地呆坐在阳台上这么长时间，她就想好了，即使会受到处罚，她也要尽可能地守护何瑞喜，不能由着莽小白犯浑。

好在接下来，影小白就听到奶奶在莽小白的耳边说："你去吧。"

莽小白拖住了奶奶的衣角，拉长了声音，抗议道："奶奶——"

奶奶揽着莽小白，再一次贴紧了她的耳朵。

"小白，你去，才好看着瑞喜不要ヽ(°▽°*)ﾉ━━━ゥ♪逃掉。"

"为什么是我呵——"莽小白跺脚，"我不要啦！"

莽小白挣扎着，心有余悸地望着何瑞喜。

"你认为这样**合适**吗？你看清楚，你一定要弄成这样，而我一定要跟着这样的你一起出去上街吗？"

何瑞喜=_=^得意地点点头，并且挑衅地回敬莽小白。

"还有，记住你说过的话：至少带一个同学到家里来。"

影小白担心的事情真的出现了，莽小白这样子会耽误了何瑞喜在**合适**的时间遇见**合适**的人。

尕小白就是这个时候提前上场的。

"你去不去？！"影小白以自己的影子会意莽小白。

莽小白摇头。

"不是非你不可的。"影小白愤愤地在房梁上ヘ(￣～￣)ヘ飞了一圈又一圈，用尽了全部的气力呼唤。

"~(~￣▽￣)~我来了！"伴随着这一声带着一点奶气的大舌头的声

音，尕小白就应声登场了。

虽然还没有完全准备好，也还没有搞清楚**合适**不**合适**，但是尕小白已经被委派代替莽小白去执行奶奶交代的任务。

在莽小白狠狠地看着何瑞喜的时候，尕小白覆盖了上去，尕小白替代了莽小白乖乖地点点头。

"你是谁？"

猛地发觉自己像被施了定身法，再也施展不出她的蛮劲，莽小白战兢兢、气哼哼地问。

眼前的这个人看起来分明就是自己的样子呵，那么难道要撞版了吗？莽小白好不服气，她甚至还没有跟哪个交接过呢。

那么，眼前这个长得很像她的尕小白在还没到替代她的**合适**的时候就出现，那么她就是一个冒牌货。

莽小白（ˇ_ˇ）想～挣脱，但是好像拼足了力气也没有用。

影小白从房梁上轻飘飘地落在莽小白肩上，穿透过她的身体。

现在莽小白知道，她在这一刻被提前取代了，至少暂时是这样。

尕小白在影小白的引领下，跟着何瑞喜到了金沙广场的华汇西餐厅。

"我要做什么？"尕小白怯怯地问。

尕小白虽然现身，但却因为没有来得及copy莽小白的记忆，她还没有什么底气。

"你不用害怕，你只管跟过去坐着不动就好。"

影小白还在门口的窗边上就看见了那个对于何瑞喜来说可能是**合适**的男人，身量中等，长相周正，笑容和蔼，举止很稳重，看上去是很靠得住的"好人"型。

如果何瑞喜对面坐着的是这个"好人"型的男人，而他正对面坐的是何瑞喜，那么底下的这些开场寒暄就可以当作是下一场去看戏剧的热身。

这样的寒暄很吻合时令、场景,应该可以算是在**合适**的时间遇见**合适**的人吧。

罗阳
> 我是罗阳。今年二十三——公岁。我四十六了。离异,有一个孩子,男孩,上大学了,在英国。

> 我是做新风系统设备的,改善空气质量,有益于身体健康,算是健康产业。

何瑞喜
> 我叫何瑞喜,在街道居委会工作,住石峰区东南台金南湾小区。离这就两站路距离,走着过来也就半小时。

> 我女儿叫小白,念初三,我一见你好像就认识似的,我给你留个电话,139038……

然而,可是,无论如何,然并@(差点说了脏话耶,略去)。

罗阳的名片递到了桌对面,但是不是何瑞喜,是牵线木偶一样干坐的尕小白。尕小白抓着罗阳的名片,(´·.·)呆呆地看着,神情木讷。

"罗阳,锐风空气循环净化设备有限公司副总经理。"

影小白看到了名片上的信息,心里想这应该是个可能**合适**何瑞喜的人。那么,应该要帮助何瑞喜把握这个人,不能错过**合适**的机会。

但是,尕小白此时却对着桌对面的这个叫罗阳的四十六岁的男人,神情(-@y@)木然,完全不懂应对。

影小白感觉到心慌,差点从房梁上直接掉下来,落到红酒杯里。

提前登场是否就如同早产儿一样心智发育不全,也难怪她叫尕,尕可不就是小的意思。尕小白现在完全应付不了这种失控的场面。

何瑞喜根本就好像把罗阳当作团空气一样，完全视而不见。她一进门就像花蝴蝶看到了花似的，她径直跑到了另外一桌——不相干的一台，没事人一般地坐下来，与那一对母女眉飞色舞地攀谈畅聊起来。

叫什么名字，在哪儿工作，住在哪里，有多远……她就好像倒豆子一样噼里啪啦地倒在了那一对母女的餐台上。

那一对母女（-'`-）蒙圈了吧。

当然，她们立时就睁大了眼睛，眼白舒扩开，汪汪地、水泱泱地，那是心旌动荡的意思不？才不是，影小白看到那两母女眼珠子根本不会转动，整个就是呆若木鸡。

"你是——"还是那个母亲先反应过来，困顿地才试探问出两个字，就被何瑞喜抢了先。

何瑞喜把电话号码打在手机屏上，然后亮到人家眼皮底下，也不管**合适**与否，就敦促起来。

"就是这个号码，你拨一下——你拨呵！"

女孩勉为其难地拨了何瑞喜的手机号码，电话接通了，何瑞喜立刻（p≥w≤q）喜不自禁。

"你的电话我存下来了。你念几年级？"

"初三。"女孩"嘤嘤"地好像蚊子一样回应。

何瑞喜一迭声说了两个"**合适**"，女孩妈妈才要接话，但是

何瑞喜一拍巴掌再接了一个"太**合适**"，底下好长的一篇寒暄就再一次倒豆子一般洒了一桌子。

"初三哪，呵，和我们家小白同一个年级。就是嘛，我一看到你的校服就认出是同一所学校的来了。我们家小白很少朋友，以后，你跟她做好朋友吧？"

女孩找不到**合适**的话来接应，用眼睛征询她母亲的意见。

这个时候，尕小白怎么可以像个木头，怎么不晓得赶紧把何瑞喜拉回来哪，影小白急死了。

尕小白却根本是茫然不知所措的状态，甚至于脸上的肌肉都僵着不能动的表情，天生一个尴尬的囧样。

影小白在尕小白的喉咙上猛挠了两下，以此催促尕小白：快点，快点——你得说话呵。

"我要说什么？"尕小白在心里问影小白。

影小白示意尕小白转过头来，看向何瑞喜。

"对不起，我妈——"尕小白看着前面的何瑞喜，(*/ω*)脸红，心慌，(✿˘˘)害羞。尕小白(。__。)低着头，对罗阳说，"我妈在那边。"

影小白很快意识到：这个催生提早登场的尕小白心智不全，可能真的无法应付这个场面。所以犯规总是不**合适**的，不可能有好的结果。现在终于发生状况了。

何瑞喜还在母女俩坐的那张台边手舞足蹈地谈天说地，要是西餐厅的地方足够宽，要是西餐厅的音乐不是舒缓的、低沉的、时隐时现的，那样的话才不论是否**合适**，影小白可以设想何瑞喜她会在这里翩翩起舞。

"以后我可以打电话给你吗？"何瑞喜拉住了那个女孩的手说。影小白觉得何瑞喜讲这句话的时候西餐厅的窗子都可以挂霜了——好冷。

"……你的眼镜架好特别,我们家小白她不肯戴眼镜,但是你看,你戴着眼镜就很**合适**,蛮好看的嘛,其实眼镜**合适**的话戴着一点不难看,显得很斯文,还有风度……"

外面应该要飞雪了,冷得发抖——影小白(ˇ_ˇ)想~。何瑞喜这么巴结人的一篇话说得任谁听到都会掉一地的鸡皮疙瘩。

罗阳循着尕小白的视线方向,也侧转头看了一眼,(一ˇ一)眉头皱紧了,困惑地再看向尕小白。

"凑巧碰到了熟人?"罗阳问。

尕小白(❀´ᴗ`)腼腆地(。﹏。)低下头,没有回答。应该怎么回答才**合适**,才可以改变现状,她不知道哎。

影小白好后悔没有再坚持一下,怎么死拉硬拽也应该把莽小白抓过来,哪怕她莽撞、哪怕她意气用事、哪怕她真的会不管不顾不**合适**地搅了局——也会比现在这个局面要强。

尕小白抓起菜牌本子遮住了自己的脸。她这是(ˇ_ˇ)想~要缩回去了吗?影小白好紧张。

但在那一张不相干的台上,何瑞喜的谈话却显然渐入佳境。

现在那一对母女也受到了感染,好像也突然化蛹为蝶,跟着何瑞喜天马行空、东西南北地畅聊,打成一片了。

母亲搂住了女儿的肩,一个劲地催促女儿:"快回答阿姨呵。叫人家和她的女儿一起来我们家玩。"

女孩(❀´ᴗ`)腼腆地但是很快地回应:"好。"

何瑞喜靠近了那女孩,揽住了女孩的肩,头靠了上去。

"那你有时间也到我们家里来玩哦。"

面对一个陌生人,但气氛却没有一点儿不**合适**,她们竟然完全不是尬聊,母女俩此时刻眉开眼笑,像遇见久违的朋友那样频频点头。

何瑞喜一直在笑，心无城府地笑，笑得跟顽小白一样无邪。

罗阳有些焦躁，坐立不安。他已经开始感觉到自己待在这里是不**合适**的，是多余的了。

尕小白的脸躲在菜牌本子后面，她偷眼看着何瑞喜，她想用眼神要求何瑞喜立刻、马上回来，坐到**合适**的自己的餐台位置，但是何瑞喜却没有一点回来的意思。

影小白⊃__⊂捂脸，感觉很丢人，很绝望。眼看着**合适**的时机和**合适**的人都要转瞬即逝、擦肩而过了，但是她却无能为力。

"喂，喂，何瑞喜——何瑞喜！"

莽小白将菜牌本子甩在了何瑞喜和那两母女的餐台上，她的脸像泰山压顶一般压在了何瑞喜脸上。

莽小白赶到的还真是**合适**。

就在影小白开始懊悔、绝望地在心里呼唤的时候；就在尕小白怯怯地用菜牌本子遮住整张脸（ˇ_ˇ）想~要缩回去的时候，莽小白终于被解除戒令，及时赶到了。

但是莽不白终究是不羁鲁莽的，而且固执倔强。

莽小白没有去试图将何瑞喜拉回到属于她的**合适**的台位，而是甩下不满后，就风风火火地径直出了西餐厅。

莽小白还是以为自己不要陪何瑞喜坐到这里，在莽小白的心里，那依旧不是**合适**她做的事情。

莽小白头也不回地出了西餐厅，虎虎生风往马路上走。何瑞喜就扔下了两母女，屁颠屁颠地追出了西餐厅。

何瑞喜一边追着莽小白ㄟ(￣～￣)ㄏ疾行如飞的脚步，一边不迭地发嗲。

"小白，你等等，你等等嘛！"

有那么一刻，何瑞喜一路小跑着险些儿拽住了莽小白的衣角。

"我又怎么得罪你了，你说翻脸就翻脸了！"

"那又怎么样了？"莽小白白了何瑞喜一眼，"我翻脸了，怎么你觉得不**合适**吗？"

"当然不**合适**。"影小白(ˇ_ˇ)想~回应莽小白。

但是影小白根本说不出来话，也表达不了——就在刚才她用尽力气呼唤莽小白的那一刻，她就已经如烟般消散了。

莽小白没有再回头，她决绝地更加迅疾地横过马路。马路上车水马龙，但是莽小白在那中间穿行，根本不假思索、不作犹豫。

何瑞喜o_oo_o盯着莽小白的后背，也不管不顾地横穿马路。

"这不**合适**，太危险了！"尕小白这时候蛰伏在莽小白的肩头，(╯⊙ω⊙)╯惊恐地蒙上了眼睛。

何瑞喜的眼睛里是(╯⊙ω⊙)╯惊恐多过怨恨，她在嘴里叨叨着。

"小白，你疯了！你小心哪！"

莽小白|(－_－)|像没听见一样，像一颗炮弹自顾自往前冲，不回头。

何瑞喜没有顾及眼前的险情，径直往前追赶。

"嗞——哧！"

然后，莽小白听到了后面传出急刹车的声音。她意识到了什么，迅速转过头，大惊失色。

罗阳不知从哪里冒出来，冲了过去，拉住了惊呆了的何瑞喜。

何瑞喜宛若惊弓之鸟，张开嘴愣怔在那里，一时间不能动弹。

横在路中间的小车司机的车窗放下来了。

"ˋ_ˊ*你不要命啦！！！神经病！"

司机怒不可遏地指着何瑞喜咒骂。莽小白猛地冲了过来，挡在了小汽车的车前，雄赳赳气昂昂地。她插着腰，身板和脖子都挺得硬邦邦的，怒目圆瞪，鼻子一吸一呿，嘴里喘着粗气。那样子就好像要决斗的小老虎。

尕小白心里纳闷起来：不是属猫的吗？

照猫画虎是有道理的。很快莽小白的样子就让她想(o°v°)ノ明白了。刚才临时客串了一下，尕小白有了一些经验，她在迅速地学习和成长。

莽小白的右手伸出了一个手指头，指着那个男人一字一句地回敬道："你以为你有多正常呵？！"

如果不是何瑞喜将莽小白一把扒拉到身后去，莽小白一定还要张开她的两只锐利的爪子，扑拉上去撕烂那个明明差点撞到人却还不讲理地骂人的家伙了。

司机将车窗升上去了，但是一句气恼的话还是∧(￣˘￣)∧飞出了窗外。

"跑出来害人，你神经病哪！"

"你才神经病哪！"

莽小白跳起来怼道。这个不上道的渣司机，他有什么权利评判一个路人。这场险些发生的车祸究竟是谁不**合适**犯下的错误，怎么可能由得他下定论？！

何瑞喜拉扯着莽小白从车流中出来，到了马路牙子上。

莽小白挣脱了何瑞喜的手，她定定地看着何瑞喜，一身叮当作响、花枝乱颤的何瑞喜，她在心里以为这的确是不**合适**的，但是——然并@（该死，差点脏话又脱口而出，略去）。

莽小白无可奈何地望着何瑞喜长叹了口气。

"你——真的哪里不对劲，你成心的吗？奶奶干吗管你？！你做的哪一件事是**合适**你做的呵！"

尕小白有点懵。刚才莽小白的这句感喟确定**合适**用在这里吗？这样子说，这个语气，在她听来简直就是世界翻了个个。

至少那一刻是的——

说这个话的莽小白倒像是妈妈，而何瑞喜那一刻却像是个孩子。

莽小白甩下这一篇感喟后即扔下何瑞喜，自顾自大步往前走。而何瑞喜竟然紧走几步跟上去，很配合地小孩子样地牵住了莽小白的手。她们两个人就这样调转了母女的身份，一起往前走。

罗阳还站在原地。

罗阳看着莽小白和何瑞喜走远了，走出了他的视线。也许，就从此走出了他的世界，他想：

那个**合适**的时间、**合适**的人好像还没有到来。

认识

🎬 莽小白和尕小白

不知道**认识**某人是否真的具有意义，跟某人有特别的意义却最终并没有真正**认识**一样丶(╯▽╰)丶无奈。

何瑞喜经常变得好像我们从不**认识**，或者我们是**认识**的陌生人，这种感觉不只是丶(╯▽╰)丶无奈，它还很荒唐。

——摘自《秦小白日记》

莽小白(ˇ_ˇ)想~着：回到家，她就要好好与何瑞喜理论理论。像何瑞喜这样年龄的人，怎么好像一个小小孩，对自己完全没有一点**认识**，怎么可以这样随性妄为！

莽小白在前面，蹬蹬蹬地上楼梯，走得很快。何瑞喜在后面一路碎步紧跟，终于她靠近了莽小白，何瑞喜的手伸过去，拉拽住了莽小白的衣领子。

尕小白此时就在莽小白的衣领里，差点吓得颠出来。

莽小白(ˇ_ˇ)想~要挣脱开继续往前疾走，但是何瑞喜根本不放手。

"小白，你不能这么不讲理，你们要我去，我就去了！"

何瑞喜到现在还没有**认识**到自己错在哪里，她振振有词地指责莽小白，在她的**认识**里，莽小白这时候发脾气使性子根本没有道理，是莽小白不守信用。

莽小白顿住了，她转过身来，现在她比何瑞喜高两个阶梯，尕小白看见楼道昏黄的灯光将莽小白和何瑞喜的影子映照在墙上，这样的状况再一

次颠覆了尕小白的**认识**。怎么，莽小白看起来比何瑞喜高，她插着腰，像大人教训小孩一样教训何瑞喜。

对，就是女儿在训斥妈妈——这像话吗？

这个**认识**有违天伦，尕小白(ˇ_ˇ)想~应该要制止莽小白的无理。

莽小白不分青红皂白地俯下脸来问："你有过来跟人家说话吗？"

何瑞喜有些沮丧，支吾道："我回来的时候，没看见他，他好像已经走了。"

刚才明明在马路上还看得见的人，凭什么说在西餐厅里就看不见？何瑞喜明明是在狡辩，莽小白(ˇ_ˇ)想~，一个对错误根本没有**认识**的人只会狡辩。

"你真是枉费了奶奶的一片苦心。何瑞喜，你没有感觉良心不安吗？"莽小白用手捂住自己的左胸口，"你的良心难道不会痛哎，难道它是哪一天被哪个叼走了吗？"

何瑞喜一个旋步へ(￣∇￣)へ飞身上来，竟然揽住了莽小白。她的脸贴紧了莽小白，连尕小白都能感觉到何瑞喜的热气。

何瑞喜真的是属雕的，迅疾へ(￣∇￣)へ飞跃的姿势好像，还有咬颈的姿势更加像。尕小白对何瑞喜的**认识**开始深刻起来，但是她还没有设想莽小白怎么应付何瑞喜这只大雕，何瑞喜就已经将莽小白的身份揭了老底，给了她对自我的清晰的**认识**。

"我的良心——那还不是让你这只猫叼走了！"何瑞喜做了一个夸张的手势，"你还是才出生的那天，我的心就给了你了，是你叼走了啦。"

尕小白感觉身体像过电了一样，心里涌过一阵暖流。这种过电的感觉在莽小白身上也发生了，好像更加严重，莽小白一时间竟然┳┳待在原地，不能动弹了。

这一次是莽小白自己心甘情愿地抽空了全身的精力输送给了尕小白，虽然尕小白还是没有准备好，但是莽小白这时间却再也狠不下心来斥骂何瑞喜了。

"你去！"莽小白对尕小白敦促。

尕小白有些茫然无措。

但是莽小白已经推搡着尕小白，三步并作两步上楼到了家门前。

尕小白机械地开门，进去。何瑞喜跟进来。

尕小白将茶盘里的杯子放到自动饮水机底下，借着给自己倒水的工夫，尕小白的脑子将何瑞喜和自己的**认识**好好复习了一遍，准备应对下面的事情。

尕小白还真的不知道自己该怎么做。

"你比我有耐性些吧。"尕小白听见莽小白在她的身体里说。

尕小白懂得了这是莽小白对于自己的**认识**，让自己暂时提前代替莽小白履职，是因为莽小白不忍心再发火了。

当你听到某个人的良心被你叨走的时候，你对于这个无心的人实在没有理由再发火。

莽小白无法对何瑞喜再发火，尕小白也不能。

何瑞喜冲到沙发跟前坐下，恨恨地看了两眼尕小白，"哼"了一声，竟然莫名地（ノへ￣、）擦起眼泪来了。

尕小白吓了一跳，但是被莽小白鼓动着勇敢地走了过去。她坐到何瑞喜的身边，从纸巾盒里抽出一张纸巾递给何瑞喜，何瑞喜接过纸巾来揩干净眼泪，心无城府地看着尕小白，(^▽^)笑了。

何瑞喜**认识**眼前的小白是还没有确认的自己吗？尕小白怯生生地想。她走到一边，再去给何瑞喜倒了一杯开水。

在这递纸巾、倒开水的两分钟里，尕小白(ˇ_ˇ)想~到了要说的话。

还没有长成的尕小白，反应起来总还是迟钝的。

"你以后不要见到陌生人就撺上去吧啦吧啦地说个没完。"

何瑞喜接过尕小白递给她的开水，脸上放出异样兴奋的光彩。

"那个呵，那个已经不是陌生人了呵！我跟她们熟得很呢！"

就在尕小白一时懵怔又接不上话来的时候，莽小白直接从尕小白的胸腔里迸出了声来。

"我跟她们熟得很呢！"

尕小白**认识**到莽小白的话是一句讽刺，她比照着面前的何瑞喜，做出(´-∀-`)不屑地学舌的样子，脸上亦夸张地眉飞色舞。

何瑞喜好像没有**认识**到那是一句讽刺，她竟然认真地解释，她声情并茂地对尕小白比画着。

"你不信哪，我说给你听。韦小璐，和你同年级，你隔壁104班的，你跟她交朋友吧，俞文老师不是总说你孤僻不合群吗？"

尕小白(ˇ_ˇ)想~要偷跑。她不知道怎么应对，何瑞喜的接词完全没有章法，根本不在尕小白可以掌握的**认识**范围内。

何瑞喜却完全没有察觉尕小白的想法，她将欲要走开的尕小白抱住，很熟络地揽住了她。尕小白吓了一跳，(ˇ_ˇ)想~要挣开，但是何瑞喜揽得很紧，尕小白挣脱不开，只能无奈地忍受着。

"小白，你可以和韦小璐合群。真的，可以跟她一起上学放学，你们同路。"

何瑞喜说到这里，一拍巴掌，终于放开了尕小白，兴奋地盘腿蹲坐在沙发上。

尕小白苦笑着转身，离开，无可奈何。

还没真正自主生成的尕小白，当然不能成气候。对此，莽小白终究是**认识**不足，应该怎么应付是莽小白的本分，而对于尕小白那只是一次尝试。

尕小白把这当成一次练习，只是练习而已。

何瑞喜还在兴头上，要她记住什么那就有你好看了。这一点莽小白倒是早有领教，自然也有足够的**认识**。

何瑞喜清晰地绘声绘色地描述韦小璐的家。

"她们家住在北区钟鼓岭墉下街五子巷三街，是祖传的老宅子，她家院子里有一棵梨树，结果的时候那梨就吊在窗前——特别有意思吧？她妈妈在毛巾厂做劳资，她爸爸是区委的干事。"

莽小白还不能立刻恢复元气，她希望尕小白可以再撑一会儿。

就一小会儿也可以。

但是尕小白已经团起了自己的身体，准备重新蜷缩到莽小白的体内藏起来，（p.-）（p.-）（p.-）打瞌睡了。

莽小白很恼火。

于是，莽小白和尕小白开始了一场"喵喵"开战。若论，哪有比属猫的真吵起来更加火星文。

莽小白

小尕，8错，是偶叫你来，你怎么酱紫？真是M！喂，说你你还呼呼上了耶！你快点，过去——过去——7456①

①8错——不错；酱紫——这样子；M——木头；呼呼——睡觉；7456——气死我了

尕小白

987！987！②

②987——就不去

何瑞喜这只大雕并未意识到小白离开，她仍然意犹未尽，还在兴高采烈地"嘎嘎"聒噪着。

"韦小璐（*@o@*）喜欢养猫，她家的猫叫——，她还养了一只乌

龟叫七七，猫和乌龟都喜欢看电视，是不是很有意思？"

然而并没有听到回应，何瑞喜这才**认识**到小白早走开了，她四下里打探了一下，确认客厅里没有小白，这就从沙发上起身，往小白的房间里去了。

那些话好像流水一路淌过，不能停止。

"她家里也有个像我们家一样的管事的奶奶，身体奇好，你晓得不，她八十岁了，还在院子里种菜——是种菜，不是养花，那个不容易。你肯定没有这个**认识**，你没有经历过嘛！"

被尕小白"987"（就不去）一口回绝了的莽小白恢复了体力。她才没有心情也没有耐心听何瑞喜胡诌，无论是种菜还是养花，莽小白都不需要那些**认识**。

那跟她莽小白有什么关系？

这个世界已经够莽小白**认识**的了，她满脑子疑问、满肚子委屈，没有地方找到答案，她把它们放到了网上。

在网络上，她找到了这个可以聊聊天、发发牢骚的特别的地方。

现在这一刻，莽小白就对着电脑上网搜索着。何瑞喜推开房门进来了，莽小白顾不上她，由着何瑞喜继续自说自话。

"她家的西红柿和木瓜长得好，她说熟了的时候请我们去吃。你说现在熟没熟呢？"

莽小白不愿意、不想在这些不**认识**的人、没用的事上折腾，她们跟她有什么关系？有些可能有关系的人好可惜直到最终擦身而过了却不知道名字而没有真正地**认识**，譬如戚小白念念不忘的那个团委叔叔。

莽小白在贴吧上看到了这个。原来戚小白那么想念这个人，她还看到影小白也找寻(ˇ_ˇ)想~要**认识**他，现在就是莽小白也开始好奇这个团委叔叔。这个人才好像是应该**认识**的人。

```
○○  ← →  🔍                              + ⤓ ▢
```

吧 *认识*团委叔叔吗？   +关注 关注 1936 贴子 2   签到 5月8日漏签 2 天

```
        <..>
         ▽
        |_|
       _|_|_
        | |
        | |
        ‾ ‾
        ■ ■
```

10 [置顶] ⊿欢迎加入*认识*团委叔叔吗QQ群   &+ 戚小猫 7年前
　　团委叔叔每天看上去都很神气，但是对人很和气，讲题目比老师还有条理。

8 【*认识*团委叔叔吗】 疑惑   &+ 春眠不觉晓
　　找到了吗？相片有吗？或者他的气质像哪一个歌手或者演员？不要告诉我，他像哪一个老师哦。不喜欢读书的飘过。
　　　　　　　　　　　　　　　　　　　🗨 雨哥　　5-3

138【*认识*团委叔叔吗】 熟悉的音乐——重温快乐时光   &+ 美丽天使
　　这几首音乐会让你想起来什么？不能忘怀的叔叔。喵喵，你是小萝莉吗？要不要跟着音乐跳着舞来找呵？
　　　　　　　　　　　　　　　　　🗨 爱上一只羊　4-23

36【*认识*团委叔叔吗】 以后有这些大明星来*认识*叔叔那不就大发了哎。
　　　　　　　　　　　　　　　　　　　&+ 一朝被蛇咬
　　喵喵，你家的沙雕不喜欢叔叔？你瞎起个什么劲，找回来也没有用哦！呜呜，我给你两厘纸巾。
　　　　　　　　　　　　　　　　　🗨 神仙白骨掌　2-18

　　莽小白翻到36这里就停住了，这个叫"神仙白骨掌"的家伙竟然敢叫何瑞喜沙雕，莽小白感觉热血喷涌，此前在马路上叉腰怒骂那个神经病司机的虎劲又要上来了。

　　莽小白点开了这张跟帖的第36个回复。(ˇ_ˇ)想~要**认识**一下这个

"神仙白骨掌"，然后狠狠地教训这个家伙一下。

然而并不需要。

戚小白和影小白早就使用了她们锐利的爪子去挠那个令人憎恶的家伙了。

吧 认识团委叔叔吗？ +关注 关注 1936 贴子 2 签到 5月8日漏签 2天

1 2 下一页 尾页   36 回复贴，共2页，跳到 ___ 页 确定 <返回认识团委叔叔吧

只看楼主 收藏 回复

【认识团委叔叔吗】 以后有这些大明星来认识叔叔那不就大发了哎。

▼ 神仙白骨掌
铁杆会员 8

喵喵，你家的沙雕不喜欢叔叔？你瞎起个什么劲，找回来也没有用哦！呜呜，我给你两屉纸巾。

36楼 2013-02-18 21:11 回复

▼ 戚小喵
知名人士 10

你家才沙雕！沙雕沙雕沙雕沙雕沙雕你家才沙沙沙沙沙雕。

2013-02-18 23:31

▼ 影小喵(^·ェ·^)
核心会员 6

小戚，你干吗还要难过，你不要理嘛！过去那么久的。人就是过去了呵？以后还会有合适的叔叔在合适时间来到，你相信我吧，我是影。

2015-05-16 23:31

"你在干什么？"

何瑞喜瞪着（◉_◉）金鱼眼的这句问话跟刚才的演讲完全换了频道转了声调，但是才恢复精气神的莽小白被尕小白之前的一番折腾，反应慢了好多。

比起曾经从来没有被捉住的溜滑迅疾的网名是"戚小喵""影小喵"，现在的莽小白好像生病打蔫的病猫。

莽小白关闭了贴吧的页面，但是QQ上的那个家伙的头像还是在闪呵闪，亮瞎了何瑞喜的眼。那是雕哎，亮瞎了，哪里可能？

对雕也太没有**认识**了吧。

据传，雕在视网膜的斑带区中央凹内的视觉细胞有150万至200万个，大大高于人类在同样区域的20万个视觉细胞。如果猎物被雕发现，那是无处可藏的。

没等到莽小白（ˇ_ˇ）想~要从网上退出来，何瑞喜就像老鹰捉小鸡一样将她按在键盘上了。

莽小白还想遮掩，她转过脸来，嗫嚅着："没干什么。你刚才说什么吃的来着……"

何瑞喜并没有被莽小白的小伎俩迷惑，她认准了目标，就会发起攻击，一口咬住不会松口。

何瑞喜如临大敌地将莽小白捋开，指着电脑。

"你在聊天？"

莽小白好像完成了充电，现在她又恢复到生气勃勃的犀利、任性的那个小老虎一样的莽小白了。

"那又怎么样？"莽小白（´-∀-`）不屑地冷淡地别过脸。

何瑞喜扳过了莽小白的脸，尽管莽小白怒目圆瞪，但是何瑞喜照样怒目相视。

又不是不**认识**？谁怕谁呵？

"跟谁？住哪的？干什么的？叫什么名字？"

何瑞喜用炸鞭炮一样扔下了一串鞭炮，果然把莽小白炸得直翻白眼。

莽小白跳将开来，眼睛恼火地给了何瑞喜一个"扫堂腿"。

"干吗，你查户口哪！"

何瑞喜的立场很坚定，莽小白眼神里的"扫堂腿"根本动摇不了她，她逼近莽小白继续乘胜追击。

"别打岔，我问你哪，**认识**不**认识**？"

莽小白更加恨恨地白了何瑞喜一眼。尕小白吓坏了，揪紧了莽小白的衣领口。

"坦白吧。"尕小白说，她甚至捉住了莽小白的手，要她└(T__T)┘举起手来。

"（ノ`Д)ノ滚一边去，还没到你做主的时候！"莽小白在心里这样回怼尕小白。

莽小白再一次找到了转变方向的机缘，面对何瑞喜的越逼越紧的围剿，她必须要出其不意地撕开一道口子，突围出去。

"给我一百块。"莽小白伸出了手。

何瑞喜(·_·)愣住了，懵怔看着莽小白已经伸出来的左手。这是什么情况，是真的亮瞎了眼吗？这种状况完全颠覆了何瑞喜的**认识**——到了跟前的猎物好像不是一开始看到的那样子了。

莽小白o_oo_o盯着何瑞喜，一字一顿地再重复道："一百块！"

何瑞喜理不清头绪了，她错愕地看着莽小白。

尕小白真切地看到，莽小白真的成功突围了。现在何瑞喜看莽小白的眼睛已经没有杀气，而是一脸的不安和忧虑。

何瑞喜再看了一眼电脑，用手指着电脑上的某人的头像，瑟瑟缩缩地道："小白，你被缠上了，他威胁你？！"

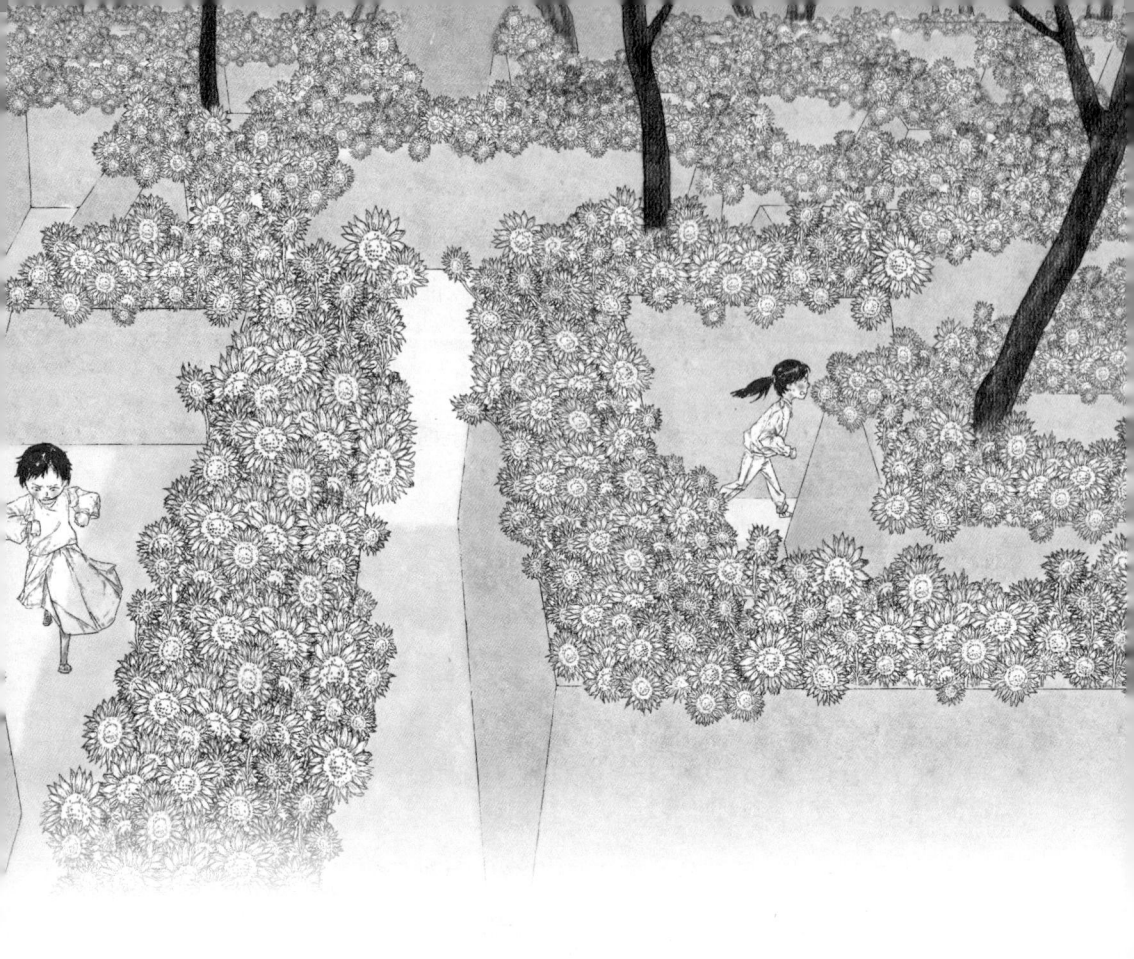

说到最后"他威胁你"几个字,何瑞喜眼睛里的凶光又被点燃了。

"X~X糟糕了,好像又要围剿你了!"尕小白捂住了嘴,惊吓得快要喊出那一声"啊"来。

这的确是太危险了,莽小白**认识**到可能会再次陷入这险境。现在已经突围出来的莽小白,就想早点丶(ﾟ∀ﾟ*)ﾉ――――ゥ♪逃离,◇(ㅍ◡ㅍ❀)闪!

才不能沿着原来的逻辑路线回应何瑞喜,那样肯定会被盯得死死的,然后被她的魔爪抓住,再无力回天。

莽小白在本子上画了个简笔画的小人,然后给小人打了个叉叉。她把这页纸"嗤"地用力撕下来,亮给何瑞喜看。

"我把他突突■┌┼═──……了好吧。"莽小白斩钉截铁地道。

莽小白将这一句话连同那个被"突突▄┳┻︻═━一……"的小人一起甩下，便拉开门走掉，ヽ(°∀°*)ﾉ━━━ゥ♪逃之夭夭。

尕小白稍稍拖了一下后腿，她好想看清楚那个简笔画的小人，她ヘ(￣▽￣)ヘ飞到灯罩上伸长了脖子看，当尕小白发现何瑞喜也伸长了脖子(ˇ_ˇ)想~要**认识**这个小人时，她赶紧也溜了出去。

这个被突突▄┳┻︻═━一……了的小人有点冤枉，很明显，他是为了保护莽小白突围而壮烈牺牲的。

等到何瑞喜反应过来，喊着"小白，小白"拉开房门追出去时，莽小白早就像一只猫，ヽ(°∀°*)ﾉ━━━ゥ♪逃之夭夭了。

愿意不愿意

🎬 **莽小白、尕小白、顽小白和影小白**

见过的没见过的——好像所有人都认识我，不管你**愿意不愿意**，我就这么被曝光晾晒在众人眼前。从这一刻起，由何瑞喜导演的小白的肥皂剧多了一个系列，那应该叫《透明人秦小白》。

——摘自《秦小白日记》

不妨，不对，是应该给那个叫罗阳的人写一封信，不管他**愿意不愿意**，事实上他是与她们发生了交集的人。

莽小白在看贴吧的时候，尕小白就蹲在莽小白的眼皮上，她看到了关于寻找团委叔叔的那些帖子和回复。

如果不想再出现戚小白那样耿耿于怀的遗憾，那么现在就把这个人记住了吧，不论**愿意不愿意**。

尕小白这样想着，就在何瑞喜追着莽小白出门的一刻，她跳到了写字台上。写字台上的电脑并没有关，尕小白捻着那个人给的名片，就打开了小白的邮箱。

也许应该给那个人，名片上叫罗阳的这个人留一封网络上叫"伊妹儿"的信。

莽小白冲出去其实也就是冲到了卫生间里，她冲了一个冷水脸，然后就猫腰重新溜回自己房间了。

人家**愿意不愿意**还不知道，就写信太冒失了吧，尕小白踌躇了半晌，在键盘上连个标点符号也没有敲出来。

"多事！"莽小白看出了尕小白的心思，她才**不愿意**写这篇莫名其妙的东西。

"哦。"尕小白这样应着，但是并不甘心，她才**不愿意**就这样放弃了——也许，那个叫罗阳的人是需要以后记住的人。

那样的话，要怎么办？

台灯一明一暗闪了几下，莽小白有些眼花，但是尕小白的形象分明渐渐清晰起来了。

莽小白和尕小白是真的要交接了吗？可是看尕小白这个软乎蔫蔫的样儿，她能扛得起什么事儿来。

好吧，莽小白很义气地坐到了写字台前，虽然**不愿意**，但是尕小白曾经提前登场代替她履职，莽小白也应该有所表示才行。

好吧，我来写这封信，发到那个叫罗阳的"伊妹儿"邮箱里。

"你**愿意**写了？"尕小白不能相信，但是却**愿意**相信莽小白是真的要做这件她做不了的事情。

罗阳先生：

　　Hello!

　　这封E-mail如果让你感到唐突，那一点也不奇怪，不管**愿意不愿意**，我已经把这封信投递给你了，按照昨天你给我的名片上的邮箱地址。

　　对，我们昨天才见过面，我就是那个鲁莽的女孩，我叫秦小白，是何瑞喜的女儿。本来面对你的应该是何瑞喜，可是昨天出现了状况。

　　你们的见面还没有开始就结束了，这是一个意外。

　　现在我冒失地留下这封信，也就此留下了联系的方式。如果你愿意，你可以以此方式联系我，联系何瑞喜。

　　祝安

　　　　　　　　　　　　　　　　　　　　　　　　　小白即日

　　"嗯，就是这个意思。"

　　尕小白看着莽小白完成了这封"伊妹儿"的联系函，而且点击发送了出去。

　　台灯再一次明暗交替地闪了一下，莽小白觉得有些神情恍惚，也许明天的某一个时候，她的位置就要正式退让给尕小白了。

　　不管她**愿意不愿意**，莽小白就要离开了。

　　不管她**愿意不愿意**，尕小白一定要正式登场了。

　　但是，有一件事莽小白还是希望由自己来善终。

　　还好，到了第二天早晨，莽小白照镜子的时候还是看到了"自己"清晰的样子。那么今天可以完成——

　　拜托，尕小白，请你来完成这件事。

　　镜子里的是尕小白，是的，现在莽小白正把自己系扣在尕小白的衣服领口上。

　　莽小白看着尕小白背上了双肩书包，那里面有那张从笔记本上撕下来的纸，上面有一个被突突■┌┴━━……打了叉叉的简笔画的小人。

从第一节课挨到最后一节课，尕小白也没有完成莽小白拜托她要去做的这件事。

"你是不是根本**不愿意**做？"

莽小白着急得在尕小白的领口中翻了好几个跟头，她的脚踹得尕小白的脖子都瘀青了。

尕小白的脖子梗住了，半天不能回答。

"不管你**愿意**还是**不愿意**，这件事情你必须要做！"

莽小白甩出了这句蛮话，尕小白就给吓住了。

放学铃响，尕小白很快收拾了书包，挎到肩上，她穿过走廊。刚刚好——李严正在整理同学们交上来的作业。没等李严反应过来，她已经经过了李严的课桌旁。

尕小白将一张百元纸钞放到了李严桌子上。

"你的裤子。"

话未落音，尕小白就猫一样脚底一滑溜，✧(㇏⌣㇏✿)闪了。

李严的同桌阿杰将一百元纸钞拎起来，吹了一口气，转过身，用手托着下巴，研究地看着李严，另一只手勾勾地还做了个莫名的手势，煞有兴致地。阿杰的潜台词写在他的脸上、手上。

"818，介个虾米——表要扮嘢哦！（八卦一下，这个什么意思——不要装哦！）"

李严捋了阿杰一把，"(一一ˇ)我嘞个去"了一声，一把从阿杰手里抓过那张百元纸钞，拎起书包追出教室。

"秦小白！"

李严的声音追紧了尕小白，尕小白"哧溜"跑得更快更快了。她∧(￣～￣)∧飞奔下楼，以百米冲刺的速度。

"干吗要躲他？你怕他？！"莽小白问尕小白。

"他要是**不愿意**收,我Σ(っ°Д°;)っ怎么办?"尕小白坦白心里话。

那样的话,尕小白又怎么再把钱塞回给他。

李严追下来了,他坐在楼梯扶手上,一路溜下去,两条大长腿落到地上,挡住了尕小白。

不要不要,我不要你还回来,我**不愿意**!尕小白在心里念咒语。

然并@(脏话差点又说漏了)。

李严将百元纸钞塞给尕小白。

"这个,不要。"他说,认真地、诚恳地。

尕小白无论如何不肯接,她急死了。

"裤子是我弄破的,不管你**愿意不愿意**,我都要赔你的裤子。"

李严捉住了尕小白的手,将钱硬按到尕小白的手里。

"不用赔。我妈已经补好了,看不出来。"

(oo ˇ 3 ˇ)(oo ˇ 3 ˇ)(oo ˇ 3 ˇ)怎么办怎么办怎么办?尕小白在心里呼唤莽小白。

"不要理他,走你的!"莽小白说。

尕小白"哦"了一声,径直往前走。

教学楼走廊上,阿杰抱着手注视着楼下,打了个呼哨——很响的意味深长的呼哨。

李严往上看,两个人眼睛空中交错,互怼了两个回合。

李严

> ^(oo)^
> 猪头

> (*+_+*)~@
> 真受不了你

阿杰

> *\(^_^)/*
> 为你加油

> ⌐[▽]¬
> 两手一摊

就在李严踌躇片刻的工夫,尕小白已经出了校门。

但是还没等尕小白吁口长气,李严已经骑着自行车赶了上来。这一次,是不管尕小白**愿意不愿意**,李严已经两脚蹬地,将自行车停下了,他在林荫路分岔道口拦住了尕小白。

"小白,我送你一程。"

他说,热切地看着尕小白。

"不要!"

还在尕小白囧得不知道脸该别向哪一处时,莽小白已经从尕小白的喉咙里脱口而出了。

李严坚持着,眼光仍然热情不减地照在尕小白脸上。

"你不是每天都很赶吗,上来吧。"

尕小白犹豫着,胸口被猫抓了一下,是莽小白在尕小白的胸口猫抓了一下。

"走呵!"莽小白催促着。

尕小白坐上了李严的自行车。

李严骑了上去,载着尕小白往前走。

"你怎么坐上他的车子了?"莽小白问,"你**愿意**坐的?"

"是你叫我坐的!"尕小白回怼道。

"我哪有?!"莽小白跳到尕小白眼皮上,就差没跳到尕小白的眼睛里了。

尕小白生气了,刚说过的话就不承认哪。

"你说'走呵!'"尕小白学着莽小白的口气道,"还说不是你说的哪!"

是说了"走呵!"但是没有说"骑上去走呵!"

莽小白快要气死了,尕小白怎么理解的。你**愿意**相信或者**不愿意**相信，这都是事实，她们是同身同心的同一个人不是吗？怎么会有这么不相同的理解力。

这就是自相矛盾的实例了。

芳草萋萋，树影婆娑，夕阳欲坠，晚霞余晖。清风拂面，白裙翩翩，自行车的链子声响踩在悠扬婉转的钢琴曲旋律上。一对少男少女的青春一路延伸……

"你**愿意**坐的对吧？"莽小白穷追不放，"不要找借口了。"

"才没有。"尕小白挣扎着道。

尕小白的心旌在自行车上荡漾，终究还是有些忐忑不安。这样子可不能骑到家里，要是何瑞喜看见——她才**不愿意**给何瑞喜看见。

尕小白的心思让莽小白捉住了。

"怕了吧？"莽小白哼了一声道，"被何瑞喜看到有你好看！"

那样会很煞风景。

《总有一天会长大》——尕小白心旌荡漾着唱起了歌，不管你**愿意不愿意**，我们都会一天天长大。

星星一颗一颗跌落了	太阳就会起来
露珠一颗一颗滑落了	花儿就会出来
雨点一线一线坠落了	青山就会出来
昨天一天一天沉落了	明天就会出来
泡泡裙丢开	抱抱枕丢开
战战兢兢	小心翼翼
喵喵转瞬就长大	转瞬间喵喵就长大

何瑞喜这一天都没闲着，偶然间从莽小白这里发现了她上网的秘密，

便如临大敌。

所有邻居，不论**愿意不愿意**都已经被何瑞喜骚扰到了。

面对着何瑞喜严阵以待的脸，邻居们都在（ ーˇー）困惑、ヽ(′▽`)ノ无奈和焦虑中进入了戒备战斗姿态。

然而，好像并没有发现敌情。

"就是这个，网名叫海上昆仑的。"何瑞喜一遍遍地强调，提示手上已经发现的可疑的蛛丝马迹。

系着围裙的刘阿姨，手里拿着锅铲，本来是要好好炖一锅兔子肉的，现在被何瑞喜敲开了门，站在门口，对着何瑞喜手里的一叠打印了QQ聊天记录的纸，整颗头都凑到了纸上，来回巡视。

良久，刘阿姨解除了警备。

"没有什么。"

刘阿姨的手在胸前揩了揩，茫然地看着何瑞喜。

何瑞喜着急地叫起来。

"这是小白的网络个人空间，这个海上昆仑光顾了好多次，比任何一个人都多。"何瑞喜将那几片纸掀得呼呼作响，"你看看小白，她这是要干什么？"

"那能干什么嘛！"刘阿姨的眉头皱起来，"难道你**愿意**把小白设想成坏孩子吗？"

何瑞喜也没想到自己这十来年早把邻居们骚扰成了大条（大大咧咧，貌似不在乎，不去细想）得很，刘阿姨这时候牛皮筋功夫就显露出来了。

"哎哟，我的兔子！"刘阿姨突然大叫了一声，转身跑进厨房，草率结束了战斗。

何瑞喜才不会因为刘阿姨一个人毫无战斗力就偃旗息鼓。不见兔子不撒鹰。

于是蓝叔叔、琴姐、尹伯伯、阿华哥哥还有墨鱼奶奶都被何瑞喜呼喝着，传令依次登场了。

这真是世界上未解之谜之一，莽小白以为。当一个人以奇葩逻辑做出奇葩事情的时候，周围人竟然**愿意**、没有怨言地予以配合。

何瑞喜是认真的，她眉头紧蹙，双目圆睁，绞着双手，而且她还==b直冒冷汗。莽小白可以设想接下来尕小白的样子——（≧0≦)抓狂。

会是这样。尕小白这个傻猫，听不懂她的话，莽小白现在也= =b直冒冷汗。

还是蓝叔叔耿直一点儿，稍微提出了点点质疑。

"小白妈妈，哦，不是，何女士！你这还把小白的聊天记录全打印出来了，你这可是把小白的隐私、老底全兜出来了。现在的孩子谁会答应、谁会**愿意**你这么干啦——小白会不会跟你急呵！"

何瑞喜一把拽住了蓝叔叔，一副剑拔弩张之势。

"蓝师傅，你快帮我分析一下，这个海上昆仑是谁？"

蓝叔叔摇头。他已经看出端倪，何瑞喜根本不会听他们劝说停止战斗，她已是箭在弦上，怎么劝她也**不会愿意**停止穷追猛打。

尕小白的第一天会是混乱而悲惨的一天。莽小白看到，不仅有些担心起尕小白来。

何瑞喜一张张掀着那些纸，指指点点地宣示众人。

"你看你看，他们都聊些什么，小白竟然还冒充自己已经18岁……这样怎么得了，小白这样下去会烂掉的呵！"

邻居们都木讷地看着何瑞喜，听她天马行空地设想着小白聊天事态的发展局面，听起来是仅次于地球爆炸的严峻的事件。

邻居们都如提线木偶一样地点头、摇头、点头、摇头，面面相觑，没有意见。

愿意不愿意

何瑞喜越设想越说越（ˇ_ˇ）郁闷、<(-△-)>义愤，她就要（T_T）哭了。

"再有一学期就中考了，这可Σ(っ°Д°;)っ怎么办？小白她这样快要完蛋了。Σ(っ°Д°;)っ怎么办？小白被这个海上昆仑影响坏了！"

与何瑞喜的战争片完全不搭调的却是：氽小白这只傻喵喵还在与一只真憨笨的鹅纠葛。

这是顽小白最爱看的那本童话绘本的第四页——

每天，白鹅看着自己羽毛上的猫爪印，竟然越看越有趣。

于是，每天白鹅就想等着喵喵，希望会有更多的猫爪印。

许多天以后，喵喵记起来自己留在白鹅羽毛上的猫爪印，那明明破坏了白鹅的洁白的羽毛，她要去弥补、清洗干净白鹅羽毛上的猫爪印。

白鹅等到了喵喵，期待着有更多的猫爪印。

但是喵喵是来擦掉自己留在白鹅身上的猫爪印的。

白鹅不愿意喵喵擦掉猫爪印。

"好好爱惜自己的羽毛吧！"喵喵说。

喵喵一定要擦掉猫爪印。

莽小白的联想，把顽小白召唤回来了。

（*^__^*）（*^__^*）（*^__^*）嘻嘻，嘻嘻，嘻嘻——

顽小白就从梧桐树上跳到银杏树上，再〜(￣▽￣)〜飞到芒果树、苦楝树、大榕树、杜英树、紫阳树、盆架子、香樟树、臭椿树、黑胡桃、波罗蜜……一路跟随着尕小白和李严。

在以后长大的小白中，尕小白好像最贴近顽小白了。

要不要翻开童话书跟尕小白讲故事，顽小白这样想。

"你再胡来，我就揪你屁股了。"莽小白警告顽小白。

不意想地召唤来顽小白，如果不可以提醒警告尕小白，那简直就是来添乱的。

"是你叫我来的。"顽小白**不愿意**了，"你反悔，又**不愿意**了？"

"看见那个梗着脖子的人了吧？"

莽小白没好气地说。

顽小白（*^__^*）嘻嘻笑起来。

"鹅，鹅，鹅——"

"鹅你个头——尕小白还在车上哪！"莽小白说。

"好好玩。"顽小白仍然不明就里，"那会是跟坐碰碰船一样好玩吗？"

"你去，让尕小白下来！"莽小白直截了当地命令道。

"啊——"一个银杏果就掉了下来，正正砸在了李严的头上。自行车头摆动了一下，但是李严没有松开自行车把，仍然一路骑行向前。

尕小白在车后座上颠了一下，侧身而坐的她身子在车上显然趔趄了一下下，脸上一时慌乱，手不自觉地往前拉住了李严的衣服。

"反而事情变X~X糟糕了！"莽小白看见，气汹汹地想。

"不是玩哪！"莽小白严肃地警告顽小白说，"你要认真点做事！要

不，不带你在这儿待着了。"

　　顽小白没有现身，她才**不愿意**让尕小白讨厌她，在以后所有的小白中，尕小白是她以为最好亲近的一个。

　　"那个，波罗蜜——"顽小白对莽小白勾勾手指，"那个，你去砸！"

　　连一颗银杏果也**不愿意**亲自策划去做的莽小白，怎么可能去现身砸波罗蜜。但是这么大个波罗蜜，顽小白当然不行。

　　现在，眼睁睁看着李严骑着自行车载着尕小白穿过了大街小巷，莽小白就把影小白也召唤回来了。

　　但是，太迟了。

　　李严的自行车进入了滨海市石峰区东南台金南湾小区。

　　感觉小区各个角落的那些眼睛是什么？

　　尕小白心里竟然响起这个——俄罗斯作曲家肖斯塔科维奇第七交响乐中的音乐片段。

　　"那是什么？"顽小白问。

　　"C大调第七交响曲。"尕小白解释。

　　"切，(ー ーˇ)我去！不就是《鬼子进村》！"莽小白(ˊ-∀-ˋ)不屑地怼道。

　　现在看尕小白支支吾吾的样子，莽小白意识到情况可能比她想象的还要X~X糟糕，尕小白一定会被**不愿意**放弃警察幻想、还保留警察制服每天在家里翻来覆去地熨烫的何瑞喜揪住。

　　尕小白也很快意识到了。

　　尕小白脸上灿烂的笑容凝滞了。街坊邻居的那些眼睛，冰冷的窥视，让她感觉到了什么——是压力。

"别再愣着了，"影小白着急却喊不出来，"快点跑呵！"

召唤来了顽小白和影小白，莽小白却袖着手在一旁冷眼看着，仿佛立刻变成无关的旁观者了。

必须给尕小白一个教训才可以，要不然她不长记性。怎么可以**愿意不愿意**由着自己的性子来，那只能是找死！

尕小白躲不过那些窥探的犀利的眼睛，他们受到了何瑞喜的指示，散落在歪脖子大榕树下的棋台上——尹伯伯才没有认真下棋，他的眼睛从老花眼镜底下放射出光来；隐蔽在楼上的阳台内——刘阿姨才不是刚好需要浇花的，她的花洒一直浇一直浇花都快给淹死了；琴婶的脸贴在窗户上太久了，快成为褪了色的年画；还有墨鱼奶奶怎么要扶着楼梯栏杆站那么久，站得腰都直不起来；蓝叔叔竟然不抽烟，把烟夹在耳朵边上。

他们各人都以眼睛为锐利的武器，在何瑞喜的命令下万箭齐发，让尕小白根本躲闪不及。

何瑞喜叉着腰站在阳台上，威武得像个指挥官，她一副怒发冲冠的样子，指着尕小白，一顿嘶吼。

"小白，你跟谁去疯了！"

尕小白一跃而起，从车上猫跳下来。

书包上的挂件挂住了车子，尕小白打了个趔趄，李严要伸手去扶尕小白，但是尕小白很快站稳了，她满脸绯红，风驰电掣一般地迅疾地冲向楼梯口，ㄟ(￣～￣)ㄏ飞身到楼上。

顽小白、影小白、莽小白都看见了，这时候她们都想起绘本里智慧神灵的话来。

"你以后会ㄟ(￣～￣)ㄏ飞的。"智慧神灵这样说的时候，才没有（﹡^﹏^﹡）嘻嘻，她是认真说的。

现在都看到喵喵要︵(￣︶￣)︵飞起来的雏形了，再往后，也许有一天，喵喵真的可以︵(￣︶￣)︵飞起来。

"《飞屋环游记》里的房子都︵(￣︶￣)︵飞上了天。"顽小白(ˇ_ˇ)想~起来，"(*^_^*)嘻嘻，喵喵︵(￣︶￣)︵飞上天怎么不行呢？"

影小白说不出话来，但是她想尕小白要真能︵(￣︶￣)︵飞就好了，可以在何瑞喜发飙的一刻︵(￣︶￣)︵飞掉。

"想都不要想！"莽小白看清楚了她的心思，╭(╯^╰)╮哼了一声。

必须要给尕小白一个教训！不管她**愿意不愿意**！

鬼

🎬 **莽小白、尕小白和影小白**

我被何瑞喜吊打在网上成了透明人,接下来更加诡异的是她切断我与"危险"的虚拟世界联系的方法,那就是:如果有人进入我的网上个人空间,他就一定会撞**鬼**!

比《透明人秦小白》更雷人的系列是《秦小白之**鬼**故事》。

——摘自《秦小白日记》

何瑞喜一声**鬼**叫,惊得尕小白竟然猫弹**鬼**跳地∧(¯︶¯)∧飞起来。

而且什么**鬼**,尕小白书包上的挂件挂到了车上,拽掉了,掉到了地上,李严蹲下去捡,竟然还一下、两下没捡起来。

事情变得很诡异。

然而家里的气氛更加阴森森地,像**鬼**片。现在尕小白的房间成了**鬼**屋,因为何瑞喜对着尕小白的脸,狰狞可怖,就是一张^o^**鬼**脸。

顽小白缩到了影小白的小心脏里,躲起来。

影小白好后悔,早知道后果这么严重,应该打下那颗硕大的波罗蜜。

波罗波罗蜜!波罗波罗蜜!

"现在念这个,就是念阿弥陀佛也没有用!"莽小白还是袖着两手,一副冷眼旁观之态,她就等着尕小白得到教训。

尕小白趴在床上,脸埋在枕头里。

"喵喵也怕**鬼**,不敢看。"顽小白(ˇ_ˇ)想~。

何瑞喜就守在床头，对着尕小白坐着，勾着头，鼻子吸吮着。

她这是要闻闻，看看尕小白有什么异状，是不是**鬼**附身呵？影小白绝望地想。

无论如何，何瑞喜怎么说怎么问，绝对不要理。尕小白这样下决心。她把脸转到一边去，(/▽\)不看何瑞喜。

何瑞喜o_o o_o盯着尕小白的后脑勺。

"他叫什么？"

"不想跟你说。"尕小白这样回答。

"你们班的？"

"你可不可以不要问！"

莽小白过去坐到尕小白的枕头上，正正地看着尕小白。

见**鬼**了，这是那个尕小白吗？那个好像早产儿似的提前登场、发育不够、弱弱的尕小白，现在看看她这个屌炸天的神气样儿，再回味刚才她ᕕ(ᐛ)ᕗ飞身上楼的**鬼**机灵劲儿——

她哪里害怕何瑞喜？就算何瑞喜是个**鬼**，尕小白也吃定了哎！

顽小白好像也受到鼓舞，她的小脑袋挣出了影小白的心脏，她探出头来，好看清楚尕小白——尕小白这是要战斗了的姿势。

尕小白翻过身来，而且坐起来，双目圆睁，定定地看着何瑞喜。

"至少带一个同学到家里来，是你说的吧？！"

这一梭子弹打得爽歪歪，子弹还是跟对手借的。影小白在心里为尕小白喝彩，现在可以放宽心，尕小白才不会束手就擒的不是吗？

这是什么**鬼**？文文弱弱的尕小白竟然比莽莽撞撞的莽小白更有虎劲。莽小白的眼睛也睁大了，而且反复擦拭了几遍。

何瑞喜被尕小白冷不丁的这一梭子弹扫射打懵圈了。她Σ(°△°|||)﹃惊愕地看着尕小白，舌头卷起来了。

"那他——他为什么不上楼？"

尕小白好一副宜将剩勇追穷寇的气概，挑衅地扫了何瑞喜一眼。

"你(ฅ⊙ω⊙)ฅ吓的。"

何瑞喜慌了一下，嘟囔着："我又不是**鬼**，怎么(ฅ⊙ω⊙)ฅ吓着他了？！"

尕小白的眼睛就成了X光机。她这样上下打量着何瑞喜，仿佛要检查何瑞喜身体里是不是藏了个**鬼**。

"会不会真的藏了个**鬼**？"顽小白好好奇。

影小白把顽小白的头按回到胸口里，她的心揪起来。

"不可以，不能这样对何瑞喜呵。"影小白心里的话喊不出声来，尕小白根本听不到。

影小白拉拽了一下就坐在尕小白身边的莽小白，希望莽小白可以劝劝尕小白。但是莽小白什么也不做，什么也不说。她倒要看看，尕小白有多强，可以对抗何瑞喜。

何瑞喜的汗珠子掉下来了。

"你经常坐他的车？"何瑞喜瑟缩地问。

尕小白忽地从床上坐起来，恼怒地再狠狠扫了何瑞喜一眼。

"跟你有什么关系？！"

尕小白不只是虎得很，还**鬼**精有谋略，她就这么轻描淡写地绕开了何瑞喜的正面进攻。

尕小白起身往门外走。

但是何瑞喜在后面放了一发冷枪，却让尕小白应声中弹了。

"他是不是就是海上昆仑？"

尕小白扶着门框，眼泪在眼眶里打转转。她转过身来，狠狠地o_o o_o 盯着何瑞喜。

"你动了我的电脑,你进入了我的空间?"

何瑞喜老实巴交地点头。

进了就是进了嘛,我认了。何瑞喜的神态就是这样。

"但是我加了密,我没有授权给你进入!"

何瑞喜不以为然地憨憨却是=_=^得意地尬笑起来。

"这很容易。"

怎么会在这个时候忘记了,何瑞喜是个电脑天才。顽小白和影小白、莽小白都见识过了。就是电脑上那点密码锁怎么锁得住何瑞喜这只**鬼**,她想进哪里还不是如入无人之境。

"ㄟ(≧O≦)〃嗷~"尕小白炸毛,歇斯底里般地**鬼**叫起来。

"何瑞喜,你这个贼!"

尕小白拼住了劲拽住了何瑞喜,将她推搡——扔到门外去。

门被重重地关上了。

何瑞喜没反应过来,已经被关在门外了,她恼怒得很,现在轮到何瑞喜在门外擂门,**鬼**叫。

"小白,你太不像话,你冒充十八岁骗人家想干什么?!"

深深受伤的尕小白呆呆地靠着门,⊤▽⊤泪流满面。

"这是什么**鬼**?!这究竟是什么**鬼**呵?!"尕小白在心里~~o(>_<)o~~哭喊。

莽小白怪腔怪调地对尕小白道:"羽翼未丰就想∽(￣～￣)∽飞——好好爱惜自己的羽毛吧。"

"好好爱惜自己的羽毛吧。"这句话在哪里听到过哎,这又是什么**鬼**?

"这就是绘本里喵喵对笨鹅说的话呵!"顽小白提示说。

影小白将顽小白从胸口里探出来的头再按了回去。

"才不是你说的那个意思啦。"影小白在心里对顽小白说,"你都不会听话的。"

"那是什么意思?"

"那是要尕小白好好听话的意思。"影小白这样告诉顽小白。

顽小白还是听不懂。

"你应该懂事、听话,不要让外面什么乱七八糟的**鬼**纠缠到才对。"莽小白冷冷地教训尕小白。

但是外面的**鬼**根本避无可避。

何瑞喜吃了尕小白的闭门羹才不甘心。

这些天,看起来风平浪静,但是其实何瑞喜只是暂作修整,就去搬军师了,她要准备发动更大的攻击,直到消灭尕小白身边觊觎侵犯的所有的**鬼**。

何瑞喜在网上找到了心理咨询师,是个很老练、训练有素的医生,她一口气列举了早恋的136个征兆。

早恋是什么**鬼**?那可是何瑞喜眼里的洪水猛兽。

何瑞喜说到的女儿小白QQ交友会碰到什么**鬼**,她都可以一一做出准确的判定和中肯的分析。

虽然隔着电脑屏幕,但是何瑞喜对这位心理咨询医生已生出高山仰止的崇敬之情。

"冷处理。"

这是医生对何瑞喜给出的总处方。

咨询师
> 对待青春叛逆期冷处理不失为好的方法。

瑞喜
> 什么是冷处理？要怎么做？

咨询师
> 就是切断你知道吗？切断！切断！！

瑞喜
> 切断？全部切断吗？

咨询师
> 切断你以为一切有可能的危险，不留余地！

何瑞喜就如此这般领会了心理咨询医生的建议，着手修筑保护小白的防火墙——如果有什么心怀**鬼**胎的人进入小白的网上个人空间，他就一定会撞**鬼**！

怎么知道谁是心怀**鬼**胎呢？（ˇ_ˇ）想~要进入小白的个人空间的应该都是这样的**鬼**。

以其人之道还治其人之身，以毒攻毒，这些战术被何瑞喜彻底转化改造成了以**鬼**制**鬼**。

网名是七星黑煞的小女生来登陆空间了。

何瑞喜听到那一声怪怪的QQ"咳嗽"声，立刻抖擞精神，派出了三十六狱血鸦大魔头，使出寒冰冲击，把那个小女生吓得七魂少了六魄。

网名是白面煞星的男生来登陆空间了。

何瑞喜放出了哮天犬豢养的魅魍精，血色怒火喷涌，昏天黑地杀，一阵来自地狱的阴森瘆人的笑声。

男生吓得捂住了脸。

肃杀凄厉的风声。

何瑞喜陆续派出了暗星魑魅九罗煞，黑殿魍魉嗜血怪……一时间刺眼的光怪魅影下群魔众**鬼**乱舞，直杀得各个登陆空间的访客落荒而逃ヽ(°∀°*)ﾉ———ゥ♪。

何瑞喜连着大战了数个晚上，尕小白却全然不知情。

那一天得知何瑞喜进入了自己最隐蔽的堡垒后，尕小白真的很受伤，她~~o(>_<)o~~哭了好久好久。

那些根本算不得什么。

何瑞喜如果真正发起攻击开火╦─┼┼══∵∴∵∴(∵_∵)>>>>，尕小白能不能有胜算，那还难说。

莽小白不想告诉尕小白。

莽小白就(ˇ_ˇ)想~要尕小白得到教训。

尕小白走在学校的林荫道上，穿梭在同学之间时，她感觉到了诡异。是**鬼**怪吗？

从树叶的罅隙间不时传出怪异的声音，声音越来越大，直到尕小白不能忍受。

"小白冒充十八岁。想搞什么**鬼**？！"

"搞什么**鬼**，小白冒充十八岁骗人！"

"小白冒充十八岁骗人，**鬼**迷心窍了！"

尕小白蒙住了自己的耳朵，快速地往前跑，跌跌撞撞中撞到了好几个同学，那些同学全成了变形人。她"看得到"他们在背后对她指指点点。

不是尕小白看到了，是莽小白追在她耳朵边告诉她的——莽小白就是要吓一吓尕小白。

可是，这时候有个人就要捣乱莽小白的计划了。

就是他——李严，那个总是梗着脖子像一只鹅那样背书，像一只鹅那样高傲地走路的家伙。

李严骑着自行车载着阿杰，看到尕小白，加快了速度。

李严骑着自行车快要追上尕小白，他想拐到尕小白前面挡住她，但是蒙头只顾往前冲的尕小白却将他猝不及防地撞倒了。

尕小白和李严、阿杰都相继倒在了地上。

阿杰摔得尤其重，嘴咧到一边，艰难地起身，但是显然摔得很痛，没能起来。

李严起身，到了尕小白跟前，伸出手来要拉尕小白起来。

尕小白将手伸了过去，李严抓住了尕小白的手。

阿杰的嘴不以为然地撇了一下。

见**鬼**了，眼看尕小白就要被迷惑了。

这个时候难道不要提醒一下尕小白，莽小白很大声地喝了一声，将尕小白吓了一跳。

莽小白跳到尕小白的脑袋里，拨动了那里的幻觉神经线，就像跳皮筋一样。于是，尕小白就看到了何瑞喜的脸，她别有意味地打量着尕小白，她的眼睛里火力四射。

莽小白学着何瑞喜的腔调，一本正经严肃地道："他就是海上昆仑，是不是？"

尕小白触了电一样，一把将李严的手甩掉了。

李严将几天前捡到的挂件拿出来。

"你掉的，我昨天捡到的。"

李严要把那个挂件交给尕小白，尕小白竟然(ˇ_ˇ)想~要接过来。

但是——莽小白又在尕小白的脑子里跳皮筋了。

鬼来了，尕小白抱住了自己的头——真(@_@;)晕死了哎，怎么又看见何瑞喜睁着雕一样锐利的眼睛，直勾勾地看着她。

尕小白猫跳状一跃而起，跟跟跄跄地向前狂奔。

李严注视着尕小白跑远的背影，一脸的困惑和(ˇ_ˇ)郁闷。

阿杰咳嗽了一下，李严转过头来，向阿杰伸出手，将他拉起来。

李严将气撒在了阿杰身上。

"你至于吗？"

阿杰夸张地反怼他道："你至于吗？"

莽小白有些自鸣=_=^得意，敌人乱了阵脚了不是吗？

尕小白跑到了教学楼，仍然惊魂未定，她环顾四周，小心地上了楼。穿过走廊时，她看到了几个比较熟悉的同学。很少见地，尕小白主动对那几个同学尬笑，那几个同学的表情怪得很，好像——好像——那分明是看见**鬼**的恐惧的眼光。

她们怎么会用见**鬼**的眼睛看她，尕小白(ˇ_ˇ)想~到这里毛骨悚然。

尕小白很困惑地四下里寻找。真见**鬼**了，那个像跟尾猫一样的莽小白竟然不见踪影。

"莽小白，在哪里？∑(っ°Д°;)っ怎么办？"尕小白在心里呼唤求救。

莽小白心里暗喜，现在尕小白已经开始受到教训。但是她还不打算现在就现身。

没有看到莽小白，尕小白有些慌了，她紧走几步，从同学身边擦身过去，她感觉到了什么，忍不住转头，见**鬼**，跟她设想的一样，尕小白看见同学们正对着她指指点点。

那些对她指指点点的同学发现她转头，惊慌地停止下来。

李严从后面过来，到了尕小白前面，将她拦下了。

"小白，你的电脑闹**鬼**。你◉▽◉不知道吗？"李严说，"就是我都吓到饭都吃不下了。"

这是不打自招了，这么说这只鹅也登录过网名"喵喵(=^_^=)"的空间了。莽小白这样想,就跳出来,蒙住了尕小白的眼睛。

才不要受到那只鹅的诱惑。

尕小白感觉天色好像突然暗下来,变成了黑夜。这是什么**鬼**?!

阿杰从李严身后擦过去,不以为然地用嘴形夸张地表述着李严的话,做了个^o^**鬼**脸,呼哨了一声。

"(*_*)(`~~`)=====看到**鬼**就是看到**鬼**了嘛~~"

尕小白不解地看着李严,一脸懵圈的憨傻样子。

李严不得不也用手在脸上比画出个^o^**鬼**脸。

"点开你的空间,样子很恐怖,五十七级蜘蛛**鬼**,九十九层乾坤魔煞,哪个碰到你都难逃一劫。"

尕小白愕然地回怼道:"都●▽●不知道你在讲什么**鬼**话?"

尕小白说完,很嫌恶地绕开了李严,径直进入教室。

但是接下来,尕小白就感觉到了**鬼**煞的气氛,阴风阵阵地向她袭来——旁边座位上的同学看见她竟然立即起身,而且很客气地将她让进座位。

尕小白觉得好不自在,她对着每个同学客气地一一点头。

这是什么**鬼**,平日里抬头不见低头见的熟悉的同学,现在好像天各一方,两个国度,不只是,是两个世界了一样。

总不至于阴阳相隔,把她看作**鬼**了吧?尕小白(ˇ_ˇ)想~到这里,背脊冰凉,冷汗涔涔。

尕小白在座位上坐立难安,她努力地想恢复到寻常的状态,从书包里将课本拿出来,准备诵读,但是却听到身后有同学在议论她,不是幻觉,确实有同学在相互咬着耳朵悄无声息地议论她。

莽小白再一次蒙上了尕小白的眼睛。

天色好像再次突然暗下来,变成了黑夜。

"天黑了，请闭眼。"莽小白念咒语。

见**鬼**了，这不是那个游戏的前奏吗？

"蜘蛛**鬼**，天伦神龙乾坤十六煞，超无敌！"讲这个话的竟然是男生，声音也瑟瑟发抖。

有女生很快附和道："我一晚没睡觉，闭上眼就是那个恶**鬼**缠身的样子，形容不出来，(╯⊙ω⊙)╯吓也吓醒了！"

尕小白要掰开莽小白蒙在眼睛上的手，但是只掰开了一道缝。她看见阿杰一瘸一拐地踅进座位，添油加醋地对着李严呼喝。

"那个大魔**鬼**天伦煞星，喋血涅槃，没有比这个更惨烈的了。"

一个长得粗壮的女生呼哧出一口大气，大声地道："这是什么人，**鬼**上身了吧，邀约人家进空间，进去就撞**鬼**，故意的吧！"

尕小白用力掰开了莽小白的手。

尕小白腾地起身，她要证明给人看，她才不是**鬼**，她不会见光死。

但是，尕小白还没有走出门，就成了半死的状态。

上课铃响了，俞文老师从教室门进来，她冷峻地审视着尕小白，俞文老师的眼睛寒气凌人，尕小白只得转身，回到座位，坐下。

然而俞文老师的寒气凌人的眼睛还是追逐到了尕小白身上，尕小白低下了头，感觉{{{(>_<)}}}冷，从头冷到脚掌心。

就快热量全失了，尕小白感觉到身体僵硬起来，难道真的是恶**鬼**附体了吗？

李严梗着脖子，站起来喊了一声"起立、坐下"后，俞文老师开始巡视教室里空着的三张课桌，眉头皱了起来。

气氛变得肃杀难忍。

那三张空桌椅，好诡异，总不至于是真看见了**鬼**失踪了吧？

这事情与自己有一毛两毛的关系吗？但是尕小白却有彻底凉凉的

感觉。

处于将死的催眠状态的尕小白不记得怎么就到了教师办公室。她对着俞文老师板正的一张脸，面无血色。

"你感觉(o´ェ`o)无辜、(。_。)委屈了吧。"莽小白不无悻悻地道。

俞文老师手里拿着几张假条，捻来捻去地研究，审视尕小白。

"于慧、莫铃、段小忆三个人今天没来上课，她们请假的理由都是给你(ﾐ⊙ω⊙)ﾐ吓的。"

"我没有。"尕小白局促地应答道。

血液回涌过全身，现在尕小白放下了半颗心，她们不是失踪，她们只是请假了。可凭什么她们要赖上她，凭什么要说是被她(ﾐ⊙ω⊙)ﾐ吓的。

我又不是**鬼**，我怎么(ﾐ⊙ω⊙)ﾐ吓到她们了？！尕小白心里好不忿、好(。_。)委屈。

李严过来交了一叠作业放在老师的办公桌上，然后却不马上离开，他看着尕小白，动了恻隐之心。

这只"鹅"这时候莫名摆渡到这里，就是瞄上尕小白了。莽小白心里想着，有些恼火。

李严为尕小白打抱不平。

"没那么严重,他们自己不想上课拿人家找借口吧。"

俞文老师寒光凛冽的眼睛扫了李严一眼。

"电脑瘫痪了要重装系统,作业都调不出来了,也是找借口?"

鬼叫他逞能,活该被连累挨剋了吧。莽小白幸灾乐祸地在一旁看着,因为这样有些解气。

李严悻悻地出去。

俞文老师仍然严厉地o_o o_o盯着尕小白,没有就此放过的意思。她将一份通知交给尕小白。

"马上就中考了,这会是最后一次家长会,你妈得来!"

说到这里,俞文老师顿住了,她拉开了抽屉,从里面翻出一叠字条来,深有意味地瞥了尕小白一眼,一一数落着。

"秦小白,你妈妈从你进校以来参加过一次家长会后,就没有再来过。"

"**鬼**来了!"俞文老师对着假条一张张地念,"头疼……腰疼……关节疼……胃疼……等你念完高中,我看你妈的身体就该折腾完了。"

尕小白低垂着头,不语。

莽小白不明白尕小白竟然不辩驳,难道她真的成了半死的人了?

"假条是我打的。后面的家长签字,是辛主任写的。"莽小白觉得尕小白应该这样说。

但是,尕小白竟然什么也不说。她就这么一直憋着、忍着回到家里,尕小白拿着这些假条给了何瑞喜,何瑞喜的眼睛就不会动了。

"再说生病也没有用了,除非可以变成**鬼**,否则,这个家长会是ヽ(°∀°*)ノ━━━ゥ♪逃不掉的了。"尕小白还是什么也不说,莽小白便絮叨起来。

其实不用莽小白说,何瑞喜都能(°ｖ°)ノ明白了。

既而何瑞喜就好像被谁抽掉了精气神,成了半人半**鬼**的状态。

何瑞喜伏在沙发端，眼睛直勾勾o_o o_o盯着茶几上的电话，她不时去按饮水机接开水，喝了一杯又一杯，一面用眼睛→_→瞟一眼在旁边做功课的尕小白。

"你肯定俞文老师要打电话来通知。"何瑞喜惴惴不安地问。

尕小白没有回头，点了点头，"嗯"了一声。

莽小白感觉到了什么，她o_o o_o盯着何瑞喜，竟然脱口问出了声。

"你这是要喝多少水？"

何瑞喜捧着一杯热腾腾的开水，错愕地"哦哦"了两声。

尕小白怪异地瞪了镜子里的莽小白一眼。

"你在这里捣什么**鬼**？"

莽小白立刻隐身到镜子后面去，差点儿就喧宾夺主了。现在是尕小白时间，莽小白是过去式了。

但是，莽小白真的替尕小白着急。

怎么可以这样当何瑞喜是团空气？

莽小白趴到墙上的闹钟上，跟着时针转了一圈。见**鬼**，她还是没有想到什么辙可以改善现在的状况。

再转了一圈，光线由白天至夜晚再至白天。一切并没有什么改变。

又是一天。

但是何瑞喜还是跟昨天一样趴在沙发上，她低垂着头，一动不动。

尕小白从房间里出来了，打着(＿＿)(-.-)(~O~)……(-.-)呵欠。她注意到了何瑞喜，何瑞喜脚边饮水机水桶的水线已经接近底部。

尕小白的心悬起来，要是——这样下去，何瑞喜会不会**鬼**使神差地又变成整天坐到阳台上的状态。现在可是没有奶奶，她不晓得怎么应对呢。

"**鬼**整了，你——在这里守了一晚上？"尕小白惴惴不安地问。

何瑞喜抬起了头，虽然眼神无光，但是尕小白看清楚了她还没有发癔症。

何瑞喜答非所问地问："那些假条真不管用了？"

尕小白深深地点了点头。

何瑞喜这是想什么呢？莽小白(ˇ_ˇ)想~，原来那么强的战斗力，面对这么一个家长会便一下子熄火了吗？

尕小白也看出来了猫腻，她直勾勾地深深地看着何瑞喜，认定了何瑞喜根本没有什么料，不禁饶有兴味地笑了。

"你还真是水得很！"尕小白这样评价道。

莽小白很想弄清楚这中间的蹊跷。为什么何瑞喜这么**鬼鬼**崇崇地巴巴守着一部电话。

莽小白就ヘ(￣～￣)ヘ飞升到空中，到了俞文老师的办公室。

俞文老师对着电话簿拨通了一个一个学生家长的电话。

然后就白天见到**鬼**——

"您所拨打的电话不在地球服务区。"

俞文老师听到这样的电话响铃，愣了一下。她真是胆子大，竟然一连拨了两次。

然并@（省略这个脏字吧。意思你懂的啦）。

俞文老师哭笑不得，(∩_∩)好吧——终于，俞文老师决定放弃拨打"不在地球服务区"的何瑞喜手机的念头。

但是，俞文老师给何瑞喜的手机留下了一条彩信。除了把开会的通知发过去，她还留下一段火星文字给"外星人"何瑞喜。

如果不在地球服务区的何瑞喜不是**鬼**，那她只能是外星人。

> ←俞文　13×02034757　　200×年4月28日　☎
> 　　尊敬的何瑞喜女士，我们定于200×年5月8日召开家长会，这是中考前的最后一次家长会，会议内容重要，希望您拨冗参加。
> 　　☆^(＊^－°)v THX 谢谢！！
> 　　　　　　　　　　　　　　　　　下午 15：30 ✉

俞文老师点击发送后，忍不住摇头，她自己看着这条短信，眼睛里也 ∧(￣￣)∧ 飞出了火星文。

d===(￣▽￣*)　　　　　d=====(￣▽￣*)b}

哦，厉害！　　　　　　　我顶！

Orz　　　　　　　　　　((φ(◎口◎;)φ)))

我服了你！　　　　　　　晕！

看来俞文老师这一次跟何瑞喜杠上了，莽小白心里想。但是这样就能通知到何瑞喜了吗？必须听到何瑞喜的亲口回应才行吧。那可是只雕呢？哪有那么好捉回来的？！

好在，旁边的一个胖胖的看起来经验很丰富的云老师摇头。

"不在地球服务区，你发短信就能有用？"

俞文老师一耸肩膀、╮(￣Д￣)╭两手一摊，完全一副ヽ(´▽`)ノ奈何不得的神情。

"秦小白妈妈吗？"云老师对何瑞喜也印象深刻。

"就是那个全身每个零件都坏过、一次也没来开过家长会的那个？"云老师问。

见**鬼**了，类比"网红"，可能这就是"她不在学校，但是学校到处都是她的传说"的"校红"了，莽小白这样想。

俞文老师点头道："就是就是。"

"再试试家里的电话，打通了看她怎么说？"云老师说。

这个方法还是可靠许多。俞文老师采纳了，她对照着电话簿开始查找何瑞喜家里的电话号码。

辽阔的天空响彻着"铃铃铃"的电话铃声。

莽小白跟着电话信息回到了家里。

被登记在滨海市石峰区东南台金南湾6栋306房的电话实实在在就是在地球、在中国、在滨海市的电信服务区。

根本跑不掉。

电话接通了——何瑞喜仓促地拿起了电话。

"请问是秦小白的妈妈何瑞喜女士吗？"

尕小白这时候刚起床从房间里出来，她本来(ˇ_ˇ)想~要打开水，却看见何瑞喜恍恍然地半倚半趴在沙发上，心里一紧，正要去问询安慰她。

现在看到何瑞喜在接电话，心里不禁再一紧。

捉住了，捉住了，捉住了！莽小白跳到电话机上，开始╱(o▾o❀)╲跳踢踏舞。

何瑞喜的胸脯上下起伏得好厉害，她咽了一口口水，然后——

何瑞喜一字一顿地很认真地说："对不起，这是公用电话。"

这是装的什么**鬼**？！莽小白差点摔了一跤，她立刻——∑ (￣口*‖—石化了。

尕小白也——∑ (￣口*‖—石化了。但是墙上的石英钟"当"地响了一下，把她点醒了——马上还要去上补习课呢。

何瑞喜讲完这句话就把电话放下了。

"\ (^o^) /欧耶！"莽小白看到了何瑞喜脸上一闪即逝的暗喜。

尕小白冲到了何瑞喜跟前。

"（*^ ^*）嘻嘻。"何瑞喜佯装无事似的伸了个懒腰，对尕小白尬笑。

尕小白半天说不出话，但是尕小白眼睛里的火星文被莽小白看得真真切切。

"–O"　　　@_@　　　==#　　　>_<……
惊讶　　　困惑　　　生气　　　抓狂

尕小白就这么∧(￣~￣)∧飞跃着满眼的火星文表情看着何瑞喜，终于，何瑞喜的脸挂不住了，讪讪地，然而什么也没说，她┭┮﹏_·)偷看尕小白两眼，起身要离开。

"（*+_+*)~@受不了了！"尕小白终于冲着何瑞喜吼起来。

(=ˆxˆ=)喵喵，不，现在简直就是m(=∩王∩=)m老虎发威了！尕小白将何瑞喜堵在了沙发上。

"我们家的电话是公用电话？"尕小白说得掷地有声，好像一座山向何瑞喜压上去。

现在，何瑞喜成了一只猛地受到撞击坠落了的大雕，完全失去了攻击能力，头沉重地勾了下去。

尕小白并不打算就此放过何瑞喜。老虎揪住了大雕不放，一定要狠狠地咬一口才甘心。

尕小白指着家里的电话机。

"你在这里装神弄**鬼**没个正形地搞什么？！你守了一天一夜，就为了干这个？！"

何瑞喜被尕小白老虎下山震怒的样子吓到了，一时间嗫嚅着"我"了半天没有下文。

尕小白丢开了何瑞喜，才不要跟这种**鬼**搞到一起。她收拾好书包，甩下何瑞喜，头也不回地出门。

何瑞喜急慌慌地跟上来，怯怯地巴在尕小白身边。

"辛主任会去。"何瑞喜小声地道,"真的,我跟辛主任说好了的,家长会——辛主任会过去。"

尕小白恨恨地扫了何瑞喜一眼。

"这算什么**鬼**,你本来就不希望何瑞喜出现在学校里。"莽小白有些抱不平了,怒怼尕小白,"只是升初中的一次家长会,就把大家整惨了不是吗?"

影小白呢?影小白可以作证。

影小白因为要她作证被召唤来,她并不愿意。她搞不懂莽小白干吗跟尕小白杠起来,杠得这么厉害?两个合而即是一人的同体人,这是**鬼**整了吗,怎么会有这么大的分歧?

"是不是这样的?"莽小白问影小白。

影小白点头。

好像尕小白这样子要一口吃掉何瑞喜是过分了,影小白以为。

作证——好吧,一起来回忆何瑞喜参加家长会的经典片段。

曾经,升初中的第二次家长会,影小白是记忆深刻的。

那一天早晨,何瑞喜也是好像这样忐忑不安,就是影小白拉拽着她往外走时,何瑞喜的脚也打着飘飘,好像不能踏实落地。

就是这样,那天何瑞喜一路踩着轻飘飘的**鬼**步,踌躇而行,跟着影小白往学校走。到了校门口,影小白即发现何瑞喜落下了。

影小白花了好大的力气,才在假山石后面的阴影里找到了何瑞喜,她惊悸的样子好像害了病。

"你是**鬼**吗?"影小白质问何瑞喜,"怎么一转眼就没影了。"

影小白使劲拉拽着何瑞喜,但是影小白感觉到了什么。

"你发烧了吗?你好像在o((⊙~~⊙))o.发抖。"

影小白发现了——何瑞喜没有装,她是真的好像害了病。现在看何瑞喜满脸潮红，眼神无光，嘴唇干涩。

一辆面包车在她们跟前停下了，门被拉开。

辛主任从车里面出来，拦住了影小白和何瑞喜。

"学校电话打到单位来了。见**鬼**了，家长会追这么紧干什么？！"辛主任说，她看着何瑞喜，眼睛里有无限怜惜，"瑞喜，你脸色怎么这么难看？"

接着，辛主任的眼睛就扫射到影小白身上来了。

奶奶从面包车里探出半颗头来，催促影小白。

"小白，快叫你妈妈上车。"

影小白一时间愣在那里了——不至于吧，一个家长会弄这么大的阵仗，又不是要上山打**鬼**子？！

"小白，你带你妈妈回去休息——我去开家长会。"

辛主任这样说着，已经雄赳赳气昂昂地往学校门里面走了。

影小白愕然。

但是无可奈何地将何瑞喜扶到了车上，奶奶将何瑞喜安置到座位上，拉住了她的手，像哄婴儿的顽小白一样，摩挲着轻抚。

顽小白就在这时候被叫应出来，她想叫影小白不要(T︿T)哭。但是影小白站在车旁边，心里有万般(。_。)委屈。

"我●▽●不知道她在生病。"影小白争辩，"她怎么突然就生病了？"

但是奶奶根本听不进去影小白的解释，她狠狠瞪着影小白，(ˋ︿ˊ)生气地道："你妈她生病了，还**鬼**扯**鬼**叫什么——开**鬼**的家长会呵？！"

影小白好不服气。那不是**鬼**的家长会，是她初一105班秦小白的家长会。何瑞喜还没一次好好参加她的家长会呢。

影小白再(ˇ_ˇ)想~起来初中第一次开家长会，后来老师和同学们都议论纷纷，据说整个会场都让何瑞喜搅局了，不是吗？

那是个什么样子，怎么搅局的呢？顽小白很好奇，她催促影小白把那个情景片段也翻出来回忆。

影小白不理睬顽小白。那一段是属于戚小白的记忆。要把戚小白也叫来吗？当然不要，自己被叫来作证就够麻烦的了，影小白心里想。

"不要打岔！"莽小白警告顽小白。

影小白的关于初中第二次家长会的片段继续翻到最后一页。

"只要是开家长会，她就会生病啦。"影小白回应奶奶道。

"为什么不参加我的家长会——我很让你丢脸吗？你见了什么**鬼**！你为什么要~~o（>_<）o~~哭？"

即使影小白对着何瑞喜发脾气，也依然无解。

何瑞喜只会拉住影小白的手，难过、怯懦、讨好地靠向影小白。何瑞喜这个样子很像顽小白，你根本没有办法要求她做什么。

这真是活见**鬼**的事——难道家长会对于何瑞喜来说是什么特别的攻击性病毒吗？这个疑问不只是影小白的，现在它也是莽小白、顽小白和尕小白的了。

奶奶根本没有解释，她没好气地接应影小白的话说："以后记得了，不要再叫她开家长会！"

莽小白挑衅地看着尕小白。那意思是："这些话你不记得了吗？"

尕小白反应过来。莽小白拉影小白来翻开回忆，是来指责她的。

"要你管！"尕小白好像突然长高长大了许多，完全不当莽小白是一回事了。

"辛主任算怎么回事，她又不是我的家长！"尕小白说。

什么**鬼**！莽小白看着突然性情大变的尕小白，悻悻地想，这是不再需要她莽小白——她要离开，从这时候起，尕小白完全可以独立应付的前奏吗？

神

🎬 尕小白、莽小白、影小白、戚小白、顽小白

"什么东西你在心里默念一百遍它就会属于你。"何瑞喜吊诡的逻辑实施起来,就是**神**仙也奈何不了。如果真有**神**,那么我要问他:为什么我的妈妈不可以好像别人家的妈妈那样,像个妈妈的样子!

——摘自《秦小白日记》

中考真的临近了。

尕小白莫名地心**神**不宁、慌乱起来,莽小白不计前嫌地陪伴着她。

为了保险起见,莽小白这一次一股脑儿将影小白、戚小白都叫来了,顽小白就不干了,她屁颠屁颠地跟过来。

"空气里到处都是中考的味道。"莽小白道,"尕小白好像招架不住了。"

"在教室里的每个角落都可以感觉到。"影小白说。她已经看到每一张课桌上堆放的"备战中考某某科"的资料,黑板一角写着"距中考还有13天"的字样。就是教室后面的黑板报也是一堆标语口号。

> 全面复习:"地毯式轰炸"。
> 查缺补漏:"精确制导"。
> 努力,一切皆有可能!
> 万事不怕难,只要肯霸(八)蛮!

"即使是在家里的厨房里也可以嗅到中考的味道嘛！"戚小白的眉头蹙紧了，不无担忧地道。

"哪里，哪里有呵？"顽小白使劲吸吮着鼻子，找寻戚小白说的那个中考的味道。会不会好好吃呵，顽小白（ˇ_ˇ）想~。

"是一不小心就会烧焦考（烤）糊的味道。"莽小白当然懂戚小白的意思。

不管是谁，这个时候每个人的心里都进驻了一尊大*神*，紧张到随时都可能出状况的时候，就会祈求"偶嘀个~（￣0￣）/*神*呵o！"。

奶奶经常过来，她是来侍弄灶*神*的。

奶奶和何瑞喜天天在厨房里翻着花样忙碌，但是状况却不断发生。台灶上在煲汤，快要溢出来了。

当汤煲开始"咕嘟咕嘟"叫起来时，何瑞喜竟然走*神*，没看见也|(-_-)|没听见。

奶奶推搡了一下何瑞喜，声音喊得很急促。

"汤，汤！"

何瑞喜缓过*神*来，她冲过去揭盖子，却在手忙脚乱间将汤煲盖子碰翻了。连带一个盐罐子和小碗也打到地上，还好，奶奶过去将火关小了。

奶奶一边收拾地上的碎片，一边道："你怎么*神*不守舍，这么毛手毛脚的！"

尕小白温书正温得（@_@;）昏头昏脑，外面这一阵乱响倒是让她立刻醒了*神*。尕小白很快从房间里冲出来。

"怎么了怎么了？"

顽小白咬着脚趾头偷笑了。何瑞喜竟然打碎了碗，而且刚才那一下她怕是烫了手吧。

"不要(*^-^*)笑！"戚小白掐住了顽小白的笑笑穴，"说了，你不要跟着来，你跟来就是只会捣乱。"

"**神**不守舍是什么意思？"顽小白问，指着那个"舍"字，"那个字不是家的意思吗？**神**仙都跑出家来了——那是什么意思？"

没有哪个有心情去回答顽小白。但是何瑞喜看到尕小白竟然跑出来，却拉长了声音对着尕小白叫起来。

"偶嘀个~（￣0￣）/**神**呵o!，你怎么跑出来了？关你什么事？！"

什么时候尕小白成了何瑞喜的**神**了？（*^ ^*）嘻嘻，顽小白又咬着脚趾头偷笑了。**神**不守舍就是尕小白现在这个样子，顽小白自己给了自己一个**神**回复。

何瑞喜挡在厨房门口，摆手、推搡尕小白。

"没什么，偶嘀个~（￣0￣）/**神**呵o!，拜托，看你的书去！"

尕小白不满地白了何瑞喜一眼，固执地躺靠在客厅沙发里——这是**神**仙瘫，顽小白(ˇ_ˇ)想~。

何瑞喜跟过来，要去拉拽尕小白，但是尕小白竟然动也不动。她只是用眼角的余光扫了一眼何瑞喜。

"干吗？"

何瑞喜急得跳脚地道："没有多少天就是中考呵，你怎么这个样子？"

"那又怎么样？"尕小白回道。

影小白怪异地看着莽小白，什么时候尕小白变得比莽小白还莽小白了。这个样子根本是油盐不进、**神**仙又奈我何的样子。

"这是跟哪个学的？"戚小白喃喃道，"不是说尕小白是乖乖女的吗？"

莽小白脸涨红了，跳脚起来撇清。

"别看着我，不关我的事，不要以为是我教坏的！"莽小白说，"偶嘀个~（￣0￣）/**神**呵o!，我也想知道她是哪根**神**经搭错，天天好像吃了子弹——见谁就想突突■♠┬══……的样子！"

这还真是一个问题。尕小白我行我素，谁也不听——何瑞喜要伤透脑筋了。

这是不是就是书上说的青春叛逆期呵。影小白这样猜测，还没说出来，戚小白和莽小白就异口同声地回应。

"有可能！"

何瑞喜生气地指着尕小白，结巴起来："秦小白你怎么是这个样子？！"

尕小白针锋相对地回怼道："秦小白应该是什么样子？"

何瑞喜想了半天也没想到用什么词来形容秦小白，但是她想到了这个——她希望秦小白成为的样子。

"你怎么就不能像顾小红，四单元的顾小红那么拼命念书！"

影小白蒙住了自己的眼睛。

这是一颗好大的(╯、□′)╯炸弹！…*~●，假如尕小白真的是正处于青春叛逆期，她最不能容忍的就是拿隔壁的某某同龄人跟她比较哎。

偶嘀个~(￣0￣)/神呵o!，后果相当严重。

果然，尕小白腾地从沙发上猫跳了起来，两眼冒着火星子，怒不可遏。

"你以为我(*@o@*)喜欢做秦小白！告诉你，我一天也不想做秦小白，做秦小白我是倒了八辈子霉了！"

这是实实在在的无比**神**勇的乱枪式突突■♠┬══……，何瑞喜完全没有预料、没有防备，一时间胸口中"弹"无数，"血"流如注。

何瑞喜"失血"太多，脸色顿时煞白，七**神**少了六魄，语无伦次起来："你……你说什么……那你……你想做什么？！"

偶嘀个~(￣0￣)/神呵o!，影小白知道她无法告诉尕小白的隐情。尕小白的这些话对何瑞喜的杀伤力更加(。ˆ▽ˆ)厉害，后果尤其严重。

Σ(っⓓ°;)っΣ(っⓓ°;)っΣ(っⓓ°;)怎么办？怎么办？怎么办？

影小白望着莽小白，难道这时候不该用一些蛮横，一些非常手段来制止尕小白吗？

可是，已经晚了，尕小白的话已经脱口而出。

说出去的话泼出去的水，就是**神**仙在，那也覆水难收。

"别说顾小红，我还想做刘畅呢，我想做我们级的尖子生刘畅，我能做吗？真是，你以为我是谁，**神**灵庇佑想做谁就能做吗？想还不是白想？！"

尕小白说着再倒到了沙发上，脸朝着沙发背，背对着何瑞喜。

"哼，我o(￣ヘ￣o#)不理你了！"顽小白看到尕小白的样子，解读道。

何瑞喜呆坐在沙发上，木讷地看着尕小白，机械式喃喃自语："她不想做秦小白！秦小白，原来她不想做秦小白！"

奶奶将菜端出来了，没好气地制止两人。

"吃饭了，吵什么吵？！"

尕小白转过身来，忽然发现何瑞喜发了癔症似的叨叨自语，眼睛发直——何瑞喜这是**神**志不清了吗？尕小白慌了**神**，她从沙发上翻身站起来。

尕小白用手在何瑞喜面前晃了晃，何瑞喜完全没有反应。

"何——瑞——喜！"

"✧(ㅌᴗㅌ✿)闪吧"就是顽小白也看出了严重性，连忙|•)躲到一边不再吱声。

戚小白感觉到眼睛酸，好想(T⌒T)哭。她看看影小白，再看看莽小白。难道她们看不见何瑞喜完全眼**神**无光，好像失了魂魄了吗？

"偶嘀个~(￣0￣)/神呵o!，尕小白你这是闯了大祸了！"莽小白对着尕小白吼了一声。

尕小白一时间忐忑不安，竟然也好像顽小白怯怯地|•)躲到一边去，拽了拽奶奶的衣角，指了指何瑞喜。

奶奶过去了。奶奶像哄婴儿顽小白那样拍了拍何瑞喜的背，催眠似的对何瑞喜小声喃喃："瑞喜，吃饭了，有问题吃了饭再去想。"

奶奶说着牵住了何瑞喜的手，将她拉到了餐桌前。奶奶注视着何瑞喜，凝**神**定气，很响地拍了两下手掌。

"好了，现在吃饭。"奶奶大声道。

尕小白跟过来，坐下，拿起了碗筷。

"要不要给何瑞喜夹菜——以此来和解。"莽小白看着尕小白问。

"不要。"尕小白在心里回应。

尕小白好犟呵，影小白（ˇ_ˇ）想~，她真的比莽小白还更加莽小白。

"你以后要小心一点说话。"戚小白凑过来，借着莽小白发声道，"你那样子凶巴巴地说话，不像话！"

尕小白有些怯地偷偷觑了何瑞喜一眼，小心地扒拉着碗里剩下的饭。她很快站了起来。

奶奶着急了，这样争吵几句，连胃口都吵没有了吗？

"这就吃好了？"奶奶问，隐隐地有些不安。

尕小白（。_。）低头"嗯"了一声，就（ˇ_ˇ）想~要猫回到自己房间里去。但是尕小白才到了门口，就冷不防被何瑞喜的一声断喝，厉声喝住了。

"躲在房间里不会是上网找什么人吧？你搞的那些个名堂别以为**神**不知鬼不觉，没人知道！"

尕小白回过头来。何瑞喜与刚才木讷的样子判若两人。她，这只雕，这只大鸟竟然好像刚打了鸡血，一下子变得精**神**奕奕，咄咄逼人地看着她。

尕小白和何瑞喜两个人好像又要开战了！顽小白缩回到戚小白的胸口里，戚小白的心扑腾扑腾地猛跳。

影小白o_o o_o盯着莽小白，她的意思明确而直白。

"制止她！""不可以！"

莽小白不想即时制止尕小白。何瑞喜竟然擅闯她的私人领地QQ空间，╯╰_·)偷看了她的隐私。莽小白对此一直耿耿于怀。

尕小白站定了，眼睛里火光四射。

影小白再一次蒙住了眼，她不敢、也不要看——

尕小白又在使用重武器，这一次她拼足了劲，眼看着就要连梭突突▬┳┻━……了。

影小白掐住了莽小白的喉咙，她在心里喊："一定要阻止才行，你怎么可以杵着不管，好像个不干事的旁观者，你**神**经搭错线了吗？"

莽小白甩开了影小白。

"你最好还是留**神**你自己吧。"莽小白没好气地回怼影小白道，"到现在还不可以让你说话，你还不知道要(⊙x⊙;)闭嘴吗？"

莽小白的这句话好不负责任，她才说了这一句话就发现接下来她自己发不出声音来了。

因为诋毁同伴和对发生的状况漠不关心，莽小白被处罚禁言了。

莽小白突然喉咙里"咔咔咔"地发不了声，影小白就(o°v°)ノ明白了。影小白好后悔，真的不应该在这个时候还跟莽小白吵架。

现在更加X~X糟糕。因为与尕小白最近、可以有**神**交的只有莽小白。现在暂时没有可以掣肘尕小白的人了。

"偶嘀个~(￣０￣)/神呵o!"影小白在心里叫道。

这一次影小白竟然发出声音来了，她好吃惊。戚小白ヽ(*°▽°*)ノ惊喜地看着影小白，现在要期待影小白来处理这个混乱的状况了吗？

不行的，影小白很快发现她并没有与尕小白**神**交的能力。

尕小白听不见她的"不要"的阻止呼喊，她还是火力全开，向何瑞喜

神勇开战了。

尕小白没好气地抢白道:"何瑞喜,你这个**神**兽怪物!根本再不会有人在网上找我,加我就会撞鬼,你以为我๑▽๑不知道是你在装**神**弄鬼吗?!"

雕怎么是**神**兽怪物呢?顽小白问,绘本里没有这样讲呵。顽小白好(ˇ_ˇ)想~奶奶可以继续讲童话绘本里的故事。

"住嘴吧!"戚小白说,"奶奶才没有时间理你。"

奶奶听到尕小白和何瑞喜吵得昏天黑地,完全懵圈。

奶奶站起来,拉扯着何瑞喜,困顿而愠怒地道:"你们又在吵什么?什么**神神**鬼鬼的?!"

杀敌一千会自伤八百,这是确实的。尕小白一阵突突﹊﹊﹊﹊﹊……后竟然并没有痛快,反而心肌绞痛起来。

尕小白т﹏т...委屈得眼泪掉下来,指着何瑞喜,一迭声地道。

"怎么会有这样的妈妈,她真是个**神**兽怪物!"尕小白呛呛到这里,转而看着奶奶继续指责何瑞喜,"她——她让所有看见我的人都把我看成鬼!"

扑克牌里的鬼就是王呵,**神**兽怪物和鬼哪一个更〔。ˆ▽ˆ〕厉害?顽小白很(-''-)疑惑,但是却不敢再多嘴。雕可以打得过鬼吗?

何瑞喜凑近尕小白,着急地摆手。

"不是啦,不是啦!秦小白,这叫隔绝,这叫隔绝你懂不懂,秦小白?!网络到处都有危险你知道不知道,秦小白?!"

"秦小白,偶嘀个~(￣0￣)/神呵o!"

现在是顽小白、戚小白、影小白这些秦小白的前任们都(ˇ_ˇ)想~要拉住、拽住、抱住尕小白——不要,再不要战斗下去了。

只有莽小白还是犹豫着,她仍然没有行动。她受到处罚,好像也不能有什么行动。

影小白在心里祈祷:"解除莽小白的处罚吧,我愿意原谅她!"

然并@(脏话收起来)——晚了!

尕小白一击致命的话已经扫射出去,她就这么大声地对着何瑞喜嘶叫起来。

"我知道我叫见鬼的秦小白,你不用这样反复喊!我恨死了我是秦小白,为什么我会生在你的家里,为什么我要是秦小白?!"

尕小白哭喊着冲进了自己的房间,用力将门关上了。

何瑞喜被"砰"的关门声震了一下,再一次**神**木愣吞地僵立在那里,嘴里絮叨不停。

"秦小白,她不要是秦小白。"

顽小白咬着脚趾头,她想不出自己如果不是秦小白那会是谁,她直勾勾地看着戚小白,这个问题还真是劳心费**神**。

戚小白的眼泪掉了下来,那是气话,不作数的。她把这个话传递给与尕小白最近的莽小白,她(ˇ_ˇ)想~要莽小白告诉何瑞喜。

影小白别了脸,恨恨地o_o盯着莽小白。莽小白在她眼睛里无异于是一个凶**神**恶煞、惯于记仇的小人!

莽小白心里发毛了,鬼使**神**差,假如何瑞喜因此出了什么岔子,那么她一直坐视不理,她会是尕小白的帮凶。

莽小白知道必须传递戚小白的话出去。

"不要相信尕小白气头上**神**志不清说的胡话!"

莽小白在奶奶的耳边念咒,奶奶就走过来了,心疼地抱着何瑞喜。奶奶复述了莽小白上面要说的话。

但是何瑞喜早就被惊得魂丧**神**飞,再一次发起了癔症,她旁若无人地反复絮叨着:"秦小白,她不要是秦小白。"

顽小白念白道:"我是秦小白,我就是秦小白呵。"

然并@(脏话差点就要出口了)。

何瑞喜又开始常常坐在阳台上望着远处(´·•`)发呆,奶奶因此在家里又长驻了三天。直到何瑞喜肯转过身来,跟她说话。

"瑞喜,你去跟单位请个假。"奶奶一次次劝何瑞喜说,"你太累了,没有精气**神**,看你吃不好睡不稳的样子,这是**神**经衰弱,你要休息啦。"

何瑞喜很听奶奶的话,她真的去单位请假,不是为了养好自己的精气**神**,而是为了中考。

一连几天,莽小白在何瑞喜上班时跟着她。

何瑞喜把申请一个星期休假的请假条交给辛主任时,**神**色不定,局促不安,她不停地搓着手。

"请一个星期的假?"辛主任有些意外,"瑞喜你可是从不请假的哪。"

何瑞喜继续搓着手,辛主任立刻心领**神**会猜到了。

辛主任拍了拍何瑞喜的肩,气定**神**清,不以为然地:"瑞喜,你这是**神**经太紧张了。小白学习那么好,应该没问题的。"

辛主任这样说着,大笔一挥给何瑞喜批了假条。她给何瑞喜倒了一杯水,一脸**神**秘地凑近她。

"小白念书都念了多少遍了?以我的经验——什么东西念上几百上千遍,一定属于你,跑不掉。小白没问题的。"

何瑞喜憨憨地笑了。

何瑞喜休假。邻居们的二十四小时就不再是二十四小时,它们有了何瑞喜——这只**神**雕的**神**奇的内容。

一切的行动计划都在尕小白全然不知的状态下进行。虽然顽小白、戚小白、影小白和莽小白完全了解,但是她们不打算告诉尕小白。

顽小白拱到刘阿姨家的泰迪犬身边,看着小狗扭捏着无论如何不肯在它的脖子上套上喇叭状的塑料罩,感觉**神**奇又有趣。

"这是什么?"

"是伊丽莎白罩。"泰迪犬回应说,很不情愿的样子。

"你不(*@o@*)喜欢。"

泰迪使劲地点头。

刘阿姨为难地看着何瑞喜讪笑:"你看,它好像不(ˇ_ˇ)想~要戴这个。"

顽小白咬着脚趾头(*^*)嘻嘻地笑了。

"慢慢就能适应。"奶奶在旁边开释说,"戴上它,它就不会乱舔,就不会乱叫了。"

"你为什么老要叫。"顽小白问泰迪犬。

"我身上长了虱子,好痒。"

"那就是了。"顽小白恍然,"你不能吵,因为——"

泰迪犬急着对着何瑞喜"汪汪"了两声,何瑞喜一不留**神**,吓得够呛,差点摔倒了。

"因为什么?"泰迪犬问顽小白。

"中考呵。"顽小白吸呦着鼻子,**神**秘兮兮地道,"中考很要紧,绝对不能考糊了。"

泰迪不(oˇvˇ)ノ明白中考是什么,但是听到"考(烤)糊了",它┌(。Д。)┐怕起来,哼唧着不再啰唆什么了。

刘阿姨后来带着泰迪犬去了宠物医院看医生,然后就把它暂时寄养在亲戚家里。

蓝叔叔见到何瑞喜也改了称谓,他称何瑞喜是大侠。

"金庸有本武侠小说《**神**雕侠侣》——是从这个典故来的吧？"戚小白这样问影小白。

影小白看到了那天傍晚何瑞喜的举动。那天她爬到了四层楼高的外墙上，(ˇ_ˇ)想~要解决蓝叔叔家的空调滴水的问题。

"她真的爬了那么高？"莽小白半信半疑，"何瑞喜的**神**经线总是异于常人。"

"她还真的是一只**神**雕！"戚小白感叹，"问题解决了吗？"

影小白摇头。

莽小白一副预料中的**神**态，"哦"了一声。

幸而蓝叔叔发现了何瑞喜，从半空中把她接了下来，如若不然真是危险万分。

"何瑞喜就是**神**勇！"顽小白吧唧嘴巴道。在她心里，何瑞喜是个英雄，一直都是。

蓝叔叔这时间领着一个穿着"锐风电器"T恤的师傅往楼上走，奶奶迎上来，打招呼。

"蓝师傅，怎么今天不上班？"

何瑞喜听到奶奶招呼，到了家门口掏出了钥匙却不再开门。她转过身来，定定地看着蓝叔叔，那意思就是询问空调的问题。

蓝叔叔心领**神**会地点头："现在是空调安装高峰季，我打过售后电话了，等了几天不来，算了，我请个师傅来，自己打个下手，空调漏水问题今天就能解决，保证不会干扰小白学习。"

奶奶顿感歉意，一迭声地抱歉说："真是过意不去。"

蓝叔叔一迭声回应着"没关系没关系"，即与奶奶擦身而过。

瑞喜急转身跟着蓝叔叔往楼上走，她好像不记得自己的家门了，奶奶诧异地喝止她："瑞喜，你去哪里？"

蓝叔叔回过身来，看到瑞喜跟上来，以为是瑞喜仍然不放心要来监工，一个劲儿摆手。

"放心吧，今天空调师傅来了，一准能修好。"

"我——"何瑞喜指点着自己的鼻子，"我可以打个下手。"

"何瑞喜还真当自己是只*神*雕！"莽小白哼唧了一声，不以为然，"她这是又打算去爬墙了吧。"

蓝叔叔一拱手，讪笑："不用了，大侠，留步。"

奶奶拉住了何瑞喜："别逞能了。"

不能过去一展身手，何瑞喜有些遗憾，竟然*神*情沮丧。

每天对着电视机跳健身操的琴婶得到了何瑞喜送的一副耳机。

琴婶以为礼尚往来，应该要为何瑞喜做点什么。她看见何瑞喜在小区院子的一面墙上钉一个"勿按喇叭"的广告小牌，心里有了主意。

顽小白跑到水塘边的草丛间了。看到琴嫂在水塘边贴了好几张小字条，她（ˇ_ˇ）想~要把字条上的内容讲给水塘里的青蛙们听。

那字条顽小白认得，她婴儿的时候夜哭不止，奶奶就会到处贴这种被称作*神*符的字条，贴到门上、楼道上，还有外面的电线杆子上。

天皇皇地皇皇，我家有个夜哭郎。
过路君子念一念，一觉睡到大天光。

顽小白对着池塘念了一遍又一遍*神*咒，青蛙还是呱呱叫。

"不要叫。"顽小白说。

"为什么不要叫？"青蛙们问，"我们在♪(^▽^*)唱歌哎。"

"因为——因为——要中考。"

"中考？"

"对哦。"顽小白肯定地使劲地点头，"喵喵的中考对**神**雕很紧要，要是考糊了你们都有麻烦。"

"考（烤）糊了"对于青蛙也有相当的威慑力，而且它们认识被奶奶形容为**神**雕、被蓝叔叔形容为大侠、被尕小白形容为怪物**神**兽的何瑞喜。

它们心里也害怕，所以不叫了。

它们决定搬家到适合唱歌的地方去。

街道居委会的辛主任后来派了好多人来，以除蚊灭蝇的理由将池塘里的水抽干了。

好在青蛙们都已经全部搬走了。顽小白(˘‿˘)想~，心里很高兴。

中考准时到来了。

被"天皇皇地皇皇"**神**佑的尕小白应该可以顺利通过的。顽小白、戚小白、影小白、莽小白都很期待，也很自信。

中考这天，尕小白**神**采奕奕地来

到了考室，进入自己的考位。

"不要慌，慢慢来。"莽小白受戚小白和影小白嘱托，对尕小白叮嘱说，"好好准备。"

尕小白从书包里拿出了准考证放到桌子右上角，拿出笔盒和计算器放到桌子中间。什么东西掉了出来，滚到了身后，滚出了几个位置后，经过了阿杰的考位，阿杰轻轻踢了一脚那个硬邦邦的小东西，那个小东西滚到后面。

然后，李严把那个东西捡起来。

(´д`)什么东西？顽小白探过头去看。

一个女生回头凑过来，看到了，嘴巴扁了扁。

"偶嘀个~(￣0￣)/神呵o！（#ヽ´）靠！"女生这样慨叹。

顽小白看清楚了，是一个贴了"满分"的**神**符，不对，是**神**号的小公仔。

"才思泉涌**神**。"

(*^^*)嘻嘻，顽小白笑起来，又啃起她的脚趾头了。

李严不自禁笑了，他对着"满分——才思泉涌**神**"举手作了一个揖，算是恭敬地拜过了，然后将"**神**"像交给了尕小白。

尕小白愣了一下，她也是才发现自己书包里有这个"**神**"像。"**神**"像的头还会动，**神**气活现的样子。

尕小白没好气地将"满分大**神**"重重地放到桌角上，拉开了笔盒。

尕小白愣住了。从笔盒里倒出的一排六支铅笔竟然也是这种"**神**仙"架势，它们全部被粘上了"**神**"符。

考**神**、考霸、考圣、考无敌、考必胜、考全能——尕小白对着自己的刘海吹了口气。

那应该是仙气，顽小白以为。她好想抱抱尕小白。

诸**神**保佑下的尕小白应该不会再有所羁绊和困难了，戚小白以为。她好（ˇ_ˇ）想~要拉一下尕小白的手。

"成为考**神**、考霸……"的尕小白会是要风得风、要雨得雨、披荆斩棘、无往不胜之势，影小白以为。她好（ˇ_ˇ）想~要伏在尕小白耳边悄悄说："好好考呵！"

但愿尕小白可以一战称**神**。虽然以为何瑞喜弄的这些实在是**神**不楞吞，滑稽荒唐，但莽小白还是这样期望。她过去擂了一下尕小白的肩膀。

"b（￣▽￣）d（竖起两个大拇指）我挺你！ら"莽小白对尕小白说。

"会跳中考啦啦操吗？"影小白提议。

"好呵！"顽小白是第一个附和的，"跳呵，跳呵！"

听说过篮球啦啦操、网球啦啦操，怎么还有中考啦啦操吗？戚小白感觉有些新奇。

"一样的吧。"莽小白开始活动腕关节了，"歌词应该不一样。"

那会是什么样？

莽小白（ˇ_ˇ）想~了一下，就编出来了。

　　　　　唧唧复唧唧，科科想第一
　　　　　白天和黑夜，时时比一比
　　　　　争第一　争第一

比就比　比就比

功课没完没了前世有仇

作业越做越多呆傻昏头

默单词背公式答习题

默默默　背背背

滴答　滴答　滴答

背到不认识偶自己是自己

默到不晓得偶嘀神在哪里

考试好像我烹炒的小·菜一碟

盘你　盘你　盘你

试卷就似我亲吻的浮云一片

稳（吻）过　稳（吻）过　稳（吻）过

考试我要一鸣惊人吓死旁人

满分　满分　满分

考完老师亲切慈祥唤我——"过儿"

过　过　过　过——过儿

　　尕小白看着莽小白、影小白、戚小白和顽小白踢踏蹦跳，唱说RAP，一时间哭笑不得。

　　但是有她们在这里挺自己，尕小白真的感觉心里有底，考试第一天好像过得很快。

　　尕小白回到家，开了门，还在那里低头换鞋，何瑞喜就从沙发上∧(￣︶￣)∧飞身靠过来，心里、眼睛里满是๑。？疑问。

　　"何瑞喜趴在窗子边一整天了。"顽小白揭发说。

　　"今天考得怎么样？"何瑞喜小心翼翼地问。

尕小白一边趿上拖鞋往房间里走，一边面无表情地回应。

"◑▽◑不知道。"

"题目难不难？"

"◑▽◑不知道。"

"那么作文呢——作文题目是什么？"

"何瑞喜还真是一只大雕。"戚小白对影小白说，"她好像趴到尕小白的肩膀上不下来了。"

何瑞喜就是(ˇ_ˇ)想~要知道个结果嘛，那就讲给她听呵！影小白有些为何瑞喜难过，对尕小白有些怨怼。

结果没出来怎么讲？！莽小白也不以为然。

"忘记了。"尕小白仍然爱睬不睬地回应何瑞喜。

何瑞喜的眼珠子就要掉出来了，她吃惊地追问。

"忘记了？今天考的，你就忘记了？你的——"

尕小白顿住了，转身将"满分——才思泉涌**神**"塞给了何瑞喜。

"才思泉涌**神**是吧，(σ`д′)σ是不是你？是你干的对不对？"

"(>^ω^<)喵，我✧(ｪｪ✿)闪！"顽小白看到尕小白眼睛里又冒出火星子就跳到了戚小白的胸口上，躲进戚小白的身体里了。

何瑞喜竟然憨笑着迎上去追问："是不是如有**神**助？"

尕小白和何瑞喜的对话好像不在一个平行世界里一样。

雕和猫，一个在天上，一个在地上。这是两个世界好吧。

"(∩_∩)好吧。"尕小白**神**情黯然，一副Orz我服了你的表情。

考试了一天，尕小白已经没有力气再去战斗或做无谓的消耗，她走到自己的房间门前，推开门进去，"砰"的一声将门关上了。

然而，房间里的景象却亮瞎了尕小白的眼，她快要——(@_@;)晕倒了。尕小白屏气凝**神**，好半天回过**神**来。

"(一 一ゞ)我嘞个去！"

尕小白的书架上竟然供奉着一排"神"像——它们看起来好眼熟，虽然还是葫芦娃、俄罗斯套娃，但是现在它们都被贴上了**神**号**神**符，看起来**神**气活现。它们成了：逢考必过**神**、过目不忘**神**、旗开得胜**神**、登科及第**神**、一鸣惊人**神**、一帆风顺**神**、金榜题名**神**。

尕小白看见这些**神**像竟然好像都在嬉笑，**神**气十足。

即便是床上，尕小白的抱枕也印上了"独占鳌头""连战皆捷""战无不胜"。

这是入了**神**仙洞了吧，不只是尕小白，就是戚小白、影小白和莽小白也恍惚起来，只有顽小白在床上跳蹦床，她觉得这很好玩。

尕小白要从房间里冲出去，但是莽小白贴挂在门旁上把住了门把手，拦住了她。

"如果有人犯**神**经病，就只能这么受着吗？"尕小白抗议道。

"就只能安静地受着。"莽小白回答。

"为什么？"

"因为你后面还有两天考试呵。"戚小白和影小白异口同声地道。这话由莽小白再一次传递给了尕小白。

尕小白泄了气。是哦，与其这么劳气伤**神**无济于事，还不如姑且不理，潜**神**默记后面要考试的英语更加有益，不是吗？

"当然是。"

戚小白和影小白再一次通过莽小白肯定了尕小白的想法。

即将完成中考升上高中，尕小白好像一夜间懂事机敏多了。戚小白、影小白和莽小白感觉到安心了许多。

敏，便是在这个时候开始候场、预备上场的。

敏小白会是尕小白中考成功后长成的那一个。

尕小白中考会成功吗？何瑞喜一直忐忑不安。

看到尕小白把自己关在房间里，没有动静，何瑞喜感觉阴云密布，雾嶂重重，眼见是暴雨倾盆的前兆。

这样的天气，就是**神**雕也不知往何处ヘ(￣ ￣)ヘ飞呵，只能团团转。何瑞喜在客厅里兜兜转转，就想到了搬救兵——她给奶奶打电话。

"小白她什么也不说呵。"

"考试消耗那么大，孩子累坏了她能说什么！"

"是不是考得不好？"

"分数出来不就知道了。"

奶奶不是**神**仙，她回应何瑞喜的全是一般普通人的大实话，这对于何瑞喜根本于事无补。何瑞喜瞪大了(◉◡◉)金鱼眼，又要(≧0≦)抓狂了。

"我就是(ˇ_ˇ)想~要知道，就现在。"这是顽小白式的ㆆ(╹◡╹)撒娇耍赖的口气。

奶奶于是想到了这个："小白洗澡的时候最放松了，从小就这样，高兴的话她就会自说自话，还会♪(^▽^*)唱歌，不高兴的话她就会洗得很安静。"

顽小白、戚小白、影小白和莽小白面面相觑——是这样吗？竟然她们一直以来都没有察觉。怪不得**神**雕要请教奶奶，奶奶隐藏得好深哪，原来这么**神**通广大。

那么，要不要去告诉尕小白？

敏小白从镜子里跳出来，竖起食指在嘴唇中间"嘘"了一声。

这个中考后就要登场的人物，虽然现在还保持着**神**秘，但是对尕小白充满了信心。

何瑞喜释然，笑了："(⊙o⊙)对哦。"

何瑞喜如获至宝，她即刻就行动起来，蹑手蹑脚地来到了尕小白的房间，她推开了门。

尕小白趴在床上，一只胳膊肘压着"连战皆捷**神**"，另一只胳膊肘压着"战无不胜**神**"，撑着头心不在焉地翻书。

何瑞喜抱起尕小白的公仔走近她，如果哪句话让尕小白吃了火药，她就会派出这个贴了**神**符的"轻轻松松**神**"公仔去抵挡，这叫以其人之道还治其人之身。

"小白，你要不要去洗个澡？"何瑞喜很温柔地轻声问尕小白。

尕小白不回应。

"小白，你去洗澡嘛，洗澡。"

尕小白转过身，再翻了一页书，继续看。

"你洗完了澡再来看嘛！"

尕小白坐到床头一侧去，狠狠地白了何瑞喜一眼。

"我洗什么澡，洗澡这也要管？！"

何瑞喜仍然可怜巴巴地坚持。

"你先洗澡嘛！"

尕小白没好气地将书扔到床上，站起来，打开衣柜。衣柜里有几件新的白色T恤衫。

尕小白发觉了异样，她掀开来看。

((*·∀·)ゞ→→这——T恤衫上面全印着字。

"我是考霸""我是考**神**""我是考圣""我是考不倒"。

尕小白一脸"o(≧口≦)o"崩溃的表情。

"我靠！偶嘀个~(￣0￣)/神呵o!"

何瑞喜兴奋地拽下一件考**神**T恤，塞给秦小白。

"靠这个，你肯定行！"

尕小白一直隐忍着，但仿佛一直埋伏栖憩在战壕里，现在憋不住就快要从战壕里跳出来拼刺刀了，但是莽小白及时按住了她。

于是，尕小白只有"Дﾟ)ﾉ"举手投降。

尕小白ヽ(･∇･)ﾉ无奈，从何瑞喜身边~~((/--)/飘过，抱着衣服出了房间，进了浴室。

"三cヘっﾟДﾟ)っ_（救命呵！"尕小白对着浴室里的镜子做了许多个^o^鬼脸。镜子里变幻着尕小白的各种搞怪表情，好像放默片——

┐(￣Д￣)┌　　　(≧0≦)　　　ʋ(￣¬￣ʋ)　　　→)T＿T)　　　･∀･)乂(･∀･`

摊手没办法　　崩溃　　　　使坏　　　　抽脸　　　　死吧

何瑞喜守在了浴室门边，等待着——

水声，还是水声。

怎么还是水声呵？何瑞喜鼻子酸酸的，她快要急(T⌒T)哭了。

谁

敏小白、尕小白和莽小白等

我是**谁**？我可以做**谁**，这是由我决定的吗？我必须扮演的这个我好像不能确定的**谁**，跟何瑞喜希望我成为的那个**谁**的距离，究竟有多远？

——摘自《秦小白日记》

尕小白在花洒底下洗头、洗脸，很享受、很惬意、很自由。

莽小白把着花洒水龙头，也有好多疑问要问尕小白。

考试的时候，莽小白和顽小白、戚小白、影小白在外面一直跳着逢考必胜啦啦操，还没顾得上了解尕小白的考试情况。

而这关系到敏小白的登场。

"到底怎么样了？"

"你**谁**哪？要你管？！"尕小白抬头对着花洒翻了个"(Θ_Θ=)"白眼，但是水进到眼睛里了。

何瑞喜在水声中屏声静气，莽小白听到何瑞喜在心里念咒语。

"♪(^▽^*)♪(^▽^*)♪(^▽^*)唱歌，唱歌，唱歌！"

电视机里传出广场舞歌曲《小苹果》。

"你是我的小呀小——苹果！"

何瑞喜跟着♪(^▽^*)唱起来，唱得不成调。

"你是我的小呀小——苹果，怎么、爱——你都不嫌多！"

尕小白甩了一把头发，大声地唱起来。

"红红的小脸儿温暖我的心窝,点亮我生命的火火火火火火!"

何瑞喜听到尕小白♪(^▽^*)唱歌,兴奋得手舞足蹈。

你是我的小·呀小·苹果儿
就像天边最美的云朵
春天又来到了花开满山坡
种下希望就会收获

♪(^▽^*)唱歌譬如说话吗?是的,莽小白就清楚听到了何瑞喜和尕小白在歌声里的对话。

瑞喜

考得怎样?

作文?

(*^^*)嘻嘻

小白

我是考神,那还用说?!

才思泉涌!

(0_<)☆眨眼

尕小白忽然不唱歌了,水声也没有了。

何瑞喜还在一个劲地胡唱,尕小白拉开了浴室的门,何瑞喜未及✧(ﾟ⊂ﾟ❀)闪躲,讪讪地对着秦小白小声地哼哼。

"从不觉得你(ノω<。)ノ))☆。讨厌,你的一切都(*@o@*)哇~

喜欢……"

　　尕小白拿着毛巾趿着拖鞋出来，推开了何瑞喜，边走边擦干头发。

　　"好啦好啦，你以为你**谁**呵——网络歌星哪？！不要♪（^▽^*）唱了，**谁**也不会比你唱得难听！"

　　尕小白这样喷了何瑞喜一句，就推门进了房间，"砰"的一声将门关上了。

　　何瑞喜心里的歌还没有停止。她从没觉得这首吵死人的广场舞歌曲这么好听，歌词也十分应景。

　　　　有你的每天都新鲜
　　　　有你阳光更灿烂
　　　　有你黑夜不黑暗
　　　　你是白云我是蓝天

　　"没有我们的考试啦啦操的歌好听。"顽小白说。

　　戚小白对着顽小白"嘘"了一声，顽小白噤声，但是不服气地飞～(￣︶￣)～到尕小白的台灯上小声哼哼RAP。

　　　　考试好像我烹炒的小·菜一碟
　　　　盘你　盘你　盘你
　　　　试卷就似我亲吻的浮云一片
　　　　稳（吻）过　稳（吻）过　稳（吻）过

　　影小白进去将顽小白拉出来，顽小白（ˇ_ˇ）想~要赖在那里。

　　"我要╱(o♥o✿)╱跳啦啦操。"

"到外面跳！"莽小白说。

这样说着，莽小白也情不自禁＿/(o♥o ❀)＿/跳起来，戚小白和影小白也跟着加入了。

考试我要一鸣惊人吓死旁人
满分　满分　满分
考完老师亲切慈祥唤我——"过儿"
过　过　过　过——过儿

尕小白肯定可以考好，莽小白、影小白、戚小白还有顽小白都很肯定地这样(ˇ_ˇ)想~。在这个时候，没有**谁**家的家长和孩子不是这样(ˇ_ˇ)想~呢。

最后一天考试了，何瑞喜又跟在尕小白屁股后面念考试须知。

"1．考生应带好二代身份证及准考证。2．考生务必准时进入考场，迟到者按放弃考试不得入场。"

"你**谁**——又不是老师学什么唐僧——好烦哪。"尕小白蹲下去拉上自己的白球鞋鞋帮，站起来眼睛上翻，扫了何瑞喜一个"二蹬腿"。

"这是必须的，不能错。"

"垃圾。"尕小白，"**谁**会管这些？"

"不能犯这些低级错误。"何瑞喜继续唐僧碎碎念，"3.考生进入考场后须将身份证放于桌面上方，以便检查……"

"**谁**都像你一样，"尕小白一副"Orz"我服了你的表情，使劲点头，"地球自转必须要2400个小时才可以！"

"什么意思？"何瑞喜(´·_·`)懵怔地问。

"因为没劲——懒得动了！"

何瑞喜还没有想(o˘v˘)ノ明白，尕小白已经拉开门出去了。

门"咚"的一声关上了。

"地球自转2400小时，这是要睡觉100天才可以醒来吗？"戚小白喃喃道。

影小白也倒吸了一口凉气，深呼吸。

顽小白拉拽着戚小白，问："是**谁**要睡那么久时间呵？"

"因为天一直不亮要Σ(っ°Д°;)っ怎么办？"莽小白白了顽小白一眼。

虽然小白们知道何瑞喜即使是一只神雕也改变不了地球自转公转的规律，但是有些事情却好像被何瑞喜改变了。

中考最后一天，考场里出现了奇怪的景象。

与往常一样，广播里先播放了一遍考场纪律。

与往常一样，接着监考老师启封考卷，整理考卷。

与往常一样，同学们准备着自己的文具——笔和橡皮。

不，和往常并不完全一样——每个同学，不管哪一个，现在**谁**的位置上都出现了一尊考神。

尕小白听到整个考场都是考神们的阿弥陀佛，而且她好像也看到了同学们的考神们都在跳考试啦啦操。

这真的是滑稽的一天。

但是，不管怎么样，过完今天，尕小白的初中时代就将结束了。想到这个，尕小白的脚步就变得异常轻快。

从没有过的轻快。尕小白踩到了**谁**的影子上？

尕小白确定那不是自己的影子。她吃惊地发现她竟然没有影子。

踩到影子的不是尕小白，而是敏。现在敏小白的影子跟尕小白的影子重叠起来，敏小白从这一刻起正式登场了。

敏小白走得好快，好像要(~o ̄3 ̄)~飘起来。

"绘本里讲的都会是真的,喵喵有一天就是会⌒(￣ ˇ ￣)⌒飞嘛。"顽小白拽着戚小白的小手说。

"走了啦!"戚小白拉扯着待在这里死赖着不肯走的顽小白,"考试都结束了,我们要走了啦!"

公交车过来了。

敏小白以蹑影追风的身姿⌒(￣ ˇ ￣)⌒飞上了车。她戴着耳机,跟着MP3里的音乐轻快地哼唱着。

尕小白还没反应过来面前的人是**谁**,自己的时代这就翻篇了?正寻思着,就看见那个**谁**背着双肩包从车前门上了车。

"o(￣ヘ￣o#)我去!"尕小白现在是在翻(◉_◉)金鱼眼了,"那个**谁**——这是什么阵仗?!"

何瑞喜的双肩包上插着"大圣归来 旗开得胜"的旗帜。她踮着脚往车后看,看到了敏小白,敏小白拉着车顶的吊环扶手,眼睛o_o盯着车窗外,轻轻摇晃着头♪(^▽^*)哼唱着,完全没有察觉到何瑞喜也在车上。

何瑞喜克制地对着敏小白喊:"刘畅!"

敏小白看着窗外,没动。她的耳朵里全是MP3的音乐。尕小白才不要告诉敏小白何瑞喜就在车厢前面叫她。

不对。

何瑞喜这是在叫**谁**?!

何瑞喜看见了**谁**?

尕小白坐到了何瑞喜的眼睛里——何瑞喜看着的是——敏小白。

但是,这一刻,在何瑞喜的眼睛里,敏小白的身体上附着了一个人。

尕小白认出来了，这个人是刘畅，相片贴在后面黑板上——他们年级的尖子生。

(@_@;) 晕死了！

尕小白接着仿佛听到了辛主任的声音。

"什么东西念了上百遍，就会属于你，跑不掉了。"

这声音在何瑞喜的耳畔盘桓，形成回响。

谁会相信这种心理暗示的莫名其妙的东西？何瑞喜相信。

何瑞喜当真相信。何瑞喜是认真的。

何瑞喜又小声地喊了几次"刘畅"。

这里哪里有刘畅，**谁**会答应她？真是个傻鸟，尕小白（ˇ_ˇ）想~。

敏小白幸而在听歌、♪（^▽^）唱歌，若不然一定会整个人傻掉。

何瑞喜执着地一边小声喊一边往车厢后面挤，好像刘畅就在后面的样子。一些乘客表露不满，但是何瑞喜还是往前挤，她的脚踩到了一个胖胖的五十来岁的女人，胖女人发火了，狠狠推搡了何瑞喜一下。

"你**谁**哪，这是干吗？穷挤什么？"

何瑞喜尴尬地应对

着道:"我到车厢后面去!"

何瑞喜的旗帜勾到**谁**的什么东西了。是一个年轻男子的裤头袢子,男子不满地冲着她嚷嚷。

"你**谁**呵?什么乱七八糟的东西,挂到人了知道不?"

何瑞喜的"对不起"还没出口,胖女人就劈头盖脸地对何瑞喜毫不留情地语言施暴了。

"**谁**哪,你以为你是——这是你家的专车呵,这是公交车看清楚了!都已经挤成肉丁了,你还瞎倒腾什么?!"

胖女人说着话嘴巴咧了咧,抬了抬那只被踩的脚。

何瑞喜目瞪瞪地勾下头去看。

敏小白好像感觉到了车厢前面有骚动,转了一下头,但是何瑞喜的头却低下去了,敏小白什么也没看见。

尕小白不要告诉敏小白:何瑞喜在车上。这很无聊。

敏小白重新恢复到刚才的姿势,轻轻晃着头哼哼着歌,望着窗外。

车到站了。敏小白从后门下了车。

何瑞喜跟着用力地挤过去,引起了更多乘客的不满,但是何瑞喜才不管**谁**会对她不满。

何瑞喜一心就想追上这时候名字叫"刘畅"的敏小白,把这面旗帜送给她。

今天是个特别的日子,何瑞喜认为。

敏小白在前面迅如脱兔(是脱喵喵)ヘ(￣～￣)ヘ疾步如飞。何瑞喜追上来,一边追一边喊。

"刘畅!"

敏小白完全没有反应,越走越快,奔逸绝尘。

何瑞喜只能一路小跑追上来,好容易才气喘吁吁地拽住了敏小白的衣角。

"怎么走那么紧，一路喊你都不应？！"何瑞喜嗔怪地说着，喜不自禁地举着"大圣归来　旗开得胜"的锦旗给敏小白。

敏小白嫌恶地将锦旗一把捋开了，语无伦次。

"什么鬼？**谁**弄的这是？！"

何瑞喜的眼睛（๏_๏）瞪圆了。

"这怎么是鬼？！这上面写的字不认得呵——大圣归来，旗开得胜！我一路跟着你，一直叫你叫你，怎么听不见？"

敏小白很诧异，偏过头来。

"你一路都跟在后面？"

"ㄟ(￣，￣)ㄏ不是我是**谁**呵，"何瑞喜点头，"我从学校门前公交站跟起。"

敏小白的眼睛里满是⊙（·◇·）？疑惑。

"你——跑到学校来了？"

何瑞喜真的好像一只大鸟那样点头。

"每天我都有跟着你来的。"

敏小白好像不淡定了。

"你——每天？"

"嗯。"

敏小白上下打量了一遍何瑞喜，好像不认识她是**谁**一样，不以为然。

"那你没叫我嘛！"

何瑞喜很快接口回应道："我叫了！我一路都有叫你呵！"

敏小白在脑子里搜索了一遍，一无所获。

"我|(-_-)|没听见，你有叫我？"

何瑞喜又像鸟那样碎碎地点头，一本正经地。

"刘畅！我一直这么叫你来着。"

敏小白是真的不认识何瑞喜是**谁**了。她像看一个怪物似的看着何瑞喜。"你叫我什么？"

何瑞喜（❀´ω`❀）萌萌地看着敏小白，很=_=ˆ得意地憨憨笑了。

"刘畅！我跟了你好多天了，每天都在后面这样子叫你。"

敏小白跳将起来，尕小白看到敏小白跳这么老高老远，也吓了一跳。尕小白变成了敏小白，一样对着~(￣▽￣)C❀何瑞喜会，(≧0≦)抓狂。

何瑞喜如果真是只雕，或者雕附体了，搞不清**谁**是**谁**——那么，现在尕小白坐到敏小白的眼睛里，她要增援敏小白，干净利落地突突▬▬┅┅那只蠢钝却又自以为是的傻鸟。

她扫出去一梭子弹▬▬┅┅。

"你搞搞清楚，我是秦小白，是你女儿，刘畅是**谁**——114班的男生，我们级的尖子生，想也别想了！你脑子错乱了吧？！"

何瑞喜被这一梭子弹▬▬┅┅打懵了，她傻不楞登地摇头，嘴里嘟囔着："是你说的，你不要做秦小白，你(ˇ_ˇ)想~要做刘畅！"

"**谁**说的？！"敏小白自知现在抵赖不了这个，但是她也没法跟何瑞喜说明这个，她气哼哼地道，"这根本是气话来的嘛！"

何瑞喜凑近来，深有同感地点头。

"那么好运气的刘畅，是让人(ˋㄟˊ)生气的啦！"

敏小白的脑子要炸掉了，脑浆如火山喷涌。

"何瑞喜，你知道不知道你是**谁**？你的肩膀上到底扛的算不算个头，你有没有脑子？！"

何瑞喜沮丧地、委屈地辩白："你心里也想自己要是刘畅，有刘畅那样的好运气就好了是吧？"

敏小白哭笑不得地摆手，甩手离开。

"我不跟你说，我说不清楚！"

何瑞喜一把拽住了敏小白，她的嘴角一咧，竟然扬扬=_=^得意地笑了。

"辛主任说的：什么东西念了上百遍，就会属于你，跑不掉了。"

这又是什么鬼？是**谁**讲的什么鬼话？敏小白感觉鬼缠身了。

何瑞喜仍然(*^ ^*)嘻嘻地笑，就势巴结地要去拖敏小白的手。

"你考试这些天，我就这么叫你来着，诸神保佑，刘畅的好运气你也能有的。"

敏小白甩开了何瑞喜的手，厉声咆哮起来。

"何瑞喜，你可不可以正常一点，你可不可以好像别人家的妈妈一样像个——妈妈的样子！"

何瑞喜被这一声咆哮打懵了，杵在那里怯生生地看着敏小白，手上直冒冷汗，全身不自禁地o((⊙﹏⊙))o发抖。

现在何瑞喜可能不只是搞不懂自己是**谁**，她也不知道自己现在究竟在什么地方了。

尕小白此时就坐在何瑞喜的肩膀上，本来尕小白真是要研究"何瑞喜肩膀上扛着的算不算个头"，但是现在被敏小白的一阵闷雷炸得(@_@;)晕头转向。

不要——尕小白没想到敏小白的"可不可以好像别人家的妈妈一样像个妈妈的样子"会产生九级龙卷风般的威力，一下子把她裹挟着拉进了深不见底的黑洞里，直听到耳畔"妈妈妈"的回响。

影小白∽(￣▽￣)∽飞来了，她费了好大的力气将尕小白从黑洞里拯救出来。

"我是**谁**？"尕小白问，"我怎么了？"

影小白冷淡地回应说："你是你自己。"

尕小白后怕地说:"我差点以为我回不来了。"

"你是回来了。"影小白哽咽地说,"但是有人可能回不来。"

尕小白吓坏了,她现在想起自己此前那些任性的颐指气使地耍性子,与何瑞喜干仗真是该死——杀伤力太大了!她(ˇ_ˇ)想~要立刻阻止敏小白。

但是,敏小白比尕小白更加敏感和急切,那些杀伤力巨大的冷言冷语已经势不可挡地以排山倒海之势扑向了何瑞喜。

"好呵,我是刘畅,我不是你家的秦小白是吧,那你以后再也不要管我了。"

敏小白~~o(>_<)o~~哭着跑开了。

跑出几步远,敏小白再折回来。尕小白抱着侥幸,还好还好,敏小白是聪明的,她已经意识到了,她后悔了。

然并@(该死,脏话幸而收住了,未脱口而出)。

但是,忍不住还想再说然并@(脏话,略去)。

敏小白从包里拿出手机来,在何瑞喜的跟前晃了一下。

敏小白已经全然忘记了自己是**谁**、何瑞喜是**谁**,竟然斩钉截铁地对何瑞喜说:"你不要找我,你打电话我不会接听的。"

然后,敏小白就跑开了。

尕小白无法追到敏小白,才从龙卷风里硬拉出来惊魂未定中的尕小白软乎乎没有力气,只能绝望地看着敏小白跑远了。

影小白拖住了尕小白的手,使她可以离何瑞喜的耳朵稍远些,因为那里又一次刮起了九级龙卷风。

"你不要找我!"

这句话对于何瑞喜就是九级龙卷风,她一时间处在昏天黑地中找不到北,她不知道自己是**谁**,身处哪里。

敏小白回来时天就黑了。

敏小白不要了解**谁**在家里,她也不要跟**谁**讲话,她就想一个人躺在沙发上,静一静。

敏小白呆呆地看着天花板。她翻了一个身,再翻回来,内心里的思想也跟着翻了一个身,再翻回来。

可是,其实思想是空洞的——并没有什么思想。这一顿硬仗干的,敏小白原以为自己会思绪万千不舍昼夜,可是却发现内心空空如也。

敏小白抓起了电视柜上的遥控器打开了电视机,连着换了几个频道,仍然不知道要看些什么,眼睛里看到的什么内容也不能上心。

这是怎么了?

难道她敏小白还不曾真正意义上登场吗?那么,现在在这里的她又会是**谁**?

家里怎么这么安静?

那只大雕呢,她在做什么?

敏小白从沙发上翻身下来,猫到了何瑞喜的房间,怯怯地敲了两下门,没反应。

敏小白犹豫地,终于将门推开了,但是,里面没有人。

这是怎么一回事?

尕小白(ˇ_ˇ)想~要去告诉敏小白龙卷风的事,她想去教训敏小白。但是影小白将尕小白拉住了。

成长是自己的事情,**谁**也帮助不了,影小白经历了这么多事情后想(o˚v˚)ノ明白了——

敏小白,她必须自己成长,成为那个最后她们希望的**谁**。

"这很困难。"尕小白(ˇ_ˇ)想~,但是她知道影小白是对的。

敏小白回到客厅,下意识地看了一下墙上的钟,十点半了。她又在客厅里徘徊了两圈，心里毛起来，眼睛睁大了。

尕小白在敏小白的耳边重复了她的掀起龙卷风的"妈妈妈"和"你不要来找我"的话。

敏小白觉得风沙打到腮帮子了，自己说过的话在→)┳━┳抽脸，她说不出话来，只会(T︿T)哭。

那些个混账话是**谁**说的？

"是你！"尕小白残忍地回答敏小白。

那会有什么后果？敏小白o((⊙~~~⊙))o发抖了。

敏小白在心里祈祷：不要，何瑞喜，你什么事也没有——你绝对、绝对不要(*Φ皿Φ*)吓我！这个时候**谁**可以帮我？

奶奶呢，奶奶在哪里？

敏小白跑到房间里去，翻捡自己的书包。书包怎么会这么乱，找个东西都半天摸不着，成心的吧？敏小白把书包倒拎起来，将里面的东西一股脑儿倒出来了，手忙脚乱地一阵翻捡。

手机被翻了出来。

敏小白像溺水的人抓到了三c⌒っдっ救命稻草一样抓起手机，仓促地拨号。手机里不知道是**谁**，这么不会应景地，机械反复地冷冰冰地回应敏小白。

"你所呼叫的用户暂时无法接通，请稍后再拨。"

混账，如果可以，敏小白真想把手机里的那个**谁**好生揪出来，痛扁一顿。现在手机里的那个**谁**晓得识时务地回应说："如需电话留言请按#号键。"

敏小白按了#号键，留言，带着很重的鼻音，她快要(T︿T)哭了。

"何瑞喜，你快回来，我说错话了，我可以谅解你，你快点回来，我饿了，你不饿吗？"

尕小白（ˇ_ˇ）想~要找到何瑞喜。她会去哪里？

何瑞喜真的被龙卷风刮到黑洞里，不知道自己是**谁**，不知道**谁**是自己的女儿吗？

影小白也觉得心里酸酸的，她想到了那个地方——也许，何瑞喜会来到最初的那个地方去寻找和求证。

果然，心有灵犀，何瑞喜现在坐在产房的过道里，这是小白出生的地方。

护士小姐紧张地进进出出。

等待生产消息的家属坐在长椅上，即将做爸爸的戴眼镜的男子在过道上一遍遍徘徊。

很响的婴儿的~~o(>_<)o~~哭声。

一名医生出来了，家属们围拢上去。

"**谁**的，**谁**的？"

"14床。"广播里传出来产妇的名字，"肖玲。"

戴眼镜的男子急切地追问："怎么样？怎么样？"

过一会儿，女护士推着那个名字叫肖玲的产妇出来了。一个看上去像是奶奶的老人将襁褓里的婴儿抱起来，家属们围上去，兴奋地看着襁褓里的婴儿。

女护士温柔地拨开婴儿的襁褓领口道："是个女孩，恭喜你们做父母了，给孩子起个名字吧。"

何瑞喜o_o盯着那几个人，神情呆滞，这一幕她经历过的。

尕小白此时坐在何瑞喜的眼睛里，但是何瑞喜的眼睛漫出水来，喷涌而出，尕小白顺着何瑞喜一吸一呹的鼻梁滑了下来，差点儿就(┬_┬)↘跌个八叉，幸而影小白拽住了她。

但是顽小白还是倏忽不见了。

然后，尕小白和影小白就俨然穿越了时空，回到了何瑞喜似曾经历的那一天——咦，那是**谁**，在那里啼哭不止？

"顽小白。"莽小白说。

戚小白重重地点头。

会到这个地方，戚小白也想到了，她拖着顽小白先行到达了这里——十五年前的这个地方。

产妇成了何瑞喜，奶奶将襁褓里的顽小白抱出来。派出所的于所长，不是，那个时候于所长还只是小于警官；街道办辛主任，应该叫辛科长等围拢上来。

护士点着小白的小脸，也是这样祝福她们。

"是个好漂亮的女孩哦，恭喜你做妈妈了。她像**谁**呢——给孩子起个名字吧。"

奶奶马上接口，对着初来到世界含着小手指的顽小白说："就叫小白。孩子妈妈不容易，从小就要明白懂事哦。"

莽小白、尕小白和影小白围拢上来，看着初来乍到的顽小白，不禁心里有些小冲动，可不可以o(￣ε￣*)(づ｡◕‿‿◕｡)づ亲亲抱抱兴冲冲地来到这个世界的自己。

"我不是**谁**，我是秦小白。"

从降生的那一天起，就如此明确。尕小白、莽小白、影小白、戚小白望着连"咦呵呀哦"还不会的顽小白，心里明镜似的肯定了自己的认知。

何瑞喜好半天缓过神来，看清楚那个产妇是别人不是自己，心里竟然充满了惆怅。

敏小白斥责的声音还在她的脑子里一遍遍回响，刮起飓风。

"何瑞喜，你可不可以正常一点，你可不可以好像别人家的妈妈一样像个妈妈的样子！"

何瑞喜捂住了耳朵，闭紧了眼睛。

但是敏小白的声音还是穿透了何瑞喜的耳膜。

"你不要来找我！"

才得了新生子的家属们感觉到了何瑞喜的异样，推着产妇走开。

戚小白、影小白和尕小白跟着这几个家属往母婴室的方向走。

顽小白就在这个时候也ヘ(￣～￣)ヘ飞过来了。

"你们刚才去了十五年前的这里，那么我光屁屁流口水的样子被你们看到了？"顽小白咬着脚趾头问戚小白。

"嗯。"戚小白点头，"好糗，像只喵喵。"

"每个人生下来都像喵喵，不管**谁**都是一样。"顽小白肯定地说，她很熟悉产房这里。

"那个女人坐在那里(´･･`)发呆，发生了什么事吧？"那个好像奶奶的老人说。这是戚小白坐到奶奶的心里去发出的疑问。

"她是不是不见了孩子？"产妇看着躺在褓褓里的婴儿，顽小白从产妇的眼睛里发出(◕‿◕?)疑问。

"要不要去告诉院长？"尕小白从奶奶的怀里脱口而出。

产妇看着做了爸爸的老公，那个男人立刻回应那个老奶奶。

"把肖玲安置好，我去告诉院长。"影小白穿梭在那个男人的喉结上，那个男人于是这样决断地说。

院长正在楼道尽头的母婴室巡视，莽小白看得见，她先过去了。

这个院长好生面熟，她是**谁**？明明就是当初接生顽小白并把她抱出来的那个护士嘛。

敏小白在大街上一边(T⌒T)哭，一边寻找何瑞喜，一边呼叫奶奶。

"奶奶，Σ(っ°Д°;)っ怎么办，何瑞喜不见了！"

"何瑞喜在医院。"尕小白顺着电话线一路滑过来，落到敏小白的领口上。

院长终于被荞小白、尕小白、影小白和戚小白引领到何瑞喜跟前,第一时间打电话给辛主任。于是,奶奶、敏小白、辛主任、于所长一起跑到医院来。

辛主任见到院长很激动,百感交集。

"幸亏你打电话来,要不然……"辛主任拉住了院长的手,半天放不下来。

院长也感觉又有缘又侥幸。

"我是刚好到妇产科巡视时看见的。"

影小白、荞小白、尕小白此时面面相觑,大口喘气。

"还好还好,"她们都 (ㄒˆ^ㄒ) 流泪不止,眼睛里好像ヘ(￣ ￣)ヘ飞跃着瀑布一样,"哗哗哗"地,她们交换着火星文。

"Σ(つ°Д°;)つΣ(つ°Д°;)つ怎么办?怎么办?"

"Σ(つ°Д°;)つΣ(つ°Д°;)つ怎么办?怎么办?你以为丢的是**谁**呵,只是何瑞喜?也是我们自己啊!"

"(ˇ·ω·ˇ)³捡回来。"

何瑞喜转头时看到奶奶、敏小白、于所长、辛主任过来,但是她好像不记得自己是**谁**、不认识她们是**谁**。何瑞喜完全没有反应,她仍然在念叨着耳朵里反复回响的奇怪的话。

"你可不可以好像别人家的妈妈一样像个妈妈的样子!……你不要来找我!"

奶奶过去,心疼地将何瑞喜一把搂到了怀里,眼泪肆意纵横。

"瑞喜啊,你这是把我们吓死了!"

何瑞喜木讷地看着所有人。

于所长难过地看着何瑞喜,眼睛里的表情一箩筐。

顽小白、戚小白、影小白、莽小白、夵小白就从于所长的眼睛里穿透过去，像看电影一样，又看到十五年前的那个发生激烈的枪战的雨夜，看到一个英勇高大的警官一把撩开了小于警官，不幸被穷凶极恶的歹徒击中的情景。

"那是**谁**？"顽小白悄声问。

"那是爸爸。"戚小白哽咽着回答。

于所长握住了何瑞喜的手。

"瑞喜呵，你可不能有事，你要是有事，我们怎么对得起老秦！"

奶奶再也忍不住又（ノへ￣、）抽搭了一下下，就生气地狠狠（┐┐）~→斜了敏小白一眼。

敏小白一副不明就里的样子，但是很后悔很内疚，她过去拉住了何瑞喜的手。

院长直直看着敏小白，好像X光要照清楚敏小白的骨头里好确认她是**谁**那样。院长的眼光好深邃、好严厉、好有深意。

敏小白不敢看院长的眼睛，她如果可以看到院长的眼睛里交叠的影像，就可以看见顽小白、戚小白、影小白、莽小白、夵小白所看见的好神奇的事——几寸长的婴儿顽小白在瞬息间抽长了，长成一米六三亭亭玉立的敏小白。

院长确定了敏小白就是当年她接生的那个顽小白，她的斥责更加不容辩驳、掷地有声、强有力量！

"小白，你太不懂事了，你有什么权力这样说你妈妈！瑞喜当初可是拼了性命生下你的呵！"

敏小白被院长的分量很重的话打中了，她的身体站不稳地轻晃了两下，眼泪扑簌簌流淌下来，洇湿了整个面庞。

何瑞喜端详着敏小白，半天，终于"哇"的一声~~o(>_<)o~~恸哭

起来，紧紧地抱住了敏小白。

敏小白支支吾吾地（。__。*）认错。

"我——说的那些全是——我不是那个意思啦！我说的那些是气话，你不要扔下我不理。"

何瑞喜揩了两把眼泪，突然憨憨地（^▽^）笑起来。

顽小白看看戚小白，戚小白看着影小白，影小白看着莽小白，莽小白看着尕小白，尕小白——尕小白o_o盯着敏小白，她们都以为何瑞喜的这个状态很古怪，但是却很——顽小白。

又哭又笑，满脸放炮

青蛙呱呱，黄狗飙尿

公鸡打锣，鸭子吹号

喵喵嘻嘻笑，阿婆担米跳

顽小白"啦啦啦"一开嗓，就念起童谣来。

何瑞喜看敏小白也好像是看婴儿的顽小白，何瑞喜捏着敏小白尚未蜕尽婴儿肥的绯红的脸，那脸上还有未揩干净的眼泪。

"我要是o(￣ヘ￣o#)不理你，你还是怕吧？"何瑞喜^(*￣(oo)￣)^嘚瑟地道。

敏小白愕然。

顽小白、戚小白、影小白、莽小白、尕小白愕然，她们看到了**谁**——门口不远处一个熟悉而又陌生的人。

罗阳站在门外，隔着透明的玻璃门看着里面。

何瑞喜循着敏小白的眼睛视线也好像看见了，她的眉毛轻微跳动了一下，眼神似乎有些异样。

这天晚上，顽小白、戚小白、影小白、莽小白、尕小白看见印着"锐风电器"的罗阳的面包车从滨海市石峰区东南台金南湾开出，从城市的街道呼啸而过。

"你很勇敢。"尕小白钦佩地对敏小白说。

每个人好像都不能确认可能会在**谁**的故事里不期而遇，**谁**会是**谁**合适的陪伴者，**谁**知道呢？

以为

🎬 **敏小白、尕小白和影小白等**

其实，**以为**有时候是误**以为**。何瑞喜对魏群（❤´艸`❤）花痴到仿佛魏群是她的女儿，造成的恶果就是我一进高中就**以为**有了一个敌人：魏群。如果不是因为魏群，我还一直**以为**我完全、一丁点儿都不在意何瑞喜在意谁。

——摘自《秦小白日记》

敏小白考进的这所学校是云集了"别人家的孩子"的全省一流的重点学校，省外国语学校附属中学。

何瑞喜无论怎么说都要跟着敏小白到学校。

"你真的好烦。"敏小白说，"人家会**以为**我智障。有几个家长跟到学校里来？"

"我不管，我一定要去。"何瑞喜这样耍赖。

这根本就是顽小白的做派。

尕小白**以为**何瑞喜好像越来越像顽小白，没有谁可以跟一个整天咬脚趾头的婴儿计较。因此，尕小白**以为**敏小白怎么也拗不过何瑞喜。

办理了入学手续，敏小白拎着自己的宿舍号牌往学生宿舍走。她很兴奋，这是她第一次可以名正言顺地离开家，何瑞喜不会**以为**她失踪，不会（≧0≦）抓狂。

宿舍走廊上挂着"欢迎新同学"的条幅，何瑞喜拖着行李箱，敏小白拿着一张报到指南，两个人从楼梯口上来。

入学的新生很多，但是，的确没几个是家长跟着的。那些新生都和敏小白一样，拖着行李，在宿舍门口查找入住名单。

敏小白边走边瞄着宿舍门牌上的名字，她走得迅疾，完全就像一只灵敏的小猫，何瑞喜被落下了。

敏小白看到了自己名字的宿舍，踮脚进去，再倒出个头来，转头叫何瑞喜，声音里充满怨气。

"叫你不要跟着你偏来，这哪有几个家长跟到宿舍来的！你**以为**这是家呢！"

何瑞喜"(*^ ^*)嘻嘻"地拖着行李凑近来，巴巴地道："一星期要在这住五天，是不是？我**以为**这就是比家还紧要嘛——让我看看你住的地方，看一眼就行！"

敏小白无可奈何地由着何瑞喜跟上来。

外面有哪个家长在喊："魏群，魏群！"

何瑞喜好像想到了什么，她突然顿住，倒出去宿舍，然后循着喊声找过去。何瑞喜在一间宿舍墙上的名单里找到了"魏群"，手指在"魏群"的名字上划了一下，眼睛一亮。

何瑞喜惊叹地小声叨叨："魏群，这不就是那个中考状元吗？"

何瑞喜这样寻思着已经推开了半开的宿舍门，

靠近门边正在铺床的女孩转过脸来，好面熟。女孩也**以为**何瑞喜面熟，但是一时间想不起来。

"是你呵！"何瑞喜指着女孩笑起来。

尕小白知道何瑞喜只要眼睛转起来，就可以在脑子里的档案中翻到她(ˇ_ˇ)想~要的记忆，分毫不差。

这个尕小白已经多次领教见识过。

"韦晓璐！"

她就是家里养着叫"——"的猫和叫"七七"的乌龟的韦晓璐。

女孩也笑起来，她想起何瑞喜了。

"那个——你们这个宿舍里住着中考状元魏群？"何瑞喜问这个话的时候就像是魏群的一个忠实粉丝。

韦晓璐点头，指着靠里面一张上铺正在铺床的女孩，道："对呵。她睡那张床。"

何瑞喜听到，竟然对韦晓璐没有一句话回应，就把她扔那里，转而急切地奔赴到了魏群所在的床铺，(❤´艸`❤)花痴地看着那女孩憨笑。

"你就是魏群呵？是那个中考状元哪！"何瑞喜仰着脖子，一直看着床上，把魏群上上下下打量了个遍。

虽然**以为**魏群长得没有什么特别，但是何瑞喜却还是一副追星的脑残粉表情。

"你好(。^▽^)厉害！"何瑞喜伸出d==(￣▽￣*)b大拇指，"太(。^▽^)厉害了！你怎么做到的，有什么特别的方法吗？"

魏群有些尴尬地→_→瞟了何瑞喜一眼，敷衍地摇摇头又点点头，继续铺床。

敏小白把床铺拍打得"卟卟"响，她把带过来搁床上的可以折叠的小桌板也掀翻了。她当然知道何瑞喜是因为什么跑出去的。

"你去把她拽回来！"尕小白说，"在这里拍床铺生闷气有什么用？─╰(‵口′)╯─掀翻桌板也没用！你明明是在意的，不要**以为**你待在这里没有行动我就看不出来！"

"不要！"敏小白头也不抬。

"你得要她搞搞清楚谁才是她女儿！"

"不要！"敏小白嘴巴里这么说，但是已经从宿舍里冲出去了。

敏小白还是忍不住要去看何瑞喜在那里闹什么鬼。

魏群妈妈叫着"魏群"的名字，抱着一床毛毯过来了。她从何瑞喜身边擦过去，何瑞喜被别着退了小半步。

"现在才立秋，盖学校发的被子睡觉太热了，我给你买了床毯子。"魏群妈妈说。

何瑞喜执着地再凑上来，等到魏群从上面的床铺下来，她的脸贴近魏群——何瑞喜竟然要去摸魏群的脸，难道何瑞喜会**以为**魏群是她女儿吗？

"丢脸死了！"尕小白蒙上了眼睛，(✿◡‿◡)害羞地，她怼敏小白道，"你为什么还杵着，还不去拉她回来？！"

"这孩子这么文静，可是好会念书呵。"

敏小白脸贴在窗口，好难为情地别过一边，(*/ω*)捂住脸。

一旁的魏群妈妈不无自豪地回应何瑞喜："对，就是我们家魏群。"

何瑞喜很崇拜地再凑近前去，再一次伸手去抚摸魏群的脸，魏群不自然地转过脸去。

"真了不起，这孩子真是太好了，这么会读书呵，考那么高分，我还**以为**会是个男生呢！"

魏群很不好意思地溜到一边去，拖着妈妈的手要走，魏群妈妈歉意地回头。

"我们先去吃饭了。"魏群妈妈说。

何瑞喜犹不甘心，她跟了上去，拉住了魏群妈妈的胳膊。

"等一等，你可不可以留个电话给我。"何瑞喜不迭地说，也不理人家乐意不乐意，她已经从包里掏出了本子和笔递给魏群妈妈，"我可以向你请教啊！我们家的小白也念这所学校，就跟你们家的魏群隔了两间宿舍。"

魏群妈妈一定会**以为**何瑞喜是个疯子，尕小白(ˇ_ˇ)想~，更加急切地瞪着敏小白。窗子边站着的敏小白，狠狠地看着何瑞喜竟然还没有行动。

魏群妈妈勉为其难地在本子上写了联系方式。

但是没等何瑞喜如获至宝地接过来，她就被人一把捋走了。

敏小白终于忍不下去了，她以迅雷不及掩耳之势，将何瑞喜掳走，拖回到了自己的宿舍。

何瑞喜一时间猝不及防，打了个趔趄，差点(┬_┬)↘跌倒。她心里还挂念着魏群妈妈写了电话的笔记本，硬挣脱开探出头去。

魏群妈妈没有叫应她，只是把笔记本放到了窗格子边上。

何瑞喜拿着失而复得的笔记本往包里揣到一半，却被敏小白一把撸出来，扔到了一边。

敏小白的眉毛倒竖起来，怒目圆睁，像一头饿坏了的m(=∩王∩=)m小老虎要捕食发作。敏小白这个震怒的样子把何瑞喜唬住了。

"何瑞喜！你搞搞清楚，看真切了——你的女儿在这里，是秦小白，不是魏群！你**以为**呢？！"

敏小白指着自己的鼻子大声地道。

何瑞喜愣住了，回应得很心虚。

"我知道啦。"

敏小白已经不受控制了，她真的像被激怒的m(=∩王∩=)m小老虎那样张牙舞爪起来。

"你知道什么？！知道的话你怎么还会对那个'一千八的成群女鬼'那么(❤´艸`❤)花痴的样子，你是不是就**以为**她是你的女儿——是这样子？"

何瑞喜被吓到了，懵怔地看着敏小白，不知所措。

"一千八的成群女鬼？"何瑞喜不明白，一只雕的脑子真的转不过来，而敏小白有着比m(=∩王∩=)m小老虎还伶俐聪明的(=ˆxˆ=)猫的脑

子（猫是老虎的师傅不是吗？）。

敏小白变身为拆字先生，她解释给何瑞喜："魏群，拆开来就是——一千八的成群女鬼，你**以为**？！"

何瑞喜用手在空中划拉了几笔，恍然，倒吸了一口凉气。

敏小白气呼呼地躺倒在床上。

何瑞喜凑到敏小白的头上，她观察了半天，发现了这个——这个发现让何瑞喜**以为**又丶(*°▽°*)丿惊喜，又有趣。

"小白，你吃醋了呵？"何瑞喜讥诮地道。

然后何瑞喜就又变成了顽小白一样的小孩儿，她跳到敏小白床上，竟然要跟敏小白去打闹一番。

顽小白吮吸着手指(*^ ^*)嘻嘻地过来了。

"好赖皮！"尕小白在一旁看着说。

"你讲哪个？"顽小白含糊不清地问，"何瑞喜还是偶？"

"你**以为**呢？"尕小白这样回应。

这一次，顽小白才不是被尕小白不小心念叨到跑过来的，是因为又看见了那只鹅。奶奶的童话绘本再翻页讲新故事。

这是绘本第五页——

很多天过去了。喵喵到了一个全新的开阔地,那里很漂亮很漂亮,喵喵所有的朋友都是新的,之前她都不认识。

咦,这个——这个大白鹅怎么也来到了这里?

"我比你先通过放行桥,是我先来到这里哒。"大白鹅这样对喵喵说,并且梗着他的长脖子,"鹅鹅鹅"炫耀地叫唤着。

喵喵心里好怄,她是落后的那个,大白鹅是这个意思吗?

大白鹅指着前面被好多朋友簇拥着的一只花斑鸠说,"她是第一个来到这里的,是最厉害的那个!"

喵喵看着那只花斑鸠,心里好想好想上去挠她一下。

大白鹅温柔地看着喵喵,把她的心里话揭发了出来。

"你是不是很嫉妒她!"

喵喵吓到了,赶紧否认说:"我才没有!"

"奶奶讲的这些不是童话绘本,"尕小白正告顽小白说,"奶奶讲的故事全部是真实的。"

"哦。"顽小白小小声地回答,她也**以为**是真的。

就好像接下来发生的事情。

敏小白站在高中学校的宣传栏前,她在看着宣传栏光荣榜上中考综合

状元的魏群的相片，相片上竟然有几道划痕。

虽然这种想法真的不应该，但是好像却一时很难克服，敏小白就是**以为**心里暗爽。

何瑞喜对魏群(❤´艸`❤)花痴到仿佛魏群是她的女儿，造成的恶果就是敏小白一进高中就**以为**有了一个敌人：魏群。而现在敏小白发现魏群的敌人显然不止自己一个。

敏小白也好(ˇ_ˇ)想~要用铅笔头去戳魏群的相片。

敏小白四处看了一下，想看看哪些同学像"战友"。

敏小白就看到了李严。他的眼睛犀利地o_o盯着她，好像要挑开她的心，把她隐秘的心思揭发出来。

"你好像有点不忿哪！"李严说。

敏小白局促地辩白："那上面ㄟ(￣,￣)ㄏ不是我划的！"

但是李严好像并没有就此放过她的意思，他继续长时间别有意味地打量秦小白，o_o盯着她手上的铅笔头，不依不饶地。

"你、你好像也一样——嫉妒她？"

敏小白心里发起毛来，她不要旁人这么看她、这么**以为**呢。

敏小白别过了脸，敷衍地道："不是。我只是(ﾉω＜。)ﾉ)☆讨厌我老妈这么(❤´艸`❤)花痴她！"

李严笑起来，回怼道："那你还是嫉妒她。"

敏小白跳起来了，没好气地道："关你什么事哪！"

敏小白做势想丶(°∀°*)ﾉ———ᗯ♪逃开，再一转过脸，就看见宣传栏里竟然也有李严的相片，李严的相片底下有一行"单科状元"的标识，上面也一样有几道划痕，眼睛窝被谁深扎了一刀。

秦小白冷淡地哂笑："你——单科状元？看到了吧，你进校第一天就被人当成假想敌了。"

李严耸了耸肩道:"我不怕。"

"这只鹅缠上喵喵了。"顽小白对尕小白说,"真的像奶奶讲的绘本一样。"

尕小白示意顽小白不要再出声,因为后面出现了严重的情况。

在身后不远处,何瑞喜正在与浇花的花农交谈。何瑞喜眼尾的余光→_→瞟到了敏小白。

X~X糟糕了。

尕小白用眼神示意敏小白,但是敏小白竟然不明白。

敏小白讥讽地回怼李严说:"你是想说因为你牛呗!"

李严不**以为**然地(´-∀-`)轻蔑地笑了:"你**以为**是吗?"

尕小白拉拽了一下敏小白的头发,敏小白抬起头来,这一次她看清楚了何瑞喜,何瑞喜的眼睛是警戒状态,看见他们聊什么她会**以为**是——这太X~X糟糕了。

"休战吧!"尕小白催促道。

"那只大白鹅啰里啰唆地,他还那么拽——我想咬他一口了!"顽小白咬着手指头含糊不清地说。

敏小白嫌恶地横了李严一眼,一猫腰绕到宣传栏后面,∧(¯˘¯)∧飞快地跑开了。^(*¯(oo)¯)嘚瑟什么?!

但是李严不识时务地紧追过来,在露天的楼梯道上追上了敏小白,李严拽住了敏小白的手,敏小白用力甩开了他。

李严的钥匙掉到了地上,那只原来是敏小白书包上的挂件露出来。敏小白差一点点就看见了,但是李严很快躬下身,捡起来攥在了手心里。

"那是喵喵的钥匙挂扣。"顽小白看见了,"大白鹅怎么贪污不给喵喵?"

尕小白也看见了,但是她不打算告诉敏小白。她把顽小白塞到袖口

里，对她唬道："不许出来看，不许再吵！"

李严再一次追上来要拉敏小白的手时，敏小白突然转过身来，怒目圆睁，怒视着李严。

"干吗？"

李严看着敏小白，吞了口口水，有些艰难地道："你不用嫉妒她。"

敏小白的眉毛跳起来："谁嫉妒她了？！"

李严认真地看着敏小白，突然地下了决心。

"我——追你，你别嫉妒她了。"

敏小白跳开来老远，如果这里有一棵树，她可能真会像猫一样爬上去。跟面前的这个男生说话，原来风险指数这么高。

"你说什么？"敏小白说，不能置信。

李严搓着两只手，(✿╹◡╹) 腼腆地继续表白："其实，我一直是——我是真的(*@o@*)喜欢……"

听到这个话，不要说敏小白，就是尕小白也觉得脸热。

李严的话未说完，一股水柱已经冲到他的脸上了。

何瑞喜什么时候抢过花农的长塑胶管，像拿着一杆长枪，神情决绝地过来了。她掐住水龙头用水浇了李严满脸、满身。

李严气急地跳开了，抹了一把脸上的水，火道："你**以为**我是✿花呵——往哪浇啊！"

花农尴尬地过来将塑胶水管夺开了，忙不迭地赔不是。

"对不起，对不起，不是，我……"

何瑞喜一把拽着敏小白，拖着就走。

李严胡乱地试图抹干身上的水，但是脚底一滑摔了一跤，起身来却再滑了一跤。他小心地再起身，花农拉拽着水管又把李严的脚绊住了，再次滑倒。好容易，终于站稳了，才发现敏小白早不见了。

尕小白在这中间使的坏全让袖口里藏着的顽小白看见了，一个劲地 (*^ ^*) 嘻嘻笑。

这工夫敏小白被何瑞喜拖着早走老远了，两个人边走边争执。

"怎么又是他？"

何瑞喜的眼睛是一副"我就知道"的自**以为**是的表情。敏小白转过身来，指着何瑞喜，也是一副"我就知道"的表情回敬何瑞喜。

"你的小脑子不要乱**以为**呵——才不是你想的那样啦！"

何瑞喜一个劲儿地摇头，摇头，尕小白发现何瑞喜的脑子推理出来的**自以为**是的逻辑很吓人。

小白住校→不能再看着小白→小白会碰到别有用心的人→小白会受到诱惑→小白会被骗→小白会被拐跑→小白会受到伤害→小白会有危险

这绝对不可以！何瑞喜急坏了。

形势不妙，尕小白预感到要出事，怎么样提示敏小白——比她敏感、敏锐、机敏得多的敏小白应该也能察觉吧。

敏小白在前面急走，何瑞喜紧紧跟着，她贴近敏小白，声音绵软可亲，她哀求敏小白。

"小白，要不你不要寄宿了。"

敏小白硬生生地摆着一副臭脸对着何瑞喜。

"你少找碴了！以后——我考上大学，会走得更远。"

"(つ*Д`)つ傻瓜！"尕小白(ˇ_ˇ)想~要制止敏小白。

但是敏小白瞪了尕小白一眼，根本不**以为**然。敏小白竟然(/▽\)看也不看何瑞喜，继续往前走，还伸出双臂做翅膀状，她=_=得意扬扬地。

"我要考到山长水远的大学——远走高飞〜(￣〜￣)〜。"

以为

何瑞喜呆愣愣地看着敏小白，眼光木滞，她的呼吸和思想一起停滞了。

尕小白狠狠地戳了敏小白的鼻子一下。敏小白转过身来，何瑞喜发癔症般的神态让敏小白心里一紧。

"妈！"

何瑞喜没有反应过来。

敏小白拽了何瑞喜一下，贴近她的耳边再叫道："妈！"

何瑞喜打了一个激灵，醒过神来，但是她却神叨叨地面无表情地对敏小白要求。

"叫我何瑞喜。"

"为什么？"

何瑞喜看也没看敏小白，只是机械地重复："叫我何瑞喜，叫我何瑞喜，叫我何瑞喜。"

尕小白没有办法做到这个——将何瑞喜脑子里的思想传递给敏小白，这些(╯╰)偷看和猜想出来的东西被禁止传送。如果她那样做，她会像当初影小白似的，还没表达完整就丧失向敏小白传递信息的能力。

这一次何瑞喜的逻辑更荒谬也更可怕。

小白住校→小白离开了家→小白会越走越远→小白会到山长水远的地方→小白会让她找不到→从此会失去小白→再也看不见小白→小白会失去联系

但是，但是何瑞喜终究拗不过敏小白。

奶奶守着坐在阳台上发癔症的何瑞喜一星期，说了一百遍"你不要乱**以为**，自己吓到自己"后，何瑞喜不再吓自己，她总算可以接受了敏小白住在学校里的事实。

敏小白的高中时代一开始就遭遇了对宣传栏里"别人家的孩子"的注目礼，要达到那样的高度，在同一个层次上PK，敏小白需要用加倍的努力才可以。

你**以为**呢？这并不容易。

远近的宿舍楼和教学楼都熄灯了。校园的夜晚寂静安宁，知了的鸣叫声更增添了夜晚的深邃和辽远，所有的低吟碎语都被湮没了，月亮从树荫的罅隙里一点点蹭出来整张脸，星星变得黯然了许多。

敏小白蹲在昏暗的路灯底下背书。尕小白看到敏小白憋足了力气，她的背书是用啃的，咬紧了牙关，拼命的架势。

"好厚的书？"顽小白过来，咬着小手指甲盖呢喃道。

尕小白四下里看了看，顽小白过来，她知道那只"白鹅"的男生又要与敏小白不期而遇了。

"你**以为**呢？"尕小白道。

这会是顽小白看奶奶绘本的第六页，这一次尕小白很想阻止顽小白翻页。

但是，顽小白还是翻页了——

以为

　　好几天,喵喵终于想到了练习成为所有人瞩目——反正要比大花斑鸠和大白鹅更出众的方法,那就是每天在大花斑鸠和大白鹅还没醒来的时候就开始训练;在大花斑鸠和大白鹅睡觉了以后继续练本领。

　　喵喵想好了以后就开始行动,加倍地训练自己。

　　但是,喵喵的这个秘密却很不巧地被大白鹅发现了。

　　"你偷跑了吗?"大白鹅这样问喵喵,"你害怕花斑鸠了吗?"

　　"才没有!"喵喵这样回答。

　　你们之前一直偷跑了好久,喵喵想,别以为我不知道。

　　总有一天我会跑到大白鹅和花斑鸠前面,喵喵这样想。

一辆校车驶进了学校，在操场不远处停下来。

十几个穿着运动服的男生过来，李严果然就在其中。他抱着一个篮球，有三个教师和校工模样的人也下了车。

一个老师吩咐道："今天的比赛打得不错，现在已经晚了，回到宿舍要轻手轻脚，不要惊动已经休息的同学。早点（つω｀）~睡觉，休整一天，后天再战。"

老师说完，李严和阿杰几个男生边说边笑着走开去。李严突然感觉到了什么，他将篮球塞给了阿杰，转身。

阿杰回头瞥了两眼，看到了玻璃房自助图书室里的敏小白，别有意味地打了个呼哨，狠狠地拍了两下球。

李严已经踅进了自助图书室，蹑手蹑脚地靠近敏小白，没有惊动她，只是对着她蹲下来，饶有兴味地看着她。

敏小白一抬头看见了李严，有些诧异。

"你不会吧，高一就把自己逼成这样？"李严这样说。

敏小白冷淡地白了李严一眼，起身走开。李严跟上来。

"因为魏群？"

"少自**以为**是！晚上不要跟我提鬼！而且还是一群鬼！"

敏小白头也不回地回怼过去，然后拉开门出了自助图书室，快速跑向女生宿舍。

"太看高自己，自**以为**是了吧。"敏小白在心里说。

"就是，瞎ˆ（*￣(oo)￣）ˆ嘚瑟个什么？！"尕小白在敏小白心里这样回应她。

李严挠着自己的头皮，不晓得自己哪句话又惹着这个好像越来越吸引自己的普通的、特别的、平凡的、奇怪的女孩。

"大白鹅就是（ˇ＿ˇ）想~要缠住喵喵。"顽小白很肯定地嘟囔。

这很X~X糟糕。连一个小屁孩都可以看到李严的心思，这实在是不可小觑的严重的事情。绝对不能任其发展！绝对不可以让何瑞喜有所察觉！尕小白(ˇ_ˇ)想~道。

自从知道了爸爸牺牲的情况和何瑞喜的一些秘密，影小白就变得惴惴不安起来。现在再了解到何瑞喜因为升上高中的敏小白住到学校而寝食不安，影小白就每到晚上悄无声息地跟着何瑞喜。

影小白写了一首楼梯诗放到敏小白房间的电脑桌面上。

一
丁丁
小·种子
掉到心田间
战战兢兢发芽
抽出细细的枝条
生长绿油油的嫩叶
绽开姹紫嫣红的花朵
花瓣飘呵飞呵迎风翩跹
香气氤氲花吐蕊蜂蝶嬉戏
空气里弥漫的团团落花飞絮
有一天会结成果实再落到心田

影小白(ˇ_ˇ)想~要何瑞喜看见。诗的名字叫《花田》，是写给何瑞喜的。

种子从花田里发芽生长开花以后结成果实还会落在花田，影小白**以为**这首诗可以安慰何瑞喜。

天色渐晚了,何瑞喜一直窸窸窣窣地不知道磨叽什么。但是她又推开了敏小白的房间门,像一个纸片人(~ ̄▽ ̄)~飘飘忽忽地进来了。

　　电脑开着,屏幕上是敏小白的相片。

　　影小白在心里念着希望何瑞喜看得到她写的楼梯诗《花田》,然而何瑞喜对着电脑上的敏小白,只是放下了一杯开水。

　　何瑞喜并没有看见。那些好像水印一样隐约若现的文字要很仔细才可以看见。

　　很仔细地看——那需要很充足的精气神,很兴奋的样子。但是何瑞喜现在根本没啥精气神,她是很(ˇ_ˇ)郁闷的样子。

　　何瑞喜关上了电脑。她再(~ ̄▽ ̄)~飘飘忽忽地到了小白的床边,床上的席子上是一个用彩笔描画的人的身影,好像秦小白就在床上躺着一样。

　　何瑞喜将毛巾毯拉过来,小心地给那个影子盖上,然后蹑手蹑脚地再(~ ̄▽ ̄)~飘飘忽忽出去了。

　　"小白,睡觉了。"何瑞喜小声地道。

　　影小白觉得气压好低,好压抑,一会儿应该会下雨吧。她的眼睛看不清了,因为那里面已经在下雨了。

等待

🎬 敏小白、尕小白和莽小白等

等待的时间总是特别漫长，更何况是无约的**等待**。**等待**花开，**等待**生长的日子寂寥而枯燥，但是把**等待**放在生命的尽头的那个人，**等待**好像就是她生命的意义。

——摘自《秦小白日记》

敏小白躺在床上，她的QQ头像还在电脑上一闪一闪。从这一天起，敏小白写下了她的个性签名。

远走高飞へ(￣︶￣)へ，我要考到山长水远的大学。

敏小白睁着眼睛，望着蚊帐顶。月光照射在她的床上，床头堆满的书印在月光里。

"喵喵要读的书好多呵。"顽小白慨叹。

敏小白的心里有些=_=^得意。考到这所重点高中过寄宿生活，可以一星期躲开何瑞喜的监视，这让她尝到了甜头，她希望这种安谧的日子可以更加长远，她开始计划着努力再努力，**等待**时机，考到山长水远的北方的大学去。

"那需要先打败好多鬼那么聪明的家伙。"尕小白在敏小白的心里回应说。

鬼那么聪明？好像魏群，不只是——

"那只大花斑鸠，大白鹅，还有……"顽小白咬着手指头计算。

敏小白在心里盘算着一千八的成群女鬼，她有信心努力，直到**等待**有一天，她会一个个打赢他们。

莽小白最能打仗了。她这天来到了敏小白的梦里，描上了粤剧舞台的花脸，变成了捉鬼的钟馗。只见钟馗生得豹头环眼，铁面虬髯，相貌奇异，咿呀开嗓念唱，与众鬼一顿厮杀，好不酣畅。

"摆列着，破伞孤灯，对着那鼓乐箫笙，光灿灿，剑吐寒星。"

"好耶！"顽小白拍巴掌，"喵喵越来越（。^▽^）厉害！"

尕小白也这样以为，敏小白这么努力——这般学霸、考圣、牛状元以及年级学科魔王、大鬼、小鬼，**等**着，**待**敏小白杀将来，会片甲不留。

何瑞喜**等待**不了那么久。

要到周五晚上才可以看见敏小白在何瑞喜看来是不可以忍受的。与其说她终于接受了敏小白住校的事实，不如说她找到了陪伴敏小白的方法。自此，她不需要孤零零地徒然地**等待**。

省外国语学校附中对面的这家咖啡馆很有情调，客人以学生、老师为主。何瑞喜成了常客。不对，那不叫客，她成了跑堂，义务的。

这天傍晚，何瑞喜准时出现了。

店里的老板娘四十来岁，头发剪得很短，略微发福，她跟何瑞喜很熟络地招呼。

"来了！"

何瑞喜轻车熟路地进了柜台，在柜台下面拿了条围裙出来，系上，开始忙活，店里的活计她很熟悉。

老板娘一边整理账单，一边搭讪。

"瑞喜，你差不多是天天过来帮忙？"

何瑞喜嘟着嘴，冷冷地回怼道："都说了不是帮你，是为我自己。"

店小二搬过来一箱饮料，跟着插话："街道办是贴心人嘛！"

老板娘停下了按计算器的手，一边指示店小二把东西放到货架上，一边望着瑞喜道："小白是大丫头了，不用担心。"

"你哪里知道，又不是你家的？"

老板娘无可奈何地点头，笑了。

"你不放心小白，天天过来白干活，如果你这样一直**等待**下去，小白高中三年念下来，我们不是占大便宜了？"

有一个总是系着各色丝巾的烫着小波浪短发的女子，是这里的常客，几乎每天晚上过来，坐在窗子边靠后的位置，那里的墙边有插座，她来了就给笔记本电脑插上电源，然后在那里写作。

她在许多杂志开辟专栏，她的微博名和贴吧名是水蜜桃。

她注意到了何瑞喜每天傍晚来咖啡馆，她还注意到了何瑞喜总是眼睛望着学校的情况。

还在何瑞喜来咖啡馆的第三天，水蜜桃在贴吧上写下了这件她还没有搞清楚但是很奇怪的事情。

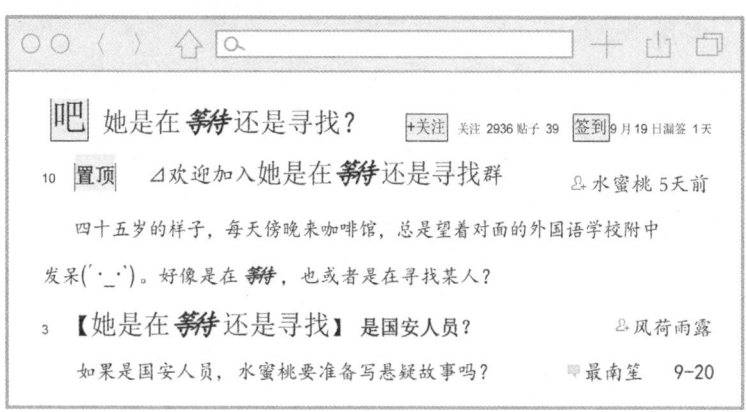

```
○○ 〈 〉 ↑ 🔍                    ＋ 📁 □

吧  她是在 等待 还是寻找？   ＋关注  关注2936 贴子39   签到 9月19日漏签 1天

10  置顶   ⊿欢迎加入她是在 等待 还是寻找群      ♀水蜜桃 5天前
    四十五岁的样子，每天傍晚来咖啡馆，总是望着对面的外国语学校附中
    发呆(´·_·`)。好像是在 等待，也或者是在寻找某人？

3   【她是在 等待 还是寻找】是国安人员？       ♀风荷雨露
    如果是国安人员，水蜜桃要准备写悬疑故事吗？   💬最南笙  9-20
```

戚小白很熟悉贴吧这个领地，她曾经希望这样就可以找到团委叔叔。戚小白发现水蜜桃适时发表了这个后，好奇跟帖者好多，各样的猜测都有。

戚小白觉得酸楚难过，她直接闯入水蜜桃的眼睛里，水蜜桃就感觉到眼睛湿润（ˇ_ˇ）想~要流泪。

一星期后，水蜜桃在微博上贴出了一段流眼泪的文字。文字的题目是《等待》。

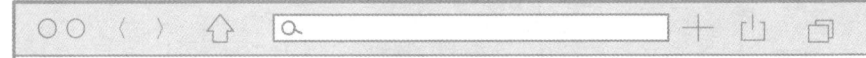

等 待

看见她到这里来一周，我跟她有些熟了。这天客人不多，我开始跟她聊天，她聊的话题只有她女儿，那个叫秦小白的女孩。

"我把所有的衣柜都整理过了。"她说。

"每个时期的衣服——如果那衣服是她最喜欢的，就算是她长高了再穿不了我也会收着。现在我把它们全部拿出来清洗过、晾干了，叠好，放回到衣柜里。"

"**等待**哪一天她回来，就好穿上。"

"我把家里的鞋子也洗得好干净，白球鞋我刷了白粉，雪白雪白；皮鞋我刷了油，锃亮锃亮。"

"**等待**哪一天她回来，就好穿上。"

"但是，我不知道接下来我要做什么。"

"我还可以做什么呢？"

"我们一直是两个人，在这之前每一天都是的。"

我对面的她这样跟我絮叨着一直说一直说，她听不到我的回应"**等待**到周末她就会回来"。

> "我们有两个房间的——两个,可是现在我一个人在里面,空洞洞的,我觉得我的心也空洞洞的。我想了好久,我得补上这个空洞。"
>
> 我听她说,看着她的脸,她是认真的,她好像真的可以看见那个空洞。她是认真地(ˇ_ˇ)想~要补上那个空洞。
>
> "所以你每天过来?"
>
> "对。"她点头,继续说。
>
> "但是她已经长大了,而且你怎么也不可以把她从学校拉回家里去的吧?"我拉了她一下,好让这个女人可以听见我说话。
>
> "当然不会拉回到家里去,但是我可以过来呵。我以为我还是要看着她的。她哪里长大了,在此之前她没有哪一天离开过家的,她还不行呢。
>
> "我就在这个门口**等待**着,如果老师没有看得住她,她跑了出来,那我就可以知道是不是?"
>
> 我不能回答她的话。

水蜜桃刚要写"我想劝她去看看心理医生吧",戚小白坐在水蜜桃的眼睛里"嘤嘤"地(T^T)哭起来。

然后她就看见水蜜桃的微博下面即时回应了很多的眼泪贴。这里快要成为水吧了咧。

"及时雨"在底下回复。

> 怎么我觉得好像是我妈妈一样。
>
> 我 13 岁考入省体校那年,过了一个月,妈妈就坐着火车过来,

趴在我学校铁栏杆的围墙外**等待**着,希望我可以刚刚好跑出来看到她。但是她看到我到了操场外,却看着我被老师训练得~~(>_<)~~哭得好惨, 妈妈也(ノへ￣、)抹眼泪哭。老师轰妈妈走,不然叫妈妈把我领回家去。妈妈只好走,但是一直(T︿T)哭一直(T︿T)哭,~~~~(>_<)~~~~哭得好惨。

及时雨 9-27 21:17

"想得辽远"在底下回复。

等待出嫁那几天,妈妈也是一直对着衣柜清理。我看见我婴儿时的绣花肚兜竟然再也把持不住了,抱着我妈一直(T︿T)哭,~~~(>_<)~~~泪流成河。

想得辽远 9-27 21:19

"关关雎鸠"在底下回复。

小时候总是喜欢踩水,每天穿着油光锃亮的皮鞋越发(ˇ_ˇ)想~要去踩水,踩得鞋子上全是泥水渍,回来被妈妈训、挨爸爸打,心里好讨厌他们。**等**到自己做妈妈了,真是好想自己的妈妈——你这个帖子,弄得我一晚上什么事也做不了,好想(T︿T)哭呵。

关关雎鸠 9-21 22:01

水蜜桃把尚未发上去的"我想劝她去看看心理医生"一行字删掉了。她的眼泪喷涌而出。**等待**哪一天——不要，就是明天，她要跑回到四川自贡的那个寨子里去，抱一抱她的母亲。水蜜桃这一刻这样想。

这一天，戚小白看见奶奶也跟进咖啡馆来了。何瑞喜在忙着收拾桌面。奶奶看见何瑞喜凑上来，深深地叹了一口气。

"你别说，我还真想不到你能跑这来……还每天都来……既然这样，你干吗不直接守在校门口？"

何瑞喜回了一次头，摆手。

"不能！小白狠着哪，她说我要到学校来找她，她就不在这个学校念了。"

奶奶白了何瑞喜一眼："她能退学？"

何瑞喜深深点了点头，恨恨地："小白她会！"

"千辛万苦考到的重点学校，小白她会退学？"奶奶根本不相信。

何瑞喜再回了一次头，望着奶奶，赌气地："小白她做得出来！"

奶奶生气了。她要拿掉何瑞喜手里的抹布，但是何瑞喜却躲开了，不给奶奶抢。

"瑞喜，快别干了，今天是什么日子你记不记得？"

何瑞喜转过脸来，她的眼睛直了，她看见了什么。

"今天是你的生日啊，我还叫了小白出来。"奶奶郑重其事地告诉何瑞喜。

何瑞喜像|(-_-)|没听见似的，仍然直直地看着前面。

奶奶也循着何瑞喜的视线，狐疑地转过脸去看，一群打篮球的男生进来了，李严在靠窗的位置坐下来，对最靠近的那个男生指示说："一定要注意战略，有的时候就是要有耐心，**等待**对方的空当，再迅速出击，把对方拿下！"

何瑞喜过去，推搡了一下奶奶："就是他啦！"

奶奶不解地问："什么就是他了？"

何瑞喜小声嘀咕："你听他说什么——**等待**对方的空当，再迅速出击，把对方拿下！"

奶奶一脸懵怔地望着何瑞喜。

何瑞喜却自顾自思索着，完全没有留意到奶奶的反应。她好像意识到了严重性，眉头皱了起来。

"他是个危险人物！妈，你看是吧？"

奶奶有些嫌恶地拽了两下何瑞喜的衣服。

"都说什么，什么危险人物！"

何瑞喜被奶奶这一拉拽，从臆想的世界回来了。她直愣愣地望着奶奶，像突然反应过来。

"你刚才跟我说什么，你还叫了小白？"

奶奶越发(ˋ^ˊ)生气和、(╯▽╰)╯无奈。

"跟你说什么你听不见一样！你傻了吧——算了，我去找小白！"

奶奶说着撇下何瑞喜出了咖啡馆，何瑞喜转脸再盯住了李严，一边继续干活一边留意着他和几个男生说话。

何瑞喜这只大雕傻了的话会是"沙雕"，网络上这个词常常跳出来，顽小白理解不了，她只能看到字面的意思。

顽小白跳到了冰淇淋机旁边，嗅了嗅草莓、芒果的香味，吧唧了一下嘴巴。看见了"大白鹅"，顽小白就可以自动地续接奶奶给她的绘本。这是第七页——

一天，沙雕来到很漂亮很漂亮全新的开阔地找喵喵，沙雕看见了大白鹅，沙雕想：跟踪大白鹅就一定可以找得到喵喵。因为沙雕早发现大白鹅对喵喵有所企图。

　　喵喵还有好多的本领要学习，沙雕不能让大白鹅影响喵喵。

　　沙雕是习惯在天上飞的，在地上就跑不快，走路很沉重的样子，而且这样跟踪是不能被发现的。沙雕那天跟着大白鹅跑呵跑，结果从高处(┳__┳)↘跌落了下去，摔伤了。

"这里明显有一个破绽，"戚小白对顽小白说，"雕才不会从高处(T_T)↘跌落摔伤，雕有翅膀，她会∧(￣︶￣)∧飞呵。"

"但是，她没有∧(￣︶￣)∧飞呵！"顽小白把小手比到背后，像翅膀那样扇动了两下，回怼道，"她忘记了她有翅膀。"

一只雕会忘记自己有翅膀，这真是一只沙雕。

事实上，何瑞喜这只雕真的摔伤了，而且摔得很重。她在追踪的一刻忘记了脚下的台阶。

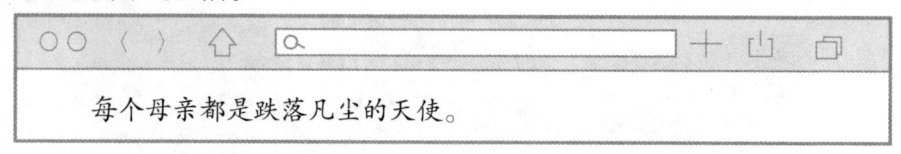

每个母亲都是跌落凡尘的天使。

戚小白看见水蜜桃在微博上删掉了"我想劝她去看看心理医生"那行字后，写下了上面这一行字。

李严的脸一直贴着玻璃，一边与几个男生聊着闲话一边留意着外面，好像在**等待**着什么人什么事，突然他像看到了什么，起身从座位上出来，他很快地闪出了门。

何瑞喜停下了手里的活计，向窗外看。她瞪着(◑‿◐)金鱼眼，她看到了——这些天她一直**等待**着(ˇ_ˇ)想要看见的敏小白，但是现在看见了却显然不是她(ˇ_ˇ)想~要看见的。

敏小白出了学校大门，正登上人行天桥的台阶，往地铁口方向走。

天开始下小雨，淅淅沥沥地。但是风刮起来，敏小白的小雨伞被风刮得有些吃力，她索性将伞收了，紧跑几步进了地铁闸口。

奶奶在另一个街口的对面，她向着敏小白靠过去，准备到前面的人行道横过马路。

李严很快从奶奶的旁边擦身过去，奶奶趔趄了一下，李严跑向敏小白，插到敏小白跟前拦住了她。

敏小白看到李严有一些诧异。

这应该不会是凑巧,他会是一直在这里**等待**着她的吗?敏小白心里有些疑惑。尕小白在敏小白心里回应说:是的,他好像就是赖上了你,你Σ(っ°Д°;)っ怎么办?你Σ(っ°Д°;)っ怎么办?

"那还能Σ(っ°Д°;)っ怎么办?"敏小白这样回怼尕小白。

敏小白对李严一副不理不睬的神气,自顾自往前走。李严跟上来,与她走成了并肩的阵势。

"我叫你去看球你怎么不去,现在我们已经比完了。"李严说。

敏小白"哦"了一声。

李严有些尴尬,但是他的脖子梗起来,他开始与敏小白较上劲了。

"我们比完了,你还准备去哪儿?"

敏小白不以为然地道:"当然不是去看你们打球了。"

李严的表情既失望又ヽ(′▽`)ノ无奈,他有些没词了,结巴起来。

"那你现在这是——"

敏小白→_→斜睨了李严一眼。

"这是我自己的事!"

李严固执地追问:"你这时候要去哪里?"

你管得着吗?尕小白在心里说道。

怎么甩不掉他?戚小白着急了,得甩掉才行,若不然**等**到何瑞喜上来抓个现形,给何瑞喜这只沙雕的小脑袋一思想就说不清楚了。

敏小白不理李严,快走几步到前面去上了扶手电梯。她说话的语气也重起来,很恼火的样子。

"说了,这是我自己的事!"

李严却紧跟着敏小白乘扶手电梯往下走,他还紧跑两步,再一次跟敏小白站成了并排。

敏小白转过头来，眉头皱起来。

"干吗？我请了假，我不回学校了，你干吗这么跟着我？！"

李严愣了一下子，突然拖住了敏小白的手。

李严大喘气地、窘迫地看着敏小白，道："敏小白，那就算我找你，我（*@o@*）喜欢你！我想追你！"

何瑞喜什么时候已经追到了地铁口，站在行人楼梯台阶最高处往下看，她看见了李严拉扯敏小白。

何瑞喜大声地喊："小白！"

但是敏小白和李严的扶手电梯已经下到最底下，他们从电梯上下来，过了一个拐弯处，看不见了。

地铁里的广播本来放着音乐，突然变成了播放通知。

"四号线到万胜湖的最后一班地铁今天至22：00停止营运……"

何瑞喜急切地跑下楼梯，要追上去。奶奶也赶过来了，大声地对着下面喊："小白——小白！"

广播还在以普通话、粤语、英语的方式轮番播放通知。

"四号线到万胜湖的最后一班地铁今天至22：00停止营运，请乘客们注意播报信息，不要错过尾班车……"

广播的声音将何瑞喜和奶奶的喊声淹没了。

尕小白感觉被哪个狠狠撞了一下。莽小白早已**等**不及了，她顺着人行阶梯的扶手滑下去的，她跳到一个中年男人的眼睛里，那男人眼睛花了一下，行李箱从手上滑出去，重重地滚下了台阶，差点儿砸到了李严的脚，李严跳开来。

敏小白犹豫着，但是仍然矜持地站着没有转身，李严从后面跑上来，抓住了敏小白的手。

"跟我走，我带你去一个地方。"李严说着不由分说拽着敏小白向前奔跑起来。

"小白——小——白——"

何瑞喜三步并作两步地从前面的人身边插过去跑下楼，她叫应着敏小白，但是她的喊声却猝不及防地突然被拦腰切断了。

一脚踏空，何瑞喜从楼梯一节、一节、一节(┬_┬)↘跌下去了。

时间在这一节、一节、一节的楼梯上停滞下来。

有人惊呼，一些人围拢上去，这边楼梯乱成一团。

奶奶大惊失色地喊着"瑞喜！瑞喜！"跟跟跄跄地跑下来。

敏小白好像听到了喊声，回头。

"你还愣着呵，何——"夯小白(ˇ_ˇ)想~要传递的信息被截断了，她"呵呵"地再发不出声来。

敏小白没有看见何瑞喜。

夯小白无法把敏小白没有看见的情况告诉敏小白。

"Σ(っ°Д°;)っΣ(っ°Д°;)っ怎么办怎么办？"莽小白急道。

有人围上来时再一次冲撞了中年男人的行李箱，惹恼了中年男人。夯小白就坐在中年男人的喉结上声嘶力竭地吼起来。

"挤什么挤什么，没看到把人都挤得摔倒了吗？"

夯小白希望中年男人的声音可以传递给敏小白。然而并没有。

敏小白再一次转过头来，她好像看到了楼梯边乱成一团的情形，但是没有察觉什么。

李严拉着敏小白从人群穿过，两双青春的脚步让时间变慢了。

李严和敏小白来到了地铁站台上，肩并肩站着。一辆地铁呼啸着开过来停住，车厢门打开。李严和敏小白走进了车厢。

这一节车厢里除了他们两个人，再没有别人。

莽小白和夯小白就趴在车窗上。

然并@（省略了脏话，但是真的"捉急"呵）。

地铁还是启动了，载着两个单纯的懵懂无知的少年开出了车站。

有一个人一直**等待**着。

今天是何瑞喜的生日，罗阳是想见一见她的。他想为她做点什么，一直就想着可以为她做点什么。

车身上标识"锐风电器"的面包车从滨海市的街道呼啸而过，载着何瑞喜。

"幸而碰巧你就在附近。"奶奶感叹地说。

"才不是碰巧。"尕小白看着莽小白，心有灵犀。

之前莽小白发送的"伊妹儿"信件使得罗阳留在了原地，他没有离开，**等待**着有一天合适的时机他可以成为合适的人。

戚小白攥紧了奶奶的胸口，她终于想到了打电话给敏小白。

"小白，快来，瑞喜出事了！"

敏小白接到奶奶的电话，就∧(￣▽￣)∧飞跑着过来。最后一班地铁后，她只能**等待**公交车，夜间半小时一班车她**等**不了，撒腿就往医院的方向跑。

敏小白穿过医院的大堂来到急诊室时，已经快把胆汁跑出来了。

辛主任和于所长都在急诊手术室外面焦急地**等待**着，搓着手、徘徊，干着急。

罗阳在窗口边抽烟，神情冷峻。

奶奶坐在诊室外的长椅上，看见敏小白上气不接下气地跑过来，立时站了起来。

奶奶的脸涨得通红，她好像憋了许久，终于像倒豆子一样数落敏小白。

"小白，你搞什么啦，才进学校就和男生拉拉扯扯的，瑞喜就是着急

你才一脚踩空的，你知不知道？！"

敏小白按着有些绞痛的小腹，委屈地嘟囔道："不是你们想的那样啦，大惊小怪！"

奶奶更加震怒了，不由分说地劈头盖脸地斥责。

"你少来，才不冤枉你——瑞喜说那个男生初中就和你认识的！"

敏小白又急又恨，⌒(╥﹏╥)⌒眼泪掉下来，她跺着脚发誓言一般。

"说了不是你们想的那样，奶奶也像妈妈一样脑子坏掉了！"

敏小白话没说完，奶奶已经甩了一个巴掌给她。

"你凭什么说瑞喜，你能不能懂点事！要是瑞喜有什么三长两短的，我将来下去了可怎么向你爸爸交代！"

敏小白つ＿⊂捂着脸，惚怔了好半天，反应不过来，她直勾勾地看着奶奶，好像看着一个陌生人。

终于敏小白突然"哇"地~~o(>_<)o~~大哭起来，嘶喊了一句"我怎么了"跑掉了。

罗阳在走廊一侧站着，见此情景追出去。

奶奶错愕地捶胸顿足道："Σ(っ °Д °;)っΣ(っ °Д °;)っ怎么办，怎么办呵？！"

辛主任揽住了奶奶的肩，拍打了两下，劝慰道："幸而只是伤着髋骨，没有大碍。**等等**，给点时间，瑞喜她会好起来，小白也会慢慢(o˘v˘)ノ明白懂事的。"

一名医生出来了，奶奶和于所长、辛主任迎上去。

"手术情况很好，住院留医一个月应该能康复。"

医生的话让奶奶和于所长、辛主任长长吁了一口气。

等待一个月并不长，但是在这一个月的**等待**里，跟此前乖戾的自己分手，敏小白花了好大的周折。

出院的这天,还是罗阳一清早就开了面包车来接,一直把她们送到金南湾小区住处的院落。

"罗阳是有心的。"尕小白望着莽小白说,真心为莽小白当初勇敢发出"伊妹儿"点赞。

"是真心。"莽小白回答。

奶奶和敏小白小心地将何瑞喜架下来。罗阳过来递给何瑞喜一副拐杖,何瑞喜拄着拐杖慢慢往前走。

奶奶一边扶着何瑞喜一边叮嘱:"小心,瑞喜。"

顽小白像个小蜜蜂一样∧(￣︶￣)∧飞过来。莽小白和尕小白相视看了一眼,心领神会。不用说,顽小白又要翻开那只大白鹅的绘本。

这是第八页——

一天又一天,受了伤的沙雕还没有**等**到伤好,伤筋动骨一百天,那需要**等待**很长的时间。不能守护喵喵让沙雕很不安心。她好担心大白鹅会乘虚而入,花言巧语地就把喵喵给拐走,喵喵会因此荒废了学习。

那绝不可以——喵喵以后要做大事,喵喵还有好多本领要学习,不可以给大白鹅耽误了。

沙雕想到不可以守护喵喵,那就想办法看住大白鹅。沙雕就拜托了传说中能传书的鸿雁和鲤鱼,于是接到鸿雁和鲤鱼传书的大白鹅的家人和亲戚都严阵以待,大白鹅的行踪就被人跟踪和控制了。

大白鹅急得跳脚,发誓找沙雕算账,并且要对喵喵(σ'ω)σ告状,揭穿沙雕的"诡计"。喵喵如果知道会跟沙雕干仗。

但是这一次,喵喵明明知道了却跟大白鹅干了一仗。

尕小白和莽小白听到顽小白念道"但是喵喵明明知道了却跟大白鹅干了一仗",有些吃惊,但是却会意一笑。

她们**等待**着这一天,这意味着敏小白与此前发生了根本的改变。

李严忽然从哪里闪了出来,他在这里**等待**很久了吗?他是有备而来的。

李严愤恨的眼睛透着杀气,他扫视着何瑞喜和敏小白。敏小白感觉到什么,转脸向何瑞喜寻找答案,何瑞喜的脸别到一边去。

李严就▅▅┳─═一∵∴∵‥∵(∵_,∵)>>>>机枪扫射一般地开火了。

"阿姨,我想问你,你这人有没有心?为什么事情做得这么绝——我和秦小白什么事也没有,你犯得着打电话到我家跟我妈说、到我爸的单位跟我爸说、到我外婆的街道跟我外婆说……还打我郊区的舅舅的手机跟我舅舅说、给我国外的姑姑发电子邮件跟我姑姑说……有必要吗,满世界去说!"

敏小白再度变成(◉_◉)金鱼眼,望着何瑞喜,满眼是火星文。

(σ`д´)σ　　(○´·д·)ノ　　(*/ω*)　　(*/ω*)　　(。_。)
　　不是你　　　 震惊　　　　脸红　　　　捂脸　　　　低头

敏小白**等待**何瑞喜给她解释,给她答案。何瑞喜感觉到了,转了一次头,有些心虚地→_→瞟了一眼敏小白,不言语。

何瑞喜没有可以解释得通的答案,敏小白有些失望。

李严抖出长长的一张纸,撂给敏小白。

李严告诉敏小白:"这是你妈发到学校去的传真……"

何瑞喜立刻附在敏小白耳边小声地道:"上面没有名字的。"

李严也(◉_◉)瞪大了眼,不屑地╯⊙o⊙╯冷笑:"你当老师傻吗?猜也猜得到!"

罗阳原来发动了车子要走,看到了此情此景,连忙从车上下来,拢过来，关切地看着眼前发生的状况。

李严→_→瞟了一眼敏小白，提高了嗓门，脸红脖子粗的样子。

"秦小白，"李严说，"你知不知道你妈把我们两个毁得多狠！满世界去宣传！"

罗阳拉开李严："你这孩子怎么跟人这样说话？什么态度？"

李严不理会旁人的劝诫，他像一辆开足了马力的坦克，根本刹不住，以碾压之势怒目圆睁地对着何瑞喜。

"你是想秀下限吗？表示你很有办法捞出别人家的底细吗？你在街道办神通广大是吧？"

不要——不想再**等待**下去了。

何瑞喜没有答案，敏小白有，她来给答案。敏小白这样想，便横下心豁出去了。她突然将传真纸甩到李严脸上。

李严倒退了一步，后脚差点踩着罗阳。罗阳不满地推搡了李严一下，李严慌乱地抓着罗阳的肩，裤口袋里的钥匙掉了出来。

顽小白、尕小白和莽小白的眼睛都粘在了钥匙上，瞪大瞪圆了——(◉_◉)(◉_◉)(◉_◉)金鱼眼，金鱼眼，金鱼眼。

敏小白也瞪着(◉_◉)金鱼眼。这一次她真真看清楚了钥匙扣上自己的挂件，她狠狠地瞥了李严一眼，没等李严弯下身，已经抢先一步将钥匙捡起来，一把将挂件拽了下来。

秦小白冷淡地、凶巴巴地看着李严，将钥匙甩给他。

秦小白厉声道："是呵，就是神通，吓着你了？！说了又怎么了！满世界去说你又怎么样了！"

李严感觉有些突兀，这是从哪里杀上来一支队伍，缴了他的枪一样，他完全哑火了。

"你神——你神经错乱了？"

"你才神经错乱了！"敏小白对着李严就差没打一闷棍了，"你在这里横什么——她是我妈，我高兴她去宣传你管得着吗？"

敏小白说着过去扶住了何瑞喜，旁若无人地与何瑞喜一起往前走。

李严没想到敏小白的反应是这样的，一下子(-@y@)懵怔在那里了。

何瑞喜很意外地看着敏小白，敏小白有些不自然地别过脸去。

顽小白咬着脚趾头拍巴掌。

"喵喵跟大白鹅干仗干赢了！"

尕小白和莽小白也会心一笑，敏小白比她们更加有战斗力，她们看到这样，一阵窃喜。

真心

🎬 敏小白、尕小白和莽小白等

我后来知道，若有一个人，不论你样子丑、性格古怪、做事太不济，没有来由地跟随你，你疼便跟着**真心**疼痛，你喜便跟着**真心**欢喜，那个人不会是别人，就在你身边，一直**真心**看着你。

谁家的她都一样，再奇怪的她——其实**真心**讲哪里有什么区别。

——摘自《秦小白日记》

敏小白如果发起狠来是很有爆发力的，敏小白若下了决心开掘，潜力是很惊人的。

顽小白♪(^▽^*)哼唱起《逢考必胜歌》。

　　　　默单词背公式答习题
　　　　默默默背背背
　　　　滴答滴答滴答
　　　　背到不认识偶自己是自己
　　　　默到不晓得偶嘀神在哪里

戚小白拉着影小白╱(o▾o ✿)╱跳舞。

真心

考试好像我烹炒的小·菜一碟
盘你　盘你　盘你
试卷就似我亲吻的浮云一片
稳（吻）过　稳（吻）过　稳（吻）过

尕小白和莽小白就猜到了会有不可思议的事情要发生。
那个事情叫成果。
努力就会有成效。

考试我要一鸣惊人吓死旁人
满分　满分　满分
考完老师亲切慈祥唤我——"过儿"
过　过　过　过——过儿

面对着教导处主任，敏小白惊讶得一时有些不知道如何回应。
"我？！可以吗？！"
教导处主任对她很肯定地点头。
"你还愣着干什么？这一届的新加坡交换生——女生中你和魏群是候选人，在你们两个中间选拔一个！"
"是那个大花斑鸠哎！"顽小白记得这个，"喵喵要跟大花斑鸠PK了吗？"
戚小白、影小白、莽小白和尕小白（ ¯︶¯）骄傲地齐声应道："那又有什么了不起？"她们一致认为，敏小白的实力现在今非昔比，**真心**不错滴。
这个消息好像胸口撞鹿，在敏小白的胸口上扑腾了一整天。
从教导处出来，敏小白一路ヘ（¯︶¯）ノ飞奔下楼，仿佛脚底生风。

"喵喵（~ ̄∇ ̄）~飘起来了，喵喵ヘ(̄～ ̄)ヘ飞起来怕也不是不可能的！"

戚小白、影小白、莽小白和尕小白齐声应道："那是！"

在教学楼的另一侧的楼梯，李严看见了敏小白，他迅速地坐到扶手杆上滑下来。

敏小白在楼梯拐弯处撞到了一个人，她抬起头来，看清是李严。

敏小白(ˇ_ˇ)想~从李严身边绕过去，但是被李严拽住了衣角。

"和魏群竞争，现在你是她的对手了！"李严说。

敏小白自顾自往前走。李严撵上来。

"你管好你自己的事吧！"敏小白边说边甩开李严下楼。

但是李严却再一次凑近上来。

"我们一起去！"他说。

敏小白的眉毛挑起来，眼睛里满满的疑问钩子。

"我们？"

莽小白忍不住(ˇ_ˇ)想~要上去助攻了，但是尕小白拉住了莽小白。她分明看得到敏小白的**真心**，那里面单纯得一尘不染。

敏小白可以应付得来这件事。

"喵喵要不要再跟大白鹅干一仗？"顽小白咬着手指头咿呀道，但是被戚小白捂住了她的小嘴巴。

"你不是(ˇ_ˇ)想~要远走高飞ヘ(̄～ ̄)ヘ吗？"李严挑衅地道。

连这个也注意到了，

影小白看着李严想道，这个男生还真是用了心思在敏小白身上的。

敏小白果然有些诧异，但很快镇定下来，白了李严一眼。

"你的网络签名写着：远走高飞へ(￣▽￣)へ，我要考到山长水远的大学！你还是**真心**(ˇ_ˇ)想~要离开你那个神神道道的妈，你努力不就是为了这个？"

敏小白胸口里的那头鹿被惊到了，冲出来要一路狂奔，小蹄子蹬到"大白鹅"脸上，毫不留情。

"你妈才神神道道呢！"

敏小白说着撒腿快速地跑下楼去，转瞬消失了。

李严望着敏小白跑远的背影，被小鹿蹄子→)┳━┳)打脸的难堪一时间褪不掉血印，满脸通红，半天回不过神来。

这个消息要快点告诉何瑞喜吗？

"才不要！"影小白将这个话传达给尕小白，没有说明理由。但是影小白坚持让尕小白转告敏小白一定要照办。

于是，敏小白先把这个消息告诉了奶奶，好由奶奶委婉地传达给何瑞喜。然而即便这样子小心地安排过了，影小白却还是忐忑不安。

"为什么？"戚小白、莽小白、尕小白**真心**不明白影小白。

影小白**真心**知道只能这样做，但是不能说明为什么。那天晚上她偷看的情况还不可以说呵，因为偷看，所以她了解何瑞喜。

奶奶对于敏小白的这个消息兴奋不已，她把这个消息告诉何瑞喜时注意地看何瑞喜的反应。

"真的吗？"何瑞喜一时间不能置信，O_O吃惊地看着奶奶。

毫无疑问，何瑞喜也是兴奋的。

"真的，不假，千真万确。"奶奶回应说。

何瑞喜就比着一副(^^)v成功胜利了的手势，高兴得不知所以。她从房间里拿了一副MP3出来，戴上了耳机，一直跟着音乐扭呵扭。

敏小白才放学，奶奶就拉住了她，指着正在厨房里扭呵扭地削丝瓜的何瑞喜，眼睛^_~眨呵眨，好不=_=^得意。

奶奶搓着手，围着敏小白转，好像一朵向日葵，小白走到哪里，她的脸就向着哪里。

“一定要赢哦，小白，奶奶*\(^_^)/*为你加油！”

敏小白下意识地瞥了一眼厨房里的何瑞喜。

奶奶看到了敏小白的动静，却不以为然。

“我这一次跟她讲得很清楚了，这事情对你的前程很重要，她不能阻拦，必须的——**真心**支持你！”

“她**真心**同意我去吗？”敏小白小心翼翼地再问道。

奶奶很用力地点头。

“她**真心**答应了，她不能反悔！”

敏小白看着厨房里扭呵扭的何瑞喜，不晓得为什么总觉得有些不对劲。

这也太顺利了吧，敏小白(ˇ_ˇ)想~。

奶奶已经走向厨房，大声地宣布：“瑞喜，听见了吧，小白这次是在和魏群竞争，就是那个中考状元魏群！”

何瑞喜没有反应，仍然在一边扭动着_/(o▾o ✿)_/跳舞一边削丝瓜。奶奶过去把何瑞喜的耳机摘了下来，何瑞喜转过脸来。

“我在说魏群，”奶奶这个话也是说给敏小白听的，她要证实给敏小白看何瑞喜就是**真心**欢喜的，“小白这一次是和——”

但是奶奶的话戛然而止。

奶奶看到了丝瓜上红色的刨印。何瑞喜的手在流血，泡着丝瓜的盆子里的水已经变得殷红。

真心

奶奶拽紧了何瑞喜的肩膀，不自禁[[(>_<)]]发抖，大惊失色地道："瑞喜呵，你这是怎么了？"

敏小白跑进厨房。

奶奶抓住了何瑞喜的手，何瑞喜的手被刀划开了一道口子。

敏小白去拿来一个小药箱，奶奶为何瑞喜包扎起来。奶奶一边这样做，一边嗔怪地："怎么这么不小心？"

何瑞喜好像没事似的将耳机再戴上，随着音乐又开始摇头晃脑地小声哼哼，∫(o▾o✿)∫扭呵扭。

敏小白心里别扭着，(╯^╰) 一脸苦瓜相，(= =)b冒冷汗。她将何瑞喜的耳机摘了下来，定定地看着她。

"奶奶在跟你说话呢。"

何瑞喜看着敏小白和奶奶木讷地^v^憨笑。

敏小白的眼泪在眼睛里滚动，她抓住了何瑞喜的肩。

"你是不是不想让我去，是不是？"敏小白哽咽着道，"你要说出你的**真心**话来呵！"

何瑞喜仍然^v^很憨地笑，奶奶死死地o_o盯着何瑞喜，眼睛里分明暗示着什么，何瑞喜恍悟过来，突然使劲地摇头。

奶奶帮何瑞喜包扎好了。

敏小白抓住了何瑞喜的手，眼泪扑簌簌地掉下来，她的声音沙哑了，一字一顿地道："真的，不骗人，真的只是不小心？"

何瑞喜没有反应地看着敏小白，不置可否地点头。

奶奶很快地接应道："是不小心。瑞喜不会耽误小白的前程的，瑞喜是(o˚v˚)ノ明白人。"

何瑞喜(*^ ^*)嘻嘻地笑了。

敏小白难过地从厨房里出来，甩门出去。

奶奶严肃地o_o盯着何瑞喜："瑞喜呵，**真心**话不许反悔，听好了，这关乎小白的前程。"

何瑞喜像个孩子似的为难地乖巧地点点头，奶奶心疼地过去，抱住了何瑞喜，拍着何瑞喜的肩。

"别担心，瑞喜。小白她长大了，你还有我呢！"

何瑞喜"哇"的一声~~o(>_<)o~~大哭起来。

先是戚小白"嘤嘤"地小声抽泣起来，接着影小白就泡在何瑞喜的泪眼儿里了。莽小白和尕小白跟着敏小白出去，(┬＾┬)眼泪像下雨。

顽小白感觉很（？_？）茫然，不懂为什么喵喵考得好，大家却要这样~~o(>_<)o~~嚎声痛哭。

"喵喵不要去做那个交换生好了呵？"顽小白勾住戚小白的手，"你们不要(T＾T)哭嘛！"

"才不要！"戚小白和影小白回应道。

到底要不要去？跟着**真心**去做可不可以？原来也是一件好为难的事情。才不简单呢。

去见面试官的这一天，敏小白的心里就好像烙烧饼。但是奶奶帮她做了决定，奶奶陪着敏小白到了喜来登大酒店。

面试看起来很顺利。

但是面试完，敏小白却好像、(°∀*)ﾉ━━━♪逃也似的往外跑。

电梯停下，门才打开。敏小白便顾不得奶奶，一个人先从电梯里冲出来，快速地往前走。

奶奶好容易撵上来，拎着一叠纸。

"这还有表要填哪，你都没拿，真是冒失的！"

奶奶在后面念念叨叨，但是敏小白却好像|(-_-)|没听到。

"面试官看见你的眼睛都发光，小白，那是**真心**(*@o@*)喜欢你。"奶奶讲这个话眼睛也放光。

但是敏小白却只是冷淡地瞥了一眼奶奶塞过来的那些表格，无动于衷。

"这一次，小白你肯定赢了魏群。"

敏小白自语般地嘟囔了一句："见鬼！"

奶奶错愕地看着敏小白，不明所以地问："什么？！"

"一千八的成群女鬼，那就是见鬼嘛！"顽小白联想到这个，以为自己冰雪聪明，^o^很得意，很神气。

戚小白听到顽小白的稚气的话**真心**<@_@>醉了。

"不是这个意思啦！"戚小白将顽小白塞到自己的袖口里。

"那是什么意思？"顽小白的头再伸出来。

敏小白突然站定了，对着奶奶，哽咽了半天才说得出话来。

"奶奶，今天早上我看见了，我们家的锅、我们家的碗，干净得全部可以搁到床上来。"

奶奶更加（？_？）茫然，不明所以。奶奶瞪着(◉‿◉)金鱼眼直勾勾望着敏小白。那个神情俨然是看发癔症的何瑞喜。

"小白你在说什么，什么锅呵、碗的？"

敏小白的眼泪在眼眶里打转，发作地道："何瑞喜昨晚刷了一个晚上的锅和碗，奶奶你是**真心**不知道，还是装作没看见？"

奶奶心疼地拉住了敏小白的手，摩挲着，敏小白的(┬‿┬)眼泪掉到奶奶的手背上。

敏小白继续抽噎道："何瑞喜肯定还会接着刷厕所，我们家的马桶会比别人家里的碗还干净。"

奶奶咬着嘴唇，说不出话来。

敏小白难过地将奶奶的手拂开了。

"何瑞喜的**真心**是什么，奶奶，我们明明看得见呵？那么奶奶的**真心**

是什么？我的**真心**呢——又是什么？"

奶奶的眼睛湿润了，她用手背遮掩着。奶奶望着敏小白，语重心长地："小白呵，瑞喜——你妈她会适应的，慢慢会的。家里有奶奶呢，你不用在意。"

敏小白摇头，自顾自跑出了酒店。

敏小白一边跑一边说："奶奶，你让我一个人想一想。"

奶奶看着敏小白跑到街上，跑远了，(ㄒoㄒ)眼泪顺着手背指缝流出来，沥湿了她那饱经沧桑的脸。

"说吧，"影小白踩在敏小白的影子上，跟着敏小白，她在心里念咒一般地说道，"说吧，你的**真心**——我们听得到呢。"

影小白的"我们"把尕小白、莽小白、戚小白，还有顽小白都召唤来了。

"喵喵要说什么？"

顽小白跳到敏小白的领口上，从马路一边闪出，到了公交车站，她已经坐不住，等不及了。

"喵喵的**真心**是什么？"

有一辆公交车停靠，敏小白跟着排队往前上了车，车开动了。

尕小白、莽小白、戚小白看着影小白，那意思是：你是怎么知道的或者你是怎么发现的？

"还记得一个多月前那天打台风吧？"影小白说。

尕小白、莽小白和戚小白点头："嗯。"

就是何瑞喜入院后的第三天，手术后何瑞喜的状况稳定下来。

"那天，你们都在休息，我过来了。"

"看见了什么？"戚小白问。

影小白深有意味地点头，但是又摇头。那些她看见的秘密是不可以由

她说出来的哦。

敏小白坐在了靠窗的位置，当汽车启动，窗外的街景从敏小白的脸上掠过，她的眼睛深邃而凝重。

尕小白、莽小白、影小白和戚小白屏住了呼吸，顽小白也咬着脚趾头坐定不动了。

敏小白的**真心**独白，她们全部听见了。

"那天从医院回来，奶奶、同学都认为我换了一个人。其实，那天发生了什么只有我知道。"

尕小白、莽小白、影小白、戚小白，还有顽小白就坐上了敏小白的**真心**电车，晃晃荡荡地到了一个多月前打台风的那天下午。

敏小白站在医院脑神经科室外十几分钟后，终于下定了决心，她推开了门，走进去。

"喵喵好(。^▽^)厉害！"顽小白啃着脚趾头，含糊不清地慨叹。

戚小白点头："像个大人！"

敏小白郑重其事地将身份证拿给了医生。

"还有45天，我就十八岁，我是——成年人了。"

医生拿着秦小白的身份证，@_@困惑并且:-O愕然。

敏小白有些踌躇，但是有个声音就坐在她的心里，替她说，很坚定地说出了她的**真心**。

"我是何瑞喜的女儿，我是个大人，我想知道我妈——何瑞喜的所有的情况，所有的！"

尕小白、莽小白、影小白、戚小白相互对视了一眼，那个气定神宁地说出这些话的不是别人，是她们最后要变成的成年的样子，是十八岁的小白，她叫云，云小白。

"喵喵成为云小白，是什么样子？"顽小白勾着头去看，但是现在还看不到她。

医生迟疑了一下,终于起身,她打开了资料柜,将一份文件袋抽出来,交给了敏小白。

这是一叠很厚的病人病历资料。

敏小白看到了十八年前的《手术情况说明书》。

医生对秦小白很郑重地说明:

"病人当年生产时因为缺氧造成的脑损伤留下了轻微的后遗症,由于这次严重的跌伤事故有加重的可能,所以手术后的护理要特别小心,要注意观察,不要再给她刺激。"

敏小白的手抖了一下,(ㄒ﹏ㄒ)眼泪掉到了《手术情况说明书》上。

《手术情况说明书》像一个黑洞,当所有人都看不清楚、天地混沌的时候,顽小白就消逝了。她被一股强劲的吸力吸了进去——到了世界的另一头,开始出生的那个时候。

尕小白、莽小白、影小白、戚小白在敏小白的眼睛里,看到了那些模糊的却是难以忘记的情境,在那里她们发现了何瑞喜的**真心**,那么清晰、明确,不容置疑。

"孕妇患有严重的贫血和哮喘,生产会有生命危险。"这是医生们会诊的诊断结果。这个诊断没有异议,因为所有的病历资料都表明这个结果。

妊娠20周,过敏体质哮喘,血红蛋白量84,中度贫血,阵发性心动过速121。心慌气短,气喘,以及呼吸时嗓子嘶嘶声。

妊娠28周,过敏体质哮喘,血红蛋白量70,中度贫血趋严重。器质性心脏病,阵发性心动过速130,感到憋气、气短,以及呼吸时嗓子嘶嘶声。

妊娠38周半，过敏体质哮喘，血红蛋白量56，严重贫血。器质性心脏病，阵发性心动过速138，多次憋气、气短、气急，以及呼吸时嗓子嘶嘶声；长时间低烧38度。

……

医生们的讨论倾向于终止妊娠。

主治医生问实习医生和护士："病人家属的意见？"

"她的丈夫牺牲了。家庭其他成员和单位领导的意见是尊重孕妇本人的意见，但前提是保全孕妇生命的安全。"

"病人本人的意愿，可以终止妊娠吗？"没有人回应主治医生。

"可以说服她吗？"

仍然没有人回应主治医生。因为这样的尝试从妊娠20周开始，一直就没有成功过。

"没有人可以阻止一个母亲(ˇ_ˇ)想~要留下自己爱的纪念，哪怕这要付出生命或者说一生的代价。"

这是云小白对于那段往事的总结，这是何瑞喜的**真心**，无论如何，她不会改变。

那是极其艰难的一天，是无比混乱的一天。那是最黑暗的一天，也是最光明的一天。

在手术台的聚光灯下，医疗器械拿起、放下的声音和紧张手术的场面，即使是经历了无数次接生、现在成了院长的主治医生，也以为凶险至极。

"产妇没有血压了！"

"输血，快！"

"产妇心律没有了！"

"起搏器，快！"

"产妇失去了意识！"

"100焦耳除颤！"

"200焦耳除颤！"

"360焦耳除颤！"

医生╰(*°▽°*)╯惊喜的声音终于终止了刚才紧张惊悸的气氛，感觉耳边仿佛响起了悠扬舒缓的宛若天籁的音乐。

这样的声音和对话就是天籁呵。

她醒过来了。

她坚持下来了。

她赢(^ ^)v了！

婴儿的~~o(>_<)o~~哭声！很响亮很动听很有感染力的哭声！

"~@^_^@~可爱呦！"戚小白勾住了顽小白的小手指。

"*^o*//可爱ㄋㄟ~！"影小白、莽小白和尕小白围拢上来。

奶奶将婴儿的顽小白抱到何瑞喜的床前，何瑞喜抱过顽小白，贴在脸上亲昵地>3<亲吻，眼泪润湿了眼眶。

然而，何瑞喜由于生产时大出血和缺氧，大脑受到了不可逆转的损伤。

大脑因器质性损伤对外界反应迟滞，时发诱发性癫症，轻微智力障碍。

医生的诊断书将何瑞喜诊断为轻微智障，但是奇怪的是她对电脑业务依然谙熟。

于所长和辛主任商量着何瑞喜的工作——把瑞喜从警察的岗位调离到了街道居委会。

"没有关系，"奶奶和辛主任对何瑞喜说，"街道居委会和派出所都在一个大院内，你不是很熟悉吗？以后，只是换了一个门进去上班而已。"

从医院回到家，何瑞喜抱着她的被剪掉了警徽和肩章的警服，呆了好多天好多天。

戚小白、莽小白和尕小白都泪眼婆娑，这样子便看不清了，但是后面还有呵。影小白拉住了她们的手，她憋了好多年一直不可以讲出来的那个秘密，敏小白终于知道了——那里是爸爸秦刚的**真心**。

十八年前，模糊的街景。

狂风骤雨。

"叭叭叭"三声枪响，几名警察追逐着两名歹徒从海边一处废弃的电厂厂房里冲出来，终于将歹徒按倒在地上。

秦刚对着战友喊："老陈，人交给你们了！"

老陈一边回应着"放心吧！"一边给其中一个歹徒扣上手铐。

当年的于所长，小于警官抹了一把脸上的雨水过来对秦刚道："队长，这里交给我们。你快回去吧，嫂子还大着肚子等你呢。"

秦刚揩了一把满脸的雨水，心里涌过一阵暖流。

妻子何瑞喜刚才的电话言犹在耳。

"一个小时回来？那好，秦刚，我买了鱼，是你最（*@o@*）喜欢的黄油鲅，在池子里呢，等着你回来煮。"

秦刚转身准备离开，但是察觉到了什么，一名歹徒突然反抗起身，他竟然掏出了枪，他的枪指向了他对面的小于警官。

秦刚及时侧转身，说时迟那时快，他一把捋倒了小于警官，挺身而出，挡在了前面。

"叭叭"两声枪响，歹徒应声倒地。

摔倒在泥地里的小于警官一个鲤鱼打挺起身，跑过去，见到歹徒已倒下。

秦刚的眼睛模糊起来，他趔趄了一下，但是很快稳住了。

结束了。

秦刚自语地道，好累好累，现在可以回去了，跟何瑞喜一起吃鱼，然后好好地睡一觉。

何瑞喜已经怀孕八个月，这些日子一直跟踪这起毒贩的案子，还没怎么好好陪陪自己的妻子。但是接下来应该可以弥补她了——让她看到他对她、对他们的孩子的全部的**真心**。

很遥远的警车的声音，呼啸而来，但是救护车怎么也过来了——怎么会有救护车？

秦刚还没想明白，便重重地倒在满是泥浆的地上了。

骤雨如注。

雨水冲刷着他的胸口，血将他的衣服染成鲜红色，在雨水里洇润开来，如开出的一朵朵血莲花。

医生从救护车上跳下来，赶到秦刚身边，但是很快他们即起身了。

医生们脱下了雨帽。

所有警察们脱下了雨帽。

厨房池子里的鱼跳了出来，跳到了地上。

何瑞喜听到声响，愣了一下。她走过去，(ˇ_ˇ)想~要把鱼放回到池子里，电话就在这个时候响起来。

跟她打电话给秦刚的时间恰恰、仅仅、只隔了——

一小时。

秦刚回来了。

秦刚马上回来了。

一定是。

那么充满了希望和喜悦地拿起电话的何瑞喜怎么可以相信、接受秦刚不能回来。

秦刚再也不能回来了。

永远。

好像没有谁可以将伏在白色床单上的何瑞喜拉开，叫醒。

何瑞喜像发了癔症一样，一遍一遍拽着床单底下秦刚的遗体，泪如雨下："一个小时，你说的，一个小时回来煮鱼。"

直到何瑞喜昏厥过去，被身后的小于警官扶住了。

生命好像一点点从何瑞喜的身体抽空了。

直到奶奶伏在她的耳边说："瑞喜呵，你还有身子呢，那是你和秦刚的孩子呵。"

生命才一点点重新注回到何瑞喜的身体里。

现在，坐在公交车上的敏小白神情凝重。

"从那以后何瑞喜得了偏执症。"戚小白恍然，(┯˛┯)泪水四溢。

"一小时对于何瑞喜来说意味着天崩地裂——她不能忍受亲人失踪哪怕只是一小时。"影小白、莽小白、尕小白恍然，(┯˛┯)眼泪形同骤雨，~~o(>_<)o~~哭成一片沼泽。

影小白再次记起了初中第一次的家长会，为什么何瑞喜会对着讲台上的老师泣不成声，以滂沱之势哭倒了家长会。

现在影小白、莽小白、尕小白追随着敏小白在辛主任那里看到了那个情境回放。

就是那一场俞文老师准备了好多次的初中第一次家长会。期中考试后的成绩俞文老师还是满意的，她在讲台上通报学生们的情况。

"我们入初中后的第一次期中考试，成绩不错。优秀率85%，及格率100%……"

但是底下竟然传来了"嘤嘤"的啜泣声。

俞文老师有些不淡定了,但是她还可以继续讲。

"我们的孩子现在开始进入青春期,青春期的孩子自我意识变强,心理发生变化,人生开始觉醒,主观、敏感、自尊心强,但是任性、易怒……"

俞文老师的演讲变得遥远,何瑞喜**真心**听到的是秦刚的声音。

秦刚在讲台上讲课,侃侃而谈。

底下"嘤嘤"的啜泣已成抽搭之势。

是何瑞喜。

在何瑞喜的眼睛里,讲台上的授课人是秦刚。

他思想睿智、知识渊博、口若悬河。他好像还手托着帽子下了讲台,就站在何瑞喜身边,他跟她点头、示意、微笑。夕阳照在他的脸上,他英俊有型、目光敏锐。

这一切那么清晰,好像就在眼前。

但是,下一刻,突然,他将帽子戴上,向她庄重地敬了个礼,在落霞中转身,走出了教室。

他还是离开了。

何瑞喜止不住地呜咽。她旁边的一个家长给她递送纸巾,劝慰,然而何瑞喜控制不住,竟然后来趴在课桌上(T^T)恸哭失声,而且越哭越伤心,劝不住,终于演变成了~~o(>_<)o~~号啕大哭。

旁边劝慰的家长竟然情绪受到影响也忍不住哽咽起来。

当两个人合着(T^T)哭起来时,伤感的情绪便开始弥漫了整个教室,教室开始骚动,然后压抑、凄恸,最后在莫名的悲伤气氛中彻底沦陷了。

俞文老师呆若木鸡。

现在,敏小白走在了学校的林荫道上——这样走在林荫道上的日子屈指可数了，敏小白知道，一个新的小白就要出现了。

云小白，她就像云彩一样绚烂无拘，她会更加自主、独立。

教导主任望着敏小白，:-O吃惊的表情写了满脸，他把眼镜摘下来，不能相信他看到的和听到的。

"放弃新加坡交换生竞选，秦小白——你想清楚了吗？"

敏小白望着教导主任，也望着从阳光下穿透了窗玻璃的未来的自己——云小白，坚毅地点点头。

斜阳映照下，空旷的校园显得静谧而美丽。

"我想清楚了，我愿意。"

这是敏小白的**真心**，这也是云小白的。

她们天衣无缝地合为一体，从阳光穿透树叶罅隙间的林荫道上缓缓、坚定地走出来。

读懂何瑞喜的**真心**是一件好恸的心事，从此埋在云小白少女的心里，她会带着它继续砥砺前行。

何瑞喜念警校时曾经是秦小白父亲秦刚最=_=^得意的学生，她总是坐在教室第一排，听讲台上的秦刚讲课。参加秦小白的家长会，面对讲台，何瑞喜不自禁就会想到这个情境。

我们

🎬 云小白和戚小白等

一个人的出生是一个幸运。而母女关系不是选择和被选择，**我们**相逢是一个奇迹。我的出生消耗了何瑞喜的全部运气，当脐带被剪开的一刻，就是我拿走她的运气的一刻。而我后来知道，那也是我和何瑞喜——**我们**的运气。

——摘自《秦小白日记》

被选拔做新加坡交换生候选人，云小白真的很有运气。但是那个运气云小白没有要，那个运气会把云小白带到好远，远到何瑞喜看不见。

"如果我去到赤道附近，**我们**就会分离。"

云小白说，声音哽咽。

戚小白、影小白、莽小白、尕小白和敏小白也以为是，一想到如果那样，就会想要（T_T）哭。

顽小白咬着小手指想了一想，开始吵吵："可以把何瑞喜带去嘛，带去就可以。"

戚小白把顽小白塞到口袋里，扣上扣子，不让她再说话。

何瑞喜还是每天傍晚习惯到学校对面的咖啡馆去帮工，她不让云小白知道，云小白便假装什么都不知道。

如果有运气，何瑞喜就可以看到云小白从校园操场的铁栏杆边上闪过。何瑞喜每天都有这样的运气。

云小白爱上了踢球，跟男孩子们一起踢，足球场是最靠近铁栏杆的地方。这是云小白攒下来的她和何瑞喜的运气。

"那是**我们**的运气——每天傍晚**我们**会重逢。"云小白说。

高考如期而至。

虽然只是周末两天假期，但是云小白会回到家里的两天还是被何瑞喜特别地重视起来。

池塘里先是被贴上了神符纸，顽小白跳到电线杆子上念：

天皇皇地皇皇，我家有个夜哭郎。
过路君子念一念，一觉睡到大天光。

接着池塘的水再次被抽干了，青蛙们又统统搬了家。

云小白的枕头和签字笔、铅笔又被一一印上、贴上了"学霸""考圣""考神"的字样，这些曾经带来运气的神操作，被何瑞喜如数家珍地再次炮制。

"小白，你中考时的运气得召唤回来！"何瑞喜总是一遍遍地这样叨叨，"运气是要守护的！"

"**我们**的运气！"云小白这样回应何瑞喜。

填报志愿的时候，奶奶拿来了两本黄页那么厚的指南。一瞬间好像有一百万个选择。

"考得好还要填报得好，"奶奶说，"考到一个好学校不只要成绩，还要运气。"

"小白会有运气。"何瑞喜憨笑。

"**我们**会有运气。"云小白回应奶奶，她的心里早有了答案。

人总得有运气，才可以有精气神活着，并且活得有希望，活得幸福。

所以，云小白(ˇ_ˇ)想~要攒着运气。云小白会有运气是真的，运气这一次缘于何瑞喜也是确实的。

这是云小白所说的"我和何瑞喜、**我们**的运气"。

云小白的高考作文是满分，作文的题目是《奇迹》。云小白这一次的写作灵感来源于何瑞喜，如有神助，思如泉涌，是的，的确如此。

奇　　迹

我一直以为：没有谁有完整的出生权，我妈生我时也没有问过我同意不同意。

然而我后来知道，没有一个人的出生真的缘于偶然。1.2 亿到 4 亿个精子中只有一个可以与卵子结合，而且到达的时间要刚刚好。

我是跑得最快的那一个。

我是最(ˇ_ˇ)想~要出生的那一个。

我是一个奇迹。

是我选择了她，我妈，何瑞喜。

而她——何瑞喜是不意想与我相逢。生下我时极其凶险，她付出了几近于生命的代价，但是她无论如何不肯放下我。

我出生了。

这不是我一个人，而是我和何瑞喜，**我们**的奇迹。

生下我的何瑞喜留下了很深的生命的烙印，那就好像是一块疤，是我诞生的印迹，她的人生因为这块疤变得不漂亮了。

她的反应弧好长。如果有谁对她做了什么或者说了什么，可能过了好多天、一个月甚至一年，她偶然再想起来，才会吃惊："呵，他是在笑话我吧。"

她的反应弧好短。我早上嗓子哽住，才"嘎"一声，她就会联想到那是咳嗽，那意味着感冒，那样子会发烧，发烧会得肺炎，得肺炎要住院，那么现在就必须去医院。

……

这是一份戚小白、影小白、莽小白、尕小白、敏小白共同参与的写作，顽小白一直捏着小拳拳╭(o▾❀)╯跳着啦啦操。

戚小白贡献了亲爱的团委叔叔的故事；影小白、莽小白贡献了《秦小白失踪记》《透明人秦小白》和《秦小白之鬼故事》；尕小白、敏小白贡献了家长会全身痛遍的请假条和逢考必胜的卡通众神相。

这些植根于人生的记忆如时间里的流沙，从云小白的指尖滑落，她笔走如╮(￣~￣)╭飞，行云流水一般地继续写道：

懵懂无知如我，哪里知道什么是担心、什么是悸怕、什么是无助、什么是绝望，我那么随意地就揭开了她的伤疤，每一次撕下来，她会要痛一次，那块疤便要滴血。

奶奶说：有一种爱你不生永远不会有，你一旦有了不会管孩子懂不懂。

我是何瑞喜的那块疤，那么我要让它像花瓣一般漂亮。

成为荣耀，成为勋章，成为奇迹。

香港的大学最先给云小白寄来了录取通知书。

奶奶很激动地b(￣▽￣)d竖起大拇指点赞："多好的学校，小白，你成功了，出息了。"

何瑞喜开始在地图上翻学校的位置。

云小白淡然地摇头："不要。"

"为什么？"问这个话的时候，奶奶的老花镜都掉下来了。

"太远。"

"坐个船几个小时就过去了哎。奶奶送你去入学。"

"隔着海。"云小白回应。

奶奶沉默了。

"喵喵又不是要游过去。"顽小白咬着手指头说。

但是戚小白又把顽小白装到口袋里了："小屁孩不懂不要插话！"

北京的、上海的学校也被云小白否定了。

"太远""总之太远"。

于所长、辛主任、刘阿姨、蓝叔叔、尹伯伯、琴婶，还有阿华哥、墨鱼奶奶问到何瑞喜和奶奶关于秦小白上大学的反应，都十分不解。

"太远是什么意思？"

"是上大学，不是上幼儿园吧？"

"小白还是**我们**认识的小白吗？"

"就是**我们**家的小白。"何瑞喜听到这样的话很茫然地回应。

云小白上大学的这天，奶奶还是与何瑞喜一道来送的。与绝大多数入校的新生不同，云小白不需要大包小包的行李箱子，她只是背着一个双肩包。

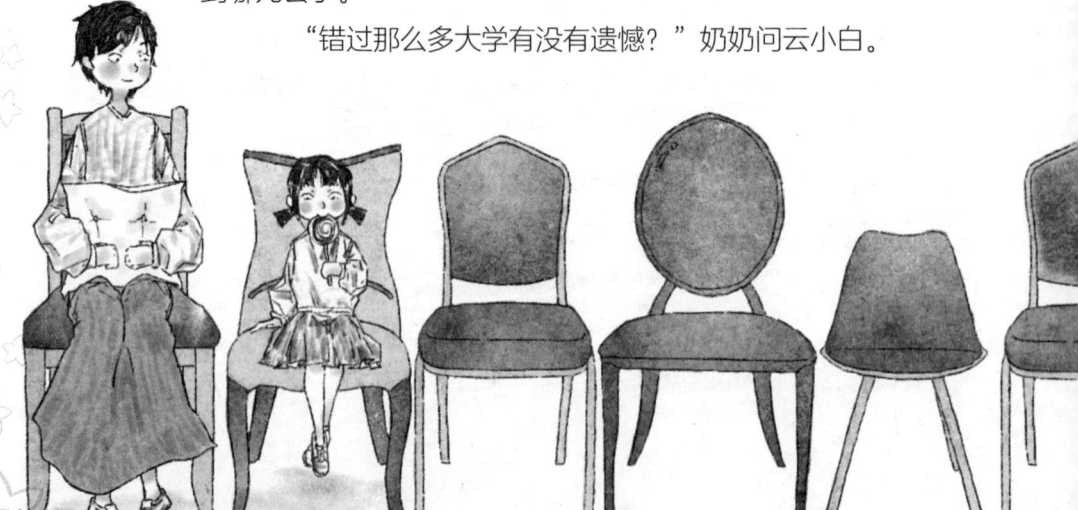

办完入校手续，云小白和奶奶走在校园里，就发现何瑞喜不知道遛达到哪儿去了。

"错过那么多大学有没有遗憾？"奶奶问云小白。

云小白摇头，很肯定地："奶奶，放心。到这所学校是我自己填的志愿。"

何瑞喜不是遛达到哪儿去了，而是一直停留在报到处没有离开。她穿着还是很夸张，从头至脚，发卡、饰片、项坠、挂件、手镯、脚链，全身五颜六色，叮当作响。她正在向一些学生和家长眉飞色舞地介绍。

"秦小白，是**我们**家的，我的女儿，她就是入校最高分的那个学生，考了六百九十七分，语文、英语、综合科单科状元……"

"怎么这么多话说，"顽小白嘀咕，"说这么多话不要喝水的吗？"

戚小白、影小白、莽小白、尕小白、敏小白会心一笑。

奶奶先看见了，不以为然："瑞喜在那儿怕是说了超过半小时'**我们**家的'了……"

云小白淡淡地一笑。

奶奶认真地端详着云小白："会不会后悔？"

云小白再一次摇头："不会呵。半个小时我就可以跑回家，这是我要选择的我的、**我们**的大学。"

奶奶不由自主地调侃："要不要先瞄瞄这学校附近有没有咖啡店、小餐馆？"

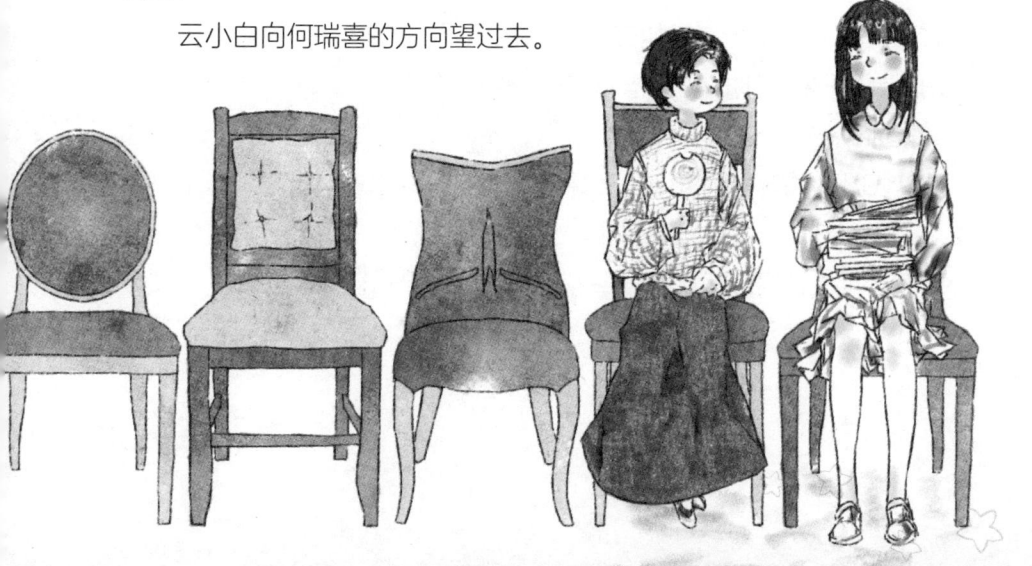

云小白向何瑞喜的方向望过去。

"从你不去新加坡，我就知道——小白，你全(o°v°)ノ明白了。"奶奶拉过云小白的手，摩挲着道。

云小白别过了脸，泪水依稀漫上来。

"以前，我——"云小白(ˇ_ˇ)想~说什么，但是哽住了。

奶奶过去揽住了云小白的肩，捋了捋云小白的头发。

"小白长大了。"奶奶说。

"以后我和奶奶，**我们**一起照顾何瑞喜。"

云小白说着和奶奶一起挤进了人群。

"**我们**一起。"奶奶附和道。

那篇《奇迹》的高考作文奶奶一直保留着，走过顽小白、戚小白、影小白、莽小白、忝小白、敏小白到云小白的年少青春的秦小白，也终会有为人妇为人母的时候。

母女关系，哪里是选择和被选择，它只是**我们**竟然、可以、必然相逢的奇迹。

写下此文，奉献给所有把**我们**带到这个世界的最亲爱的妈妈。

许多年后，当年少青春如云彩一样⌒(￣～￣)⌒飞散，为人妇为人母的秦小白还是会记得那时间里的懵懂莽撞、骄傲放纵。

这是寻常的一天。

秦小白和3岁的小小白在床上嬉戏。她们在抢球，小小白好像抢不过妈妈，秦小白总是太容易就拿到球。

小小白的手伸得好长，着急地喊叫起来："妈妈！"

秦小白却好像生气了，她揪住了小小白的耳朵，严厉地告诫："叫我秦小白。"

小小白瞪圆了(๑ˇ૩ˇ๑)眼睛，眉头皱起来，小大人一般地："秦小白，给我球。"

秦小白咯咯笑起来，把球给小小白，=_=^得意地："找不到妈妈的时候，知道告诉别人你妈妈叫——"

小小白高兴地抛接球道："秦小白。"

何瑞喜在厅里一边看电视一边折叠衣服，下意识地往卧室里看了一眼秦小白和小小白，很是(*o*)陶醉。

听上去怎么那么耳熟呢。

顽小白那时候也是一样被何瑞喜要求："叫我何瑞喜。"

"何瑞喜我要喝水。"

"何瑞喜我要吃冰淇淋！"

"何瑞喜，你怎么不带我去公园玩呵？"

奶奶曾经对秦小白说："你们俩其实很像。"

秦小白以为确实是的："**我们**很像。"

那时候的何瑞喜一样反复问她："找不到妈妈的时候，知道告诉别人你妈妈叫——"

"何瑞喜。"

那么，曾经跟奶奶说"死也学不会飞"的秦小白后来学会∧(￣︶￣)∧飞了吗？其实是天生就会∧(￣︶￣)∧飞呢。

即使是才3岁的小小白。

透过磨砂玻璃可以隐约看见浴室内两个模糊的影子，是秦小白在给小小白洗澡。

小小白咯咯笑着转圈圈。

"小小白，把你的小爪子给妈妈张开。"秦小白说。

小小白稚嫩地一本正经地回答："不是爪子。"

"不是爪子是什么？"秦小白也会做(◉ ◉)金鱼眼。

"是翅膀。"

秦小白咧开嘴*^ ^*大笑起来。

"原来那是翅膀呵。"

可不是吗？

小小白现在张开了双臂在浴盆里快乐地转着圈。

"我是鸟，我会〜(￣〜￣)〜飞，我会〜(￣〜￣)〜飞，我是一只小鸟！"小小白快乐地♪(^▽^*)歌唱起来。

"原来**我们**家的小小白是小小鸟呵！"秦小白o_o盯着小小白一时间(@_@)醉了，她不自禁也张开了双臂，"那我是鸟妈，我是一只大鸟，我也会〜(￣〜￣)〜飞！"

何瑞喜在厨房里切菜，浴室里的声音清晰地传递过来。

何瑞喜切着菜，小声地附和："我是鸟婆婆，我是鸟婆婆，我是一只大大鸟，我会〜(￣〜￣)〜飞！"

何瑞喜竟然也放下手里的东西，伸展开双臂，从厨房里〜(￣〜￣)〜飞翔到卧室，〜(￣〜￣)〜飞翔到浴室。

窗外硕大的榕树上，有只大鸟和一只小鸟叽叽喳喳地像在嬉戏，也或者像在吵架，在♪(^▽^*)唱歌。

好像弹幕一样的很多的火星文字〜(￣〜￣)〜飞跃满天。

:-*	>3<	(=^_^=)	^_^	(^o^)	*^_^*	=_=^
亲吻	亲亲	喵喵	快乐	欢喜	脸红	得意

那些鸟儿也在♪(^▽^*)歌唱**我们**。

谨以此书感谢把我们带到这个世界上的最亲爱的妈妈。